삶의
마지막 순간에
보이는 것들

삶의 마지막 순간에 보이는 것들

초판 1쇄 인쇄	2016년 04월 01일
초판 1쇄 발행	2016년 04월 10일

글쓴이	최옥정

펴낸이	김왕기		
편집부	원선화, 김한솔	마케팅	임성구
디자인	푸른영토 디자인실		

펴낸곳	**푸른영토**	
	주소	경기도 고양시 일산동구 장항동 865 코오롱레이크폴리스1차 A동 908호
	전화	(대표)031-925-2327, 070-7477-0386~9 · 팩스 I 031-925-2328
	등록번호	제2005-24호(2005년 4월 15일)
	홈페이지	www.blueterritory.com
	전자우편	designkwk@me.com

ISBN 978-89-97348-50-3   03810
ⓒ최옥정, 2016

삶의
마지막 순간에
보이는 것들

우리 시대 인생 스승 여섯 명으로부터 배우는 이별 연습

● 최옥정 씀

푸른영토

창경궁에 눈이 내리고 있었다. 궁궐의 기와집 지붕과 오래 묵은 나무 위로 눈이 하얗게 쌓였다. 위엄이 넘치는 정방형의 고궁과 뜰, 거기에 서린 고아한 기운이 눈과 만나 별천지가 따로 없었다. 신비로운 일이다. 눈이 내려 사람과 세상을 하얗게 감싸는 풍경은 언제 봐도 감탄사를 연발하게 한다.

저토록 희고 아름다운 눈이 내리는 세상에 내가 살고 있었다. 가슴이 울렁거렸다. 사람들의 눈빛은 저마다의 기쁨으로 반짝였다. 살아 있다는 건 몇 번 안 되는 빛나는 순간의 총합일 거야. 이 또한 신비로운 일이다. 이렇게 눈부시게 아름다운 풍경을 이곳에서 바라보고 있다니. 서울대학병원 암병동 6층 야외 휴게실. 병실이 갑갑해서 잠깐 밖에 나왔다가 뜻밖에 눈을 만났다.

아버지는 설암으로 투병 중이었다. 의사의 진단대로라면 아버지가 눈 구경을 하는 것은 올해가 마지막일 것이다. 폐까지 전이된 암세포를 수술로도 방사선 치료로도 없애지 못했다. 설암은 구강 전체로 번졌으며 림프샘까지 건드렸다. 암에 걸리면 몸이 병 앞에서 얼마나 속수무책인지 적나라하게 경험하게 된다. 매일 몸속에서 자라는 적병과도 같은 암세포와 공생하며, 내 몸을 숙주 삼아 살아가는 암세포를 증오하며 남은 삶을 전쟁하듯 살아간다. 그래도 겨울이 오니 아무 일 없다는 듯이 눈이 내린다. 눈은 나쁜 일 같은 건 일어나지 않은 것처럼 온 세상을 하얗게 가려주었다. 누가 아프거나 말거나 아름다운 건 여전히 아름다웠다.

그 순간 나는 아름다운 것을 두고 떠나야 하는 사람을 생각했다. 그 사람의 마음을 생각했다. 유독 주먹을 쥐고 잠드는 날이 많은 것도 자신이 소중히 여기던 것을 놓고 싶지 않아서인 것만 같았다. 이별은 아프다. 우연으로라도 억지로라도 다시 만날 수 없는 영영 이별인 죽음. 당신 가슴에 깃든 공포와 외로움을 조금 알 것도 같다.

혼자 가는 길이 얼마나 외롭고 무서울 것인가. 내가 모르는 세상, 내가 아는 사람이 하나도 없는 세상에 발을 들여놓는 일이 어찌 엄청나게 느껴지지 않겠는가. 죽음에게 덜미를 잡힌 작고 나약한 당신의 손을 잡아주고 싶었다. 소독약 냄새가 나는 병원에서는 느끼지 못하던 것을 아기 솜털처럼 보드랍고 고운 흰 눈 앞에서 깨달았다. 언제나 그렇듯이 아름다움 앞에서 비극은 배가된다.

여태까지 살아오는 동안 비교적 건강한 편이어서 죽음을 생각해본 적이 별로 없었다. 나에게 가장 비슷한 디엔에이를 물려준 부모의 죽음 앞에서 나는 그동안 몰랐던 것을 계속 모른 채로 있어서는 안 된다는 생각을 했다. 나에게 몸을 나눠준 사람의 죽음, 나의 기원의 소멸. 그런 거창한 말을 붙이지 않더라고 곧 다가올 커다란 고통과 슬픔의 실체를 조금이라도 알고 싶었다. 나에게도 나의 아이에게도 닥칠 일이었다. 생로병사, 인생행로의 마지막을 장식하는 죽음은 대체 뭔가. 왜 그토록 무겁고 어둡고 두렵기만 한 건지 알고 싶었다.

아마 내가 돌아볼 죽음은 창경궁의 늙은 벚나무 위로 떨어지던 첫눈에서 시작할 것이다. 삶의 풍경에 이토록 빛나는 순간이 있는데 죽음의 등걸에도 새싹 같은 어여쁨이 없으란 법은 없다. 나는 천천히 겸손히 그 과정을 따라가 보고자 한다. 내게 죽음을 전혀 다른 모습으로 보여준 분들의 이름을 불러본다. 내가 사랑했던 사람, 내가 존경했던 사람, 갈채를 보내고 미소를 보냈던 사람의 죽음은 역시나 아름답고 고왔다. 죽음마저 그들이 살아온 삶의 마지막 정거장다웠다.

혹여 작은 티끌이 마지막 모습에 어른거렸다고 한다면 나는 그분을 더욱 사랑할 것이다. 사람인지라, 약하고 흔들리는 사람인지라 얼마든지 그리했을 줄 안다. 그러나 곧 당신의 존엄과 아름다움을 되찾고 평화로이 따사로이 우리들 곁을 떠났다. 그 떠남은 그리움에게 바턴을 넘겨주었다. 우리는 아직도 그리워하고 그분의 사진과 책을 보며 한때의 기억을 매만진다. 영영 이별이 아니라 영영 그리움이다. 사박사박 먼 길을 떠나는 뒷모습에서 꽃이 진 다음에야 봄이 왔음을 깨닫는 나를 본다.

그리고 삶의 성전에 촛불을 켜는 마음으로 사랑하는 나의 인생 스승들을 만나러 간다.

차례

법정 스님

언젠가 우리에게는 지녔던 모든 것을 놓아버릴 때가 온다.

반드시 온다!

그때 가서 아까워 망설인다면 잘못 살아온 것이다.

본래 내 것이 어디 있었던가.

인생을 맨 처음 시작할 때의 마음으로

법정 스님은 그 이름이 가진 울림만으로도 우리의 마음을 다독여주는 분이다. 평생 올곧고 정결한 한결같은 삶의 태도를 보여주었다. 스님의 말씀을 그대로 지키며 살지는 못해도 스님의 삶을 아는 것만으로도 마음이 깨끗해지는 느낌이 든다. 스님이라고 살면서 왜 힘든 일이 없고 유혹이 없었겠는가. 아무리 공부와 수행을 많이 했다고 해도 우리와 똑같은 인간임에랴. 평상의 마음과 생활을 유지하기 위해서 얼마나 많은 날자신을 질책하고 훈계하고 달래며 보냈을지 짐작하고도 남는다.

『무소유』라는 책을 처음 접한 것은 중학교 3학년 겨울 방학 때였다. 친척 집에 갔다가 책꽂이에서 우연히 그 책을 발견했다. 범우사 문고판이었던 것 같다. 얇은 책이라서 가벼운 마음으로 책장을 펼쳤다가 단숨에 읽어버렸다. 담고 있는 내용이나 사상이 열여섯 살짜리가 소화할 내용이 결코 아니었는데 무리 없이 읽은 걸 보면 좋은 글은 확실히 머리가 아닌 마음으로 읽는 모양이다.

내 기억이 정확한지 모르겠는데 스님은 난초를 몹시 좋아하셨다. 난초를 애지중지해서 한참 집을 비울 때면 누군가에게 부탁해가며 돌보았다. 늘 난초 걱정에 애면글면하다가 어느 날 사랑하는 난초가 자신을 얽매고 있다는 걸 깨달았다. 다음 이야기는 아마도 난초를 주변 사람에게 나누어주었든가 하는 것일 텐데 이상하게 그 일화가 오래 기억에 남았다. 내가 사랑하는 것, 내가 귀히 여기는 것을 소유하는 것이 꼭 좋은 것만은 아니다. 그 빛에 가려진 그늘을 봐야 한다는 말씀은 지금의 나에게도 해당하는 가르침이었다.

욕심이 과연 인간적인 걸까, 아니면 동물적인 걸까? 하긴 인간도 동물에 속하니 그 말이 그 말이다. 대부분의 사람들은 갖고 싶은 게 있고 그것을 가지면 행복하다. 그러면서 어쩔 수 없는 소유욕의 마수에 걸려들 때가 많다. 인간성을 가장 빠른 시간에 망친다는 '경쟁'도 사실은 욕심에서 나온다. 내가 더 많이 갖고 더 잘나고 싶은 마음이 지나쳐서 싸우는 마음으로까지 발전한다.

그런 존재인 인간에게 무소유를 가르치는 속내는 무엇일까? 무소유를 실천하리라는 기대보다 물건을 눈앞에 두었을 때 무소유의 마음을 염두에 두고 한 번쯤 자신을 돌아보라는 뜻일 것이다. 목숨에 대해서도 마찬가지다. 오래 살고 싶다는 욕심을 버리고 사는 동안 감사하는 마음을 가지라는 뜻이다. 그 일이 비록 불가능에 가깝게 어려울지라도.

『아름다운 마무리』라는 책에서 스님은 아름다운 마무리는 삶에 대해 감사하게 여기는 것이라고 거듭 강조했다. 내가 걸어온 길 말고는 나에게 다른 길이 없었음을 깨닫고 그 길이 나를 성장시켜 주었음을 믿는다면 당연히 감사하는 마음이 생긴다. 내가 살아온 인생 말고 가지 않은 길, 다른 삶을 곁눈질할 때 원망과 불평이 자리를 튼다. 자신에게 일어난 일과 모든 과정의 의미를 이해하고 나에게 성장의 기회를 준 삶에 대해 감사하는 것이 아름다운 마무리다.

생각해보면 내 인생을 아름답게 마무리할지, 노욕에 휘둘리다 마무리

할지는 나에게 달려 있다. 나 스스로 정한 대로 살아가면 될 일이다. 죽음도 삶처럼 무엇인지 알고 그 의미를 생각해야 잘 죽을 수 있다는 말이 된다. 살다 보면 언젠가 죽는 날이 오겠지, 그런 마음으로 자신을 맡겨버리면 어느 순간 원치 않는 방향으로 삶도 죽음도 흘러가 버린다.

아름다운 마무리는 우리가 평생 쌓아올렸던 것을 지우고 처음의 마음으로 돌아가는 것이다. 아무것도 가지지 않고 이루지 않은 처음 상태로 돌아가면 지금 내게 주어진 그 어떤 것도 다 의미 있고 가치 있게 새로이 다가올 것이다. 살아오면서 벌여놓은 일의 과정에서, 길의 중간에서 잃어버린 초심을 회복하려는 의지를 갖고 하루하루를 살아가는 모습은 아름답다. 늙으면 아이처럼 되는 것이 가장 잘 늙은 것이라는 말도 여기서 나오지 않았을까 생각한다.

아름다운 마무리는
자신에게 질문을 던지는 데서부터 시작한다

우리나라의 문화, 우리나라 사람의 정서에 이런 것이 있다. 기쁜 일은 너무 기쁘게만 얘기하지 않는 것, 안 좋은 일을 너무 안 좋게만 얘기하지 않는 것. 자식이 태어나 눈에 넣어도 아프지 않을 만큼 예뻐도 그 사랑스러움을 누군가 시기해서 안 좋은 일이 생길까 봐 사랑을 자제한다. 심지어 옛날에는 이름도 개똥이라고 지어 남에게 천한 존재인 것처럼 알리기까지 했다. 자식이 귀할수록 함부로 키우라는 말도 있다.

안 좋은 일, 죽음이나 와병도 삼가서 말한다. 병문안 가서도 우리는 병에 대해 직접적으로 언급하는 것을 피하고 죽음에 대한 암시가 되는 말을 하지 않으려고 주의한다. 누군가의 죽음에 대해서도 조심조심 대놓고 얘기하지 않는다. 그러면서도 윤달에는 상복을 준비한다. 겉으로는 삼가지만, 마음으로는 대비하자는 속 깊은 생각이다.

나이 들어 곧 이 세상을 떠나야 할 때 누구나 삶을 아름답게 마무리하고 고운 모습을 유지한 채 떠나고 싶어 한다. 말이 쉽지 아름다운 마무리는 준비 없이 되는 일이 아니다. 젊었을 때 추구하는 성공과 부와 명예처럼 노력을 기울여야 얻을 수 있는 경지다. 누구나 죽지만 누구나 아름답게 죽음을 만나지는 못한다.

아주 기본적인 물음인 '나는 누구인가'라는 질문을 스스로에게 던져보자. 살아오는 동안 삶의 순간순간마다 '나는 어디로 가고 있는가?' 물으면서 자기가 처한 자리를 돌아본 것처럼 마지막 관문에서도 내가 어떤 사람이었는지 빈 마음으로 돌아봐야 한다. 그 물음은 본래 모습을 잃지 않고 지키기 위해 중요하다. 정신이 깨어 있어야만 가능한 일이니 늙었다고 자기를 버려두지 말고 공부를 계속하라는 말이기도 하다.

법정 스님은 아름답게 마무리하려면 내려놓으라고 했다. 내가 누구인지 알아야 내려놓을 수 있다. 자신이 어떤 사람인지 알면 집착의 실체도 보인다. 내려놓음은 일의 결과나 세상에서의 성공과 실패를 뛰어넘어 자신의 본 모습을 만나는 '내면의 연금술'이다. 내려놓지 못할 때 마무리는 일어나지 않는다. 서로 해줄 수 없는 것을 기대하고 요구하고 고통받는 악순환의 고리에서 벗어나지 못한다.

죽음을 준비하되 죽음을 잊고 살자

삶의 의미는 다분히 타인과의 연결고리 속에서 발견된다. 인간은 고독한 단독자이지만 그렇다고 혼자 살 수도 없다. 늘 누군가와 연결되어 있다는 안정감을 필요로 한다. 그리고 자신을 거울처럼 비추는 누군가가 있어야 스스로 살 가치가 있다고 느낀다.

노년을 평안히 보내는 사람은 드물다. 간혹 얼굴에는 잔잔한 미소, 사람들을 대하는 태도에는 겸손, 행동에는 여유가 있는 노인들을 만난다. 그들을 살펴보면 두 가지 점을 공통적으로 발견할 수 있다. 하나는 남에게 베푸는 삶을 살아왔다는 것이고, 다른 하나는 마음속 깊은 교감을 나누는 친구가 있다는 사실이다. 어쩌면 두 번째 요건이 더 중요한지도 모르겠다. 남을 도와주면서 느끼는 도덕적 우월감이나 충족감보다 내가 남에게 사랑받고 나를 믿어주는 누군가가 있다는 믿음이 더 깊은 안정감을 심어줄 것이다.

죽음에 대한 어떤 말도 죽음 그 자체에 대한 사실일 수 없다. 살아 있는 우리는 영원히 죽음에 대해 알 수 없으니까. 그렇기 때문에 각자 자신의 삶에서 얻은 경험과 통찰로 나름의 죽음을 준비하고 맞이할 수밖에 없다. 가장 좋은 방법은 죽음을 준비하되 죽음을 잊고 사는 것이다.

우리 동네 산책로에 가면 매일 일정한 시간에 산책하는 사람들을 만날 수 있다. 그들 중에는 노인이 상당수를 차지한다. 어떤 때 노인들이 대화하는 걸 옆에서 들으면 어디 아프다는 얘기가 대부분이다. 다른 사람에게는 듣기 싫은 얘기일지 몰라도, 본인은 남한테 자기가 아프다고 말하는 것만으로도 상당히 위안을 받는 것 같았다. 그런 대화를 통해 병원이나 치료에 대한 정보를 서로 교환할 기회로 삼는다.

누가 더 많이 아프고 누가 더 건강하느냐는 노년 세대 사람에게 가장 중요한 쟁점이 된다. 그다음이 자식 자랑과 자식 흉이다. 자식은 자랑하거나 걱정하고, 며느리와 사위는 흉보거나 섭섭해 한다. 똑같은 상황에서도 며느리와 딸에 대한 반응이 다르다. 모유 먹이는 며느리는 기특하고, 튼튼하게 자라는 손자가 마냥 귀엽기만 하다. 딸의 경우는 모유 먹이느라 잠을 충분히 못 자서 얼굴이 까칠한 걸 보면, 딸이 모유 먹이느라 잠 못 잘 때 쿨쿨 잘 자는 사위가 얄밉다고 한다.

내 것과 네 것을 가릴 때 인간은 불행해진다고 생각한다면 지나친 비약이나 확대해석일까? 내 것은 계속 많아져야 하고 좋은 것이어야 한다. 네 것이라면 큰 관심이 없다. 내 것이 줄고 느는 것만이 관심사다. 가족이기주의는 너와 나를 편 가르고 너는 남이라는 생각에서 시작된다.

가족이기주의의 끝은 좋지 않다. 지나치게 가족에 집착하고 의지하면서 서로의 삶에 관여한다. 그러다 보면 나중에는 서로 짐스러워하는 지경에 이르게 된다. 일찌감치 자식은 다 크면 내 자식이 아니라는 생각으로 마음을 비운 사람은 내 자식은 물론 며느리나 사위에 대해서도 서운해할 일이 적다.

우리 모두는 짐작보다 빨리, 머지않아 이 세상을 떠날 것이다. 미워하는 마음을 남기지 말자. 죽음에 대비하는 가장 기본적이고 쉬운 것이 남에게 너그러워지는 태도이다. 나는 곧 죽을 사람이니 네가 나를 떠받들라고 한다면 자식조차도 귀찮아한다. 베푸는 일은 미루지 말고 당장 해주고 뭘 요구하는 것은 최대한 줄여야 인간관계에서 갈등을 줄일 수 있다. 죽음을 대비하는 마음으로 매사에 관대해야겠지만 내가 죽음을 앞둔 노인이라는 사실에 대해서 감정적으로는 잊어야 편하다.

용서, 이해, 자비

마음에 미움을 담고는 죽음 앞에 담담할 수 없다. 너도나도 힘들게 태어나서 힘들게 살다가 이제 다 함께 떠나는 인간임을 알고 섭섭하고 화났던 것들을 다 용서하는 마음을 갖는 순간 마음에 평화가 찾아온다. 상대를 위해서는 물론이고 나 자신을 위해 용서하자.

평안하게 이 세상과 이별하는 마음의 바탕은 용서이다. 이해하려는 마음이고 다 품어내는 자비의 마음에서 온다. 용서와 이해와 자비를 통해 자기 자신을 새롭게 일깨운다. 이유 없이 일어나는 일은 존재하지 않기 때문이다. 용서하려면 그 사람 입장에서 생각해야 하고, 비로소 이해의 마음이 생길 때 자기 자신의 잘못도 돌아보게 된다. 주위 사람들도 다시 보게 된다. 그게 자비의 마음이다. 너와 내가 같은 사람임을 알고 가엾게 여기고 끌어안는 마음을 갖는 것은 마음속에 부처를 모시는 일이다.

좀 지루할 수도 있지만 여기 꽤 긴 리스트 하나를 소개할까 한다. 리스트란 것이 보통 그렇듯이 내가 동의할 수 있는 것과 그럴 수 없는 것이 뒤섞여 있다. 나에게 해당되는 것과 해당되지 않는 것이 있다. 그런 점을 생각하에 차분히 훑어보고 나서 나와 무관한 것들은 과감히 지우거나 잊어도 무방하다.

죽을 때 후회하는 스물다섯 가지

1. 사랑하는 사람에게 고맙다는 말을 많이 했더라면
2. 진짜 하고 싶은 일을 했더라면
3. 조금만 더 겸손했더라면
4. 친절을 베풀었더라면
5. 나쁜 짓을 하지 않았더라면
6. 꿈을 꾸고 그 꿈을 이루려고 노력했더라면
7. 감정에 휘둘리지 않았더라면
8. 만나고 싶은 사람을 만났더라면

9. 기억에 남는 연애를 했더라면

10. 죽도록 일만 하지 않았더라면

11. 가고 싶은 곳으로 여행을 떠났더라면

12. 내가 살아온 증거를 남겨두었더라면

13. 삶과 죽음의 의미를 진지하게 생각했더라면

14. 고향을 찾아가 보았더라면

15. 맛있는 음식을 많이 맛보았더라면

16. 결혼을 했더라면

17. 자식이 있었더라면

18. 자식을 혼인시켰더라면

19. 유산을 미리 염두에 두었더라면

20. 내 장례식을 생각했더라면

21. 건강을 소중히 여겼더라면

22. 좀 더 일찍 담배를 끊었더라면

23. 건강할 때 마지막 의사를 밝혔더라면

24. 치료의 의미를 진지하게 생각했더라면

25. 신의 가르침을 알았더라면

특별할 게 하나도 없는 일상에서 벌어지는 일들이다. 죽을 때 후회하는 스물다섯 가지라는 말 자체가 품고 있는 상투성은 눠두더라도 상당 수의 항목은 추상적이라 귀에 들어오지 않는다. 불가능한 것들도 있다.

하지만 대개의 내용이 용서, 이해, 자비의 범주에 든다. 그리고 결정적인 것은 생활 속의 소소한 재미와 기쁨들이다. 엄청난 것을 노리다가 다 놓치고 마는 삶을 살지 말고 작은 것을 발견하는 눈을 갖자는 것이 이 리스트의 교훈이라고 어림짐작해본다.

아프면 외롭고, 외로우면 마음이 자란다

생로병사라는 인간이 겪어야 할 운명 앞에 예외는 없다. 누구나 아프고 늙는다. 아플 때는 나를 둘러싼 세상이 달리 보인다. 크게 아프면 더 많은 변화를 겪는다. 이때 겪는 마음과 몸에 대한 변화와 새로운 생각은 약간씩의 차이가 있다 하더라도 대개 비슷할 것이다. 병원에 입원한 뒤에 스님이 쓴 글을 보니 아파서 병원 다니며 겪었던 고통이 나만의 문제만은 아니었다. 그 마음을 함께 느끼고자 여기 글을 소개한다.

"평소 병원을 멀리하고 지냈는데 지난 겨울 한 철 병원 신세를 지었다. 병원에는 친지들이 입원했을 때 더러 병문안을 가곤 했는데 막상 나 자신이 환자가 되리라고는 미처 생각하지 못했었다. 모든 일에는 때가 있는 것 같다. 세상을 살아가면서 그때그때 삶의 매듭들이 지어진다. 그런 매듭을 통해 사람이 안으로 여물어 가는 것이 아닐까 하는 생각이 든다.

흔히 이 육신이 내 몸인 줄 알고 지내는데 병이 들어 앓게 되면 내 몸이 아님을 비로소 인식하게 된다. 내 몸이지만 내 뜻대로 되지 않기 때문이다. 그리고 한 사람이 앓는 데 수많은 사람들의 걱정과 염려와 따뜻한 손길이 따르는 것을 보면 결코 자신만의 몸이 아니라는 걸 알 수 있다. 앓을 때는 병자 혼자서만 앓는 것이 아니라 친지들도 친분의 농도만큼 함께 앓는다. '이웃이 앓기 때문에 나도 앓는다'는 까닭이 여기에 있다.

병을 치료하면서 나는 속으로 염원했다. 이 병고를 거치면서 보다 너그럽고, 따뜻하고, 친절하고, 이해심이 많고, 자비로운 사람이 되고자 했다. 인간적으로나 수행자로서 보다 성숙해질 수 있는 계기로 삼고자 했다. 지나온 내 삶의 자취를 돌이켜보니 알차고 참되게 살고 싶다. 이웃에 필요한 존재로 채워져야겠다고 마음먹었다.

앓게 되면 철이 드는지 새삼스럽게 모든 이에게 감사하는 마음이 일었다. 그리고 나를 에워싼 모든 사물에 대해서도 문득 고맙다는 생각이 들었다. 사람을 혼자서 사는 것이 아니라 주고받으면서 더불어, 함께 살아가는 것이 인생사임을 뒤늦게 알아차렸다.

병원 대기실에서는 많은 인내력이 따라야 한다. 미리 예약된 시간에 서둘러 도착해도 자신의 이름 부르기를 끝없이 기다려야 하는 때가 많다. 더러는 짜증이 나기도 하지만 환자가 자신만이 아니라 많은 사람들이 진료를 받아야 하기 때문에 참고 기다릴 수밖에 없다.

어느 날은 문득 이런 생각이 들기도 했다. 병원 대기실에서 기다리는 것도 환자에게는 치유가 되겠다는 생각. 우리들의 성급하고 조급한 마음을 어디가서 고치겠는가. 자신의 병을 치료하기 위해 기다리는 이런 병원에서의 시간이야말로 성급하고 조급한 생각도 함께 치료할 수 있는 계기로 삼아야 할 거라는 생각이었다. 이런 생각이 들자 그 뒤부터는 기다리는 일이 결코 지루하거나 무료하게 느껴지지 않았다. 그런 시간에 화두삼매(話頭三昧)에 들 수 있고 염불로써 평온한 마음을 지닐 수도 있다."

그러면서 스님은 병상에서 줄곧 생로병사란 순차적인 것이 아니라 동시적인 것이기도 하다는 것을 깨달았다고 했다. 자연사의 경우는 생로병사를 순차적으로 겪지만, 뜻밖의 사고나 질병으로 인한 죽음은 차례를 거치지 않고 생에서 사로 비약하기 때문이다. 이 말은 우리 삶은 앞으로 이렇게 될 것이다, 라고 확고하게 기약할 수 없는 것이라는 뜻이기도 하다. 그러기 때문에 순간순간의 삶이 중요하다. 언제 어디서 인생을 하직하더라도 후회 없는 삶이 되어야 한다는 간절한 염원을 갖고 살아가야 한다.

'지금, 여기'가 중요하다는 말을 수없이 듣고 살아간다. 어떤 식당에는 'Carpe Diem'이라고 쓴 라틴어 액자를 걸어놓기도 했다. 오늘을 잡으라(Seize the day!)는 뜻인데 오늘 이 순간이 전부라는 얘기다. 우리가 살아온 삶을 돌이켜 보라. 언제 어디서나 삶은 매 순간 나름대로의 모습으로 이루어져 왔다. 그 순간들을 뜻있게 살면 된다.

삶이란 순간순간의 존재다. 지금은 못하지만 나중에는 잘할 거라는 말, 다 소용없다. 지금 못하면 나중에도 못한다. 준비가 안 됐더라도 하고자 할 때 바로 시작해야 한다. 내 삶이 다음 순간에 어찌 될 줄 아는

가. 그때는 또 모든 게 내 뜻대로 되겠는가. 변화무쌍한 것이 인생이다.

가볍게 아름답게 떠나기 위해서는 단순한 삶이 무엇보다 우선되어야 한다. 하나만으로 만족할 줄 알아야 한다. 두 개가 있으면 하나는 남을 주라. 그러면 마음이 편안하고 기쁘기조차 하다. 불필요한 것들을 하나씩 버리고 홀가분해짐으로써 자기 자신과는 더욱 가까워진다. 다 가지려 하지 말자. 필요한 것과 불필요한 것을 분명하게 가릴 줄 알자.

문명이 만들어낸 온갖 제품을 사용하면서 '어느 것이 내 삶에 꼭 필요한가, 나는 이것들로 인해 진정 행복한가?' 스스로에게 물어본 적 있는가. 전문 셰프가 아닌 다음에야 한두 개만 있어도 될 프라이팬이 네다섯 개가 넘는다. 쓰지 않고 자리만 차지하는 조리도구들이 주방에 가득하다. 장사하는 사람들이 거기에 다 용도를 정해 이름을 붙여놓았다. 그렇게 해서 늘어난 물건들은 얼마나 또 우리들의 노동을 필요로 하는가.

적게 가지면서 조금 불편하게 살면 내가 가진 물건 하나하나의 가치가 높아지고 소중해진다. 그러면서 소유욕으로부터 조금씩 자유로워진다. 말로만 그런 것이 아니라 실제 생활에서 실행하고 있는 스스로를 기특하게 여긴다. 이런 작은 기쁨은 나이 들수록 정말 귀하다. 한번 웃으면 주름살 하나 펴진다는 말을 단순히 과장이라고 넘길 일이 아니다. 거기에 깊은 뜻이 있다. 우리의 일상생활을 걱정하는, 마음에 깊은 울림을 주는 가르침이다.

자연으로 돌아가는 길

요즘은 어딜 가나 '자연주의'라는 말이 거의 유행처럼 되었다. 상호는 물론이고 광고 문구에도 자연 혹은 자연주의가 들어가야만 고품질인 것처럼 되어버렸다. 자연이 무엇인가. '스스로 그러한 대로 있는 것'이 자연이다. 어떤 것도 더해지지 않고 원래 생긴 대로의 모습이 자연이다. 이렇게 말해놓고 보니 주변에서 무엇이든 자연스러운 것을 찾기 어렵게 되었다는 사실이 새삼스럽게 다가온다. 음식과 집, 생각과 마음, 우리의 얼굴은 물론 생활 속 모든 것에 인공, 연출의 손길이 닿아 있다.

자연과 멀어지면 인간이든 동식물이든 병들게 되어 있다. 우리의 몸과 마음이 자연에서 왔기 때문에 자연을 떠나 있으면 결핍이 생기고 결핍은 병을 부른다. 도시 사람들에게 불면증과 신경증이 유독 많고 신경정신과가 우후죽순 생겨나는 것을 생각해보면 알 수 있다. 사람들을 만나면 상당수의 사람이 불면을 호소한다. 의사들 말로는 불면증은 난치병 중에서도 난치병이다.

가장 치료하기 힘든 병이 불면증과 비만이라는 글을 어디서 본 적이 있다. 이건 몸의 병만이 아니고 그렇다고 정신의 병만도 아니다. 몸과 마음을 두루 살펴서 원인을 찾고 해법을 마련해야 하는데 이것이 각자의 생활과 인생과 맞물려 있어서 오랜 기간 집중해서 치료하지 않으면 낫지 않는다.

아파트의 자기 집에서는 잠이 잘 안 오는데 여행 가면 또 잘 잔다는 사람도 있다. 믿거나 말거나에 해당하는 얘기겠지만 어떤 사람이 땅에서 멀어지면 지기(地氣)가 없어서 심신이 불안하고 그 불안이 숙면을 방해한다고 말했다. 아마도 조사를 해보면 고층아파트에 사는 사람들의 불면증 환자 숫자가 많을 거라고 그럴싸한 이유를 댔다.

결국은 자연과 멀어지면서 우리가 알든 모르든 몸은 불편함을 느끼고 그것을 해결해달라고 호소한다는 얘기다. 아름다운 삶은 자연과 대지, 태양과 강, 나무와 풀을 가까이하는 데서 이루어진다. 자연을 보면서 나를 돌아보고 내 안의 자연을 되찾는다. 나의 자연이란 내 본래 모습이다. 궁극적으로 내가 기댈 곳은 오직 자연뿐임을 아는 마음이다.

자연의 속성 중 하나가 혼자서는 살아갈 수 없고 육식동물, 초식동물, 식물, 미생물들이 인간과 더불어 먹이사슬과 생태계를 이루며 조화를 이루고 살아간다는 점이다. 이 사슬에서 하나만 빠져도 혼란이 생기고 생존의 위협을 받는다. 곧 자연의 마음을 갖는다는 것은 나에게 집중되었던 마음이 '너'의 발견으로 나아가는 것이다. 나와 너, 우리가 어떻게 서로를 필요로 하고 도와줄 수 있는지 연결고리를 알게 되면 감사하는 마음이 생긴다.

타인과 교감과 공감을 나누는 일은 개체인 나를 뛰어넘어 전체와 만나는 과정 속에서 찾을 수 있다. 눈앞의 이해관계에서 벗어나 나 자신이 세상의 한 부분이고 우리 모두는 서로 연결된 존재임을 깨닫는다. 매일 시끄럽게 떠들고 복도에 쓰레기를 내놓아서 눈살을 찌푸리게 하는 앞집 혹은 옆집 사람이 과일가게를 할 수도, 신문을 만들 수도, 또는 내 아이를 가르치는 사람 중 하나일 수도 있다.

작은 생각 하나 고치기도 힘든 것이 이기적인 존재인 인간이다. 그래도 거기서 한 걸음씩 벗어나지 않으면 인생을 아름답게 마무리하는 것은 멀고 먼 이야기가 된다. 나를 얽어매고 있는 구속과 생각들에서 벗어나 자유로워져야 불만으로 가득 찬 세상에서 빛을 발견할 수 있고 내가 그 빛 아래로 나서서 웃음을 지을 수 있다. 그때부터는 삶에 끌려가는 예속된 존재가 아니라 삶의 주체로서 거듭나게 된다. 진정한 자유인에 이르는 것이야말로 삶을 아름답게 마무리하는 일이다.

원래 아무것도 없이 달랑 벌거벗은 몸으로 이 세상에 나온 것이 내 인생의 시작이다. 그때는 백지 같은 인생이었고 하늘을 나는 새처럼 들판의 풀꽃처럼 자유로웠다. 걸리는 것 없이 세상을 살았다. 하나씩 내 것이 생기면서 아이러니하게도 상실의 고통에 빠지게 되었다. 놀이터의 아이들을 보라. 모래와 개미만 가지고도 한나절을 웃으면서 놀 수 있다. 어른들은 즐겁게 놀려면 너무나 많은 것들이 필요하다. 돈도 있어야 하고 차도 있어야 하고 마음에 드는 동반자도 있어야 한다.

차 한 잔을 앞에 두고 그 향기와 맛과 빛깔을 조용히 음미하며 아무것도 아닌 이야기도 귀 기울여 들어줄 수 있는 마음이 자유다. 삶에 새로운 향기와 빛을 부여하며 마음에서 꿈틀거렸던 미움의 씨앗들을 녹이는 일이다. 이 점을 법정 스님도 스스로 다짐하셨다.

"우리들이 어쩌다 건강을 잃고 앓게 되면 우리 삶에서 무엇이 본질적인 것이고 비본질적인 것인지 스스로 알아차리게 된다. 무엇이 가장 소중하고 무엇이 그저 그런 것인지 저절로 판단이 선다. 그동안 자신이 살아온 삶의 자취가 훤히 내다보인다. 값있는 삶이었는지 무가치한 삶이었는지 분명해진다.

언젠가 우리에게는 지녔던 모든 것을 놓아버릴 때가 온다. 반드시 온다! 그때 가서 아까워 망설인다면 잘못 살아온 것이다. 본래 내 것이 어디 있었던가. 한때 맡아 가지고 있었을 뿐인데. 그러니 시시로 큰마음 먹고 놓아버리는 연습을 미리부터 익혀두어야 한다. 그래야 지혜로운 자유인이 될 수 있다. 이런 일도 하나의 '정진'일 수 있다."

헬렌 니어링과 스콧 니어링의 자서전이 한때 베스트셀러가 된 적이 있었다. 니어링 부부가 신간을 낼 때마다 많은 사람이 읽고 서로 권하고 선물하는 게 한때 유행있었다. 우리의 마음에 그런 인생에 대한 지향이 있음을 말해준다. 『조화로운 삶』, 『소박한 밥상』, 『인생의 황혼에서』, 『아름다운 삶, 사랑 그리고 마무리』. 책의 제목에 우리에게 들려주고자 하는 철학과 속삭임이 다 들어 있다.

모든 것은 서로 연결되어 있으며 우리가 사랑했던 것, 우리와 시간을 함께했던 것은 시간이 흘러도 사라지지 않고 우리 안에 기록되어 있다고 말한다. 하나가 아닌 전체, 서로를 연결하는 끈의 중요성을 거듭 강조한다. 헬렌 니어링이 『인생의 황혼에서』라는 책에서 우리에게 들려준 말을 가슴 깊이 새긴다.

"오래 살게 되어도 늙지는 마십시오. 우리가 태어나게 된 '위대한 신비' 앞에서 호기심으로 가득 찬 아이들처럼 계속 살아가십시오."

법정 스님이나 헬렌 니어링이나 자연의 한 부분으로 태어난 본래의 자기, 아이의 모습으로 살아갈 것을 권한다. 그래야 어깨의 짐을 내릴 수 있고 가벼운 마음으로 떠날 수 있다. 아름다운 마무리의 씨앗은 아름다운 삶 속에서 자란다. 하루하루가 다 소중한 날들이다.

법정 스님은 아름다운 마무리는 스스로 가난과 간소함을 선택해야 한다고 말했다. 재산이 있든 없든 소유의 감옥에 갇히지 말아야 간소한 삶을 살 수 있다. 간소함, 소박함은 정신에 자유로움을 가져오는 전달자다. 맑은 가난과 간소함으로 자신을 정신적 궁핍으로부터 바로 세우고 소유의 비좁은 감옥으로부터 해방시킨다.

시장에서 팥죽을 팔고 국수를 팔던 할머니가 1억 원을 학교에 기증했다는 소식을 종종 접한다. 나는 그 뉴스를 볼 때마다 마음 한쪽이 무겁다. 왜 자신이 사는 동안 편하고 행복하게 누릴 것을 누리지 못하고 돈을 그냥 쌓아두었다가 남에게 주는 걸까? 그 돈은 그 할머니가 원하는 방식대로 제대로 쓰일까? 안타까운 마음이 들었다.

나중에 생각난 건 할머니가 돈을 학생들에게 준 것은 그 행동에서 이미 모든 것이 완성되었을 수도 있다는 깨달음이다. 내게 꿈이 있고 그 꿈을 위해 돈을 벌고 모았다. 이제 누군가 단 한 명이라도 내가 번 돈으로 책을 사고 공부를 할 수 있다는 그 꿈이면 족하다는 생각이다. 거기에 공정한 쓰임이나 절차에 대한 고민은 들어 있지 않다.

사후처리 과정은 우리 사회가 성숙한 만큼 이루어질 일이고 할머니의 꿈은 자기 삶에서 뭔가 꼭 하고 싶은 일이 있었고 그것을 이루어 낸 과정에 있었다. 빈 통장을 보면서 비어 있는 자리만큼 마음은 그득해졌으리라 믿는다. 비로소 평안한 마음으로, 빈손이지만 부자의 마음으로 이 세상을 떠날 수 있었을 것이다.

혹시 할머니를 만날 기회가 있으면 다음엔 할머니의 기쁨과 행복을 위해서도 돈을 쓰세요. 큰돈을 한 번에 기부하지 말고 적은 돈을 가까운 이웃을 위해 그때그때 쓰세요, 라고 말하고 싶다. 하지만 내 것을 남에게 줄 수 있는 큰마음을 향해서만은 큰절을 올리고 싶다.

계로록(戒老錄)

법정 스님의 책 『아름다운 마무리』에는 일본 소설가 소노 아야코가 쓴 『계로록』이라는 책의 내용이 일부 소개되어 있다. 제목이 말해주듯 늙어 감을 경계하고 견책하는 내용의 책이다. 요즘 우리 사회의 화두이자 유행이기도 한 '멋지게 늙어가는 법'이 여덟 가지 나와 있어서 소개할까 한다.

1. 늘 인생의 결재를 해둘 것

2. 푸념하지 말 것

3. 젊음을 시기하지 말고 진짜 삶을 누릴 것

4. 남이 주는 것, 해주는 것에 대한 기대를 버릴 것

5. 쓸데없이 참견하지 말 것

6. 지나간 이야기는 정도껏 할 것

7. 홀로 서고 혼자서 즐기는 습관을 기를 것

8. 몸이 힘들어지면 가족에 기대지 말고 직업적으로 도와줄 사람을 택할 것

하나도 새로울 게 없는 빤한 얘기들이다. 남에게 좋은 마음을 갖고 나 스스로를 돌보라는 테두리 안의 자잘한 습관과 마음가짐들이다. 이 중에서 여섯 번째 충고인 '지나간 이야기는 정도껏 할 것'이라는 항목에서 웃음을 참을 수 없었다. 많은 노인들의 질리게 떠벌리는 과거 얘기에 진력났던 기억이 떠올라서였다.

우리가 만나는 대부분의 노인이 이 점을 지키지 못한다. 2번과 5번 항목하고도 통하는 데가 있다. 과거 얘기를 늘어놓고 세상만사 내가 제일 잘 안다고 생각하기 때문에 쓸데없이 참견하고 푸념도 자주 늘어놓게 된다. 문제는 나이가 아니라 정신에 있다. 아무리 나이를 먹어도 정신의 건강성을 유지한다면 함부로 남의 일에 끼어들거나 일방적으로 내 이야기만 길게 늘어놓을 리가 없다. 이와 상반되는 말을 조주선사가 했다.

"나는 백 살 노인을 만나서도 가르쳐줄 게 있으면 가르칠 것이요, 팔 세 소년을 만나서도 그가 내게 가르쳐줄 것이 있으면 배울 것이다."

나이가 백 살이든 여덟 살이든 대화나 관계에 하등 장애가 안 된다는 뜻이다. 그러고 보면 우리는 나이가 든다는 사실, 늙었다는 사실을 지나치게 의식하는지도 모른다. 시간만 흐르면 누구에게나 주어지는 나이를 무슨 벼슬처럼 내세운다. 물론 나이만큼 겪어온 고난과 시련이 있겠지만, 그것은 남이 알아주어야 할 일이지 내가 주장할 일은 아니다. 나이를 강조하다 보면 죽음이 가까이 다가왔다는 사실도 인식하게 될 것이고, 저절로 조급한 마음에 과도하게 의미를 부여하게 된다. 과유불급이다. 지나친 건 항상 문제를 일으킨다.

노년에 경계해야 할 일들을 적은 '계로록' 같은 책이 나온 이유도 늙음의 함정에 빠지지 말라는 뜻이다. 다 아는 것 같은 당연한 내용의 글귀를 읽으며 습관에 의지해 살고 있는 자신과 굳어진 일상을 돌아본다. 어렸을 때나 젊었을 때는 무슨 일을 하거나 선택을 할 때 고민이라는 과정을 거친다. 늙으면 일정하게 해온 패턴이 있기 때문에 그냥 하던 대로 한다. 이게 탈이다.

노쇠현상에는 여러 가지가 있지만 가장 두드러진 것은 반복이다. 좋게 말해 규칙적인 삶인데 여기에 부작용이 있다. 몸처럼 정신에도 굳은 살이 박여서 늘 하던 걸 그대로 하지 않으면 어딘지 불편하고 기분이 안 좋아진다. 바로 습(習)이 깊어진 탓이다. 불가에서는 습을 가장 경계한다. 습이 곧 업(業)이 될 수 있기 때문이다. 잘못해도 잘못인 줄 모른다. 늘 그래 왔다는 그럴싸한 변명이 있다.

했던 말 또 하고 했던 행동 또 하는데 거기 어디에 변화의 여지가 있고 반성의 기미가 있겠는가. 늙을수록 어린애의 눈으로 세상을 보라는 말은 새로운 것에 대한 호기심과 배우려는 마음을 가지라는 뜻이다. 그래야 영혼도 육체도 건강을 유지할 수 있다.

좁고 작은 자기중심의 세계에서 벗어나 보라. 넓고 다양한 세상이 나를 기다리고 있다. 열린 눈으로 자신과 타인을 바라볼 수 있어야 늙어도 세상에서 소외되지 않는다. 내가 하는 말에 나이의 무게까지 실어서 남에게 주장, 강요하면 누가 나와 대화를 하고 싶어 하겠는가. 아름다운 노년은 매사에 앙앙불락 하지 않고 '그럴 수도 있지' 하는 너그러운 자세로 받아들일 때 가능하다. 내가 살아온 세월이 많으니까 '니들이 뭘 알아.' 하며 밀쳐내는 입장을 고수하기 시작하면 정신은 급속히 메마르게 된다.

언제든 떠날 채비를 하자

영원히 이어질 것 같던 여름철 무더위도 처서가 지나면 한풀 꺾인다. 아, 가을이 왔구나 하면 또 금방 찬바람이 분다. 겨우내 난방비 걱정에 감기와 추위로 고통을 호소하다가 금방 바람결이 따스해진 걸 느낀다.

나무에 물이 오르고 보도블록 사이에 조그만 풀들이 돋아난다. 봄이다. 봄이 왔다. 세상은 이렇게 돌고 돈다.

순환의 법칙, 이 우주 질서가 지속되는 한 지구는 살아 숨 쉬고 매일 바뀐다. 저마다 정해진 때에 따라 꽃이 피고 비가 오고 눈이 온다. 매화가 필 때가 되면 매화가 피고, 원추리 필 때가 오면 원추리가 핀다. 꽃들은 제 시절을 안다. 어김없이 제때에 세상에 나와 호시절을 즐긴다.

철모르는 사람이라는 말을 생각하면 이해하기 쉽다. 나설 때와 물러설 때, 할 것과 안 할 것을 구분 짓지 못하고 아무 때나 덤비는 사람을 철모르는 사람이라고 한다. 자기가 해야 할 몫이나 역할에 소홀하고 세상 이치에 둔감한 사람을 철없는 사람이라고 부른다. 그것만 봐도 자기 때를 안다는 것이 얼마나 중요한지 알 수 있다. 살아가는 일에 있어서 결정적인 요소인 적절한 타이밍과도 일맥상통하는 말이다.

가을바람이 불어오면 자꾸 하늘을 쳐다보게 된다. 더위가 물러가면서 하늘이 훌쩍 높아졌다. 물도 맑고 계곡 물소리도 다소곳하다. 기온이 달라진 덕인지 차 맛도 더 향기롭고 새롭다. 바람에 국화 향기가 묻어 있고 어디선가 크고 작은 곤충들의 소리도 끊이지 않는다. 사람들은 벌레들이 노래를 한다고 하지만 벌레들은 종족을 보존하고자 짝짓기를 하기 위한 처절한 구애작전이라고 한다.

가을 달은 더욱 청명해 보인다. 초승달은 초승달대로 곱다란 빛을 뿜고 반달, 보름달, 몸을 바꿔가면서 달은 채우고 이지러짐을 반복한다. 저 달을 보면서 옛 선비들은 성즉쇠(盛則衰)의 이치를 터득했을 것이다.

완전한 원을 그리며 차오르다가 서서히 작아져 아주 사라져버리는 달에게서 인생의 유한함과 무상함을 가슴 깊이 배웠을 것이다. 그것이 결코 초라하거나 어두운 광경이 아니라 빛나고 아름답다는 사실에서 위안을 얻었으리라. 자연은 그렇게 늘 가까이서 우리에게 삶의 이치와 원리를 가르치는데 우리는 멀리서 엉뚱한 곳에서 찾아 헤맨다.

아름다운 삶의 자세는 살아온 날들에게 찬사를 보내는 것이다. 내가 잘했든 못 했든 박수를 쳐주고 등을 토닥여주는 일에서 시작된다. 나를 내가 끌어안아야 타인의 상처를 보듬고 치유해줄 수 있다. 생존경쟁에서 살아남느라 잃어버렸던 나를 찾는 과정의 첫 단추이기도 하다. 수많은 의존과 타성적인 관계에서 자신을 떼어놓고 거리를 두고 바라보는 독립적인 인간이 되는 길이다. 그래야 홀로 설 수 있고 혼자 가는 죽음의 길을 평안히 나설 수 있다.

법정 스님은 어디 어느 것에도 얽매이지 않고 순례자나 여행자의 모습으로 살았다. 언제든 떠날 채비를 갖추고 하루하루를 살아야 한다는 것을 몸으로 보여주었다. 우리 앞에 놓인 많은 우주의 선물을 그저 감사히 받아쓰고 언제든 빈손으로 떠날 수 있도록 준비하는 마음은 삶의 태도이면서 죽음을 맞는 태도이다.

저토록 무성한 나뭇잎들도 머지않아 늦가을 서릿바람에 잎사귀를 다 떨어뜨릴 것이다. 헐벗은 몸으로 겨울을 나고 바깥은 꽁꽁 얼어붙은 겨울이지만 나무는 뿌리에서부터 양분을 모으고 힘을 단단히 뭉쳐 새 계절을 기다린다. 때가 오면 마른 가지에 새잎이 돋아날 것이다. 다시 꽃을 피우고 열매를 맺고 그 모든 것을 한꺼번에 버리고 나목이 되기를 수 없이 반복하며 고목이 된다. 생멸의 시간 속에서 조금씩 성장하는 것처럼 또한 조금씩 죽음에 다가가고 있다. 뿌리가 더 이상 생명의 물을 길어 올리지 못해 고사목이 되어도 그 또한 아름다움이다.

비우고 또 비워라

법정 스님이 또 강조하는 아름다운 마무리는 비움이다. 우리는 살면서 얼마나 우리 자신을 많이 채웠는가. 지갑을 채우고, 사랑을 원하는 갈망을 채우고, 위장을 채우고, 집안을 살림살이로 채웠다. 어쩌면 여태까지 더 가득 채우기 위해 달려왔는지도 모른다. 병이 걸릴 만큼 열심히 일해서 돈을 번 것도 채우기 위해서였다. 어떤 때는 남의 것을 빼앗아 내 것을 채우기도 했다. 사는 건 원래 채우는 건 줄 알았다. 우리가 채우는 데만 자신을 사용하는 동안 우리 정신은 너무 빽빽하게 꽉 채워져서 숨을 쉬지 못했다.

늙으면 더 이상 무언가를 채울 힘이 남아 있지 않다. 오직 자신의 목숨을 부지하기 위해 움직일 수 있는 힘만 겨우 남는다. 이런 때 채우는 데 힘을 쓰면 어떤 일이 생길까? 명을 재촉하고 병을 불러들인다. 그래도 쥔 손을 펴지 못한다. 자기가 가진 것을 목숨처럼 쥐고 매달린다. 채움의 대상에는 돈과 명예도 있지만, 가족을 비롯한 인간관계도 포함된다. 꼭 틀어쥐었던 관계들에서 손을 풀고 마음을 느슨하게 갖자.

누구도 달려오는 세월의 물길을 멈출 수는 없다. 아까워도 애가 타도 내려놓고 비워야 한다. 이제 채움만을 향해 달려온 생각을 버리고 비움에 다가가야 한다. 비운다는 것은 가지고 있는 것을 어디다 갖다 버리라는 말이 아니라 그것에 달라붙어 있던 마음을 떼어내 술술 공기가 통하게 해야 한다는 뜻이다.

돈을 버는 일에만 집중했다면 이제 알맞은 곳에 쓰는 것에도 마음을 기울여야 한다. 사람의 관계에 집착했다면 내 소유의 사람으로 보는 것에서 벗어나 그 사람이 진정으로 무엇을 바라는지 돌아볼 시간을 가져야 한다. 비워봐야만 보이는 것들, 비워야 평안해지는 정신으로 노년을 보내야 아름다운 마무리가 이루어진다. 비움이 가져다주는 충만으로 자신을 채우는 순간 우리는 죽음이 다가와도 두렵지 않다.

공원에서 할머니들이 옹기종기 모여 햇볕을 받고 있는 걸 볼 때가 있다. 봄이면 마당에 꽃씨를 뿌리던 얘기를 하고 곡우에 파종하던 얘기를 한다. 자식이 착하고 예뻤을 때를 얘기한다. 그 옆에는 손자뻘 되는 조그만 아이들이 흙장난하거나 미끄럼틀을 탄다. 노인들의 무리나 아이들의 무리나 노는 모습이 비슷하다. 이들에게는 이해관계가 없다. 상대를 이용해서 내 것을 늘리고 취할 생각이 없다. 그냥 같이 있는 것이 전부다. 사심이 없기 때문에 전철에서도, 가게에서도, 놀이터에서도 말 한마디 건네는 것으로 금방 친해진다.

나물을 캐도, 떡을 나눠 먹어도, 손자 보는 법과 며느리와의 갈등을 극복하는 법을 전수할 때도 사리사욕이 없어야 서로 편안하게 친해지고 의지가 된다. 너 잘났네, 나 잘났네, 하면서 몽니를 부리는 순간 좋았던 관계는 진흙탕 속으로 빠져버린다. 뭘 해도 재미있던 시간이 저 인간 언제 가나, 기다리는 미워하는 마음으로 바뀐다.

아름다운 마무리는 삶의 본질인 놀이를 회복하는 것이기도 하다. 맘 편히 같이 놀 수 있었던 어린 시절의 마음으로 돌아가자, 피카소가 평생을 바쳐 얻고자 했던 '일곱 살 어린애의 마음'을 회복해야 한다. 심각함과 복잡한 생각을 내려놓고 천진과 순수로 돌아가 인간이라는 존재가 누릴 수 있는 최상의 기쁨에서 노닐다 떠나는 것이 노년의 삶이다.

언제라도 좋다. 지금부터 내 인생을 아름답게 마무리하겠다, 마음먹는 순간이 바로 그때다. 과거나 미래의 어느 때가 아니라 지금이 나에게 주어진 유일한 순간임을 알아야 한다. 지나간 모든 순간들과 기꺼이 작별하고, 아직 오지 않은 순간들에 대해서는 미지 그대로 열어둔 채 지금 이 순간을 받아들인다. 움켜쥐려는 생각 없이 불어오는 바람처럼 어디서 왔는지 어디로 가는지 모른 채 오면 맞고 가면 보내는 것이다.

법정 스님은 사람은 이 세상에 올 때 하나의 씨앗을 지니고 온다고 했다. 씨앗을 제대로 움트게 하려면 자신에게 알맞은 땅을 만나야 한다. 지금 어떤 땅에서 어떤 삶을 이루어 살고 있는지 순간순간 물어야 한다고 했다. 씨앗이 좋다 해도 알맞은 땅에서 자라도 외부조건 때문에 성장이 순조롭지 않을 수 있다. 생명은 성장과 성숙 속에서 빛을 발한다.

삶이 비참해질 때는 죽는다는 사실보다도 살아 있는 동안 우리 내부에서 무언가 죽어가고 있을 때이다. 씨앗이 싹이 터서 잘 자라야 하는데 여러 이유로 쭉정이가 돼버리면 사는 게 재미가 없어진다. 모자라면 모자란 대로 넘치면 넘치는 대로 신명을 내며 사는 것이 생명을 가진 존재의 본분이다. 자신을 삶의 변두리가 아닌 중심에 두면 어떤 환경이나 상황에도 크게 흔들림이 없을 것이다.

그렇게 살았다면 비록 큰 성공을 거두지 못하고 소박하게 살았다 해도 죽음 앞에서 마음에 걸리는 것이 적다. 원한 산 일, 남의 가슴에 못 박은 일 없이 잘 어울려 즐겁게 살다 간다, 라는 말을 할 수 있어야 한다. 그래야 떠나는 발걸음이 가볍다. 모든 것을 담담하게 받아들일 수 있는 삶의 지혜는 따뜻한 가슴에서 나온다.

죽음 앞에서까지 자신을 향해 엄격한 잣대를 들이대고 점수를 매기지는 말자. 돌아보면 아쉬운 점과 후회와 개탄이 많겠지만 그 모든 역경을 뚫고 완주를 한 것만도 대단한 일이다. 갸륵하고 대견하다고 스스로를 칭찬해주자. 남과 비교할 필요도 없다. 나는 나대로 나만의 나무를 키워왔고 열매를 맺었다. 참 귀하고 소중한 인생이었다.

인생의 황혼기는 묵은 가지에서 새롭게 피어나는 꽃일 수 있어야 한다는 스님의 말씀은 바로 이런 발상의 전환을 염두에 둔 것이다. 몸은 차츰 이지러져 갈지라도 넓고 깊어진 눈 덕분에 마음은 샘물처럼 차오를 수 있어야 한다. 자신에게 주어진 한정된 시간을 한탄과 원망 같은 무가치한 일에 결코 낭비하지 말고 감사와 자족의 시간으로 채우자.

"내 스스로가 말이 너무 많았다."

법정 스님은 이 말을 남기고 길상사를 떠나 강원도 산골 오두막으로 들어가 손수 땔감을 구하고 밥을 짓는 삶을 사셨다. 훗날 병이 들어 세상을 떠날 때도 마지막 당부를 잊지 않으셨다.

"사리를 찾으려 하지 말며, 탑도 세우지 말라. 번거롭고 부질없으며 많은 사람들에게 수고만 끼치는 일체의 장례의식도 행하지 말라. 내가 죽을 때는 가진 것이 없으므로 무엇을 누구에게 전한다는 번거로운 일도 없을 것이다."

입적하기 오래전에 미리 써놓은 유서의 한 구절이다. 평생 지녀온 무소유 행보는 죽음 앞에서도 올곧게 이어졌다. 두고두고 우리의 삶을 돌아볼 큰 화두를 남기셨다.

약해지지 마!

아흔아홉 살의 나이에 시집을 낸 일본인 할머니 시바타 도요가 장안에 화제가 된 적이 있었다. 책 제목이 모든 것을 말해준다. 인생살이에 고단한 우리에게 『약해지지 마』라고 속삭인다. 별생각 없이 책장을 펼쳤다가 한순간 콧망울이 시큰해지며 가슴이 촉촉해지는 경험을 했다. 99

세는 과연 어떤 나이인가. 상상도 되지 않는다. 그런 할머니가 아이 같은 마음과 눈으로 시를 썼다.

답장

바람이 귓가에서
"이제 슬슬 저세상으로 갑시다" 간지러운 목소리로 유혹해요
그래서 나
바로 대답했죠
"조금만 더 있을게. 아직 못한 일이 남아 있거든."
바람은 곤란한 표정으로
스윽 돌아갑니다

나이 듦과 죽음에 대해 이토록 경쾌하고 가뿐하고 심지어 귀엽기까지 한 시를 또 누가 쓸 수 있을까? 더구나 99세 노인의 시라는 것을 생각하면 경이에 가까운 명랑함이다. 이 시를 읽으면서 사람들은 어떤 생각을 할까? 여기에는 죽음에 대한 두려움도 삶에 대한 회한도 없다. 다만 조금만 더 내가 원하는 일을 하고 싶다는 바람만이 간절하다. 이것이 시요, 이것이 삶이다. 그냥 내 마음에 떠오르는 것을 말하고 상대에게 전달한다. 어떤 인위도 억지 의미도 고담준론도 없다. 삶 그 자체가 말이고 시고 마음이다.

더 놀라운 것은 이 할머니가 102세에 두 번째 시집『백 세』를 출간했다는 사실이다. 무용을 더 이상 할 수 없게 돼 실망한 어머니에게 아들이 써보라고 권한 때가 92세였다. 꾸준히 일기를 쓰며 매일 시를 썼다. 시를 쓰는 시간 속에서 자신을 사랑하고 사람들을 사랑하는 마음을 지켰다. 할머니의 대표 시로 알려져 있는 '약해지지 마'는 우리 가까이에서 들려주는 다정한 속삭임이다.

약해지지 마

있잖아, 불행하다고
한숨짓지만
햇살과 산들바람은
한쪽 편만 들지 않아
꿈은
평등하게 꿀 수 있는 거야
나도 괴로운 일 많았지만
살아 있어 좋았어
너도 약해지지 마

어려운 단어 하나 없이 하고 싶은 말을 다 한 시 한편이다. 나이가 적거나 많거나 항상 배우고 익히면서 탐구하는 노력을 기울이지 않으면 누구나 삶에 녹이 슨다. 깨어 있고자 하는 사람은 삶의 종착점에 이를 때까지 자신을 묵혀 두지 않고 거듭거듭 새롭게 일깨워야 한다. 이런 사람이 다음 생의 문전에 섰을 때도 당당하다.

살아 있는 모든 것은 때가 되면 그 생을 마감한다. 이것은 그 누구도 어길 수 없는 생명의 질서이며 삶의 신비이다. 만약 삶에 죽음이 없다면, 삶이 무한정 이어진다면 삶을 귀하게 여기지 않을 것이다. 죽음이라는 발판 위에 서 있기 때문에 삶이 빛날 수 있다. 삶의 마지막 노정인 죽음을 알기 때문에 좋은 일에서도 나쁜 일에서도 배움을 얻는다.

내가 경험한 가장 가까운 사람의 죽음은 아버지가 처음이었다. 부음을 들었던 적은 있어도 시신을 만지며 죽음이 이렇게 차갑게 오는 것이라는 사실을 온몸으로 실감한 것은 아버지 돌아가셨을 때가 처음이었다. 죽은 사람은 말이 없다는 말도, 죽으면 다 소용없다는 말도, 그때 처음 실감했다. 아직 손이 따뜻한데도 심장박동은 멈추었고 코에서는 숨이 나오지 않았다. 서서히 차갑게 식으며 딱딱하게 굳어가는 몸을 믿을 수 없었다. 사람이 죽으면 그다음에 어떻게 되는 건지 누가 답을 말해주었으면 좋겠다는 생각이 들었다. 왜 종교가 생겼고, 왜 나이 들면 신앙을 갖게 되는지도 이해했다. 잘 죽어야 살아온 시간이 깔끔하게 마무리되는데 그러기 위해서 어떤 절대자가 내 죽음을 관장하기를 바라는 것이다. 죽음이 예측 가능한 범위 안에 들어오기를 바라는 마음이다. 웰다잉과 웰빙은 같은 줄 위에 서 있었다.

법정 스님은 임종에 대해 구체적인 이야기를 남기셨다.

"이 풍진 세상을 살아가는 일도 어렵지만 죽는 일 또한 쉬운 일이 아니다. 순조롭게 살다가 명이 다해 고통 없이 가는 것은 다행한 일이지만, 오랫동안 병상에 누워 본인은 물론 가족들이 함께 시달리게 되면 잘 죽는 일이 잘 사는 일보다 훨씬 어렵게 느껴질 것이다. 그래서 죽음복도 타고나야 한다는 말이 나옴 직하다.

살 만큼 살다가 명이 다해 가게 되면 병원에 실려 가지 않고 평소 살던 집에서 조용히 죽음을 맞이하는 것이 지혜로운 선택일 것이다. 이미 사그라지는 잿불 같은 목숨인데 약물을 주사하거나 산소 호흡기를 들이대어 연명의술에 의존하는 것은 당사자에게는 커다란 고통이 될 것이다.

우리가 한평생 험난한 길을 헤쳐 오면서 지칠 대로 지쳐 이제는 푹 쉬고 싶을 때, 흔들어 깨워 이물질을 주입하면서 쉴 수 없도록 한다면 그것은 결코 효가 아닐 것이다. 현대 의술로도 소생이 불가능한 경우라면 조용히 한 생애의 막을 내리도록 거들고 지켜보는 것이 도리일 것이다.

될 수 있으면 평소 낯익은 생활공간에서 친지들의 배웅을 받으면서 삶을 마감하도록 하는 것이 바람직하다. 병원에서는 존엄한 한 인간의 죽음도 한낱 업무로 처리되어 버린다. 마지막 가는 길을 낯선 병실에서 의사와 간호사가 지켜보는 가운데서 맞이한다면 결코 마음 편히 갈 수 없을 것이다.

사람에게는 저마다 고유한 삶의 방식이 있듯이 죽음도 그 사람다운 죽음을 택할 수 있도록 이웃들은 거들고 지켜보아야 한다. 그러기 위해서는 우리가 일찍부터 삶을 배우듯이 죽음도 미리 배워두어야 할 것이다. 언젠가는 우리들 자신이 맞이해야 할 엄숙한 사실이기 때문이다."

평생 쓰는 병원비의 90%를 죽기 전 1년 동안 쓴다고 한다. 그것은 완치하기 위한 치료비가 아니라 치료가 안 된다는 걸 알면서도 아무것도 안 하기가 불안해서 그저 연명만 하는 데 쓰는 돈이다. 그동안 몸은 극심한 고통을 겪지만, 가족들은 통증만 완화하면 환자의 목숨을 포기하는 것만 같아서 죄책감 때문에 연명치료에 큰돈을 쓴다.

아까운 얼마 동안의 마지막 시간을 그렇게 보낸다. 죽음에 대한 생각을 바꿔야 하는 가장 큰 이유가 바로 그것이다. 아파도, 병을 앓고 있어도 그 삶도 내 삶이다. 삶답게 써야 한다. 환자의 인권은 환자 스스로 자기 몸의 결정권을 가질 때 생긴다. 그 결정은 죽음에 대한 것이 아니라 여생에 대한 것이다. 남은 생을 어떻게 사느냐, 하는 문제다. 이제 이런 얘기를 허심탄회하게 나누면서 마지막 숨을 거두는 순간까지 자기 삶을 사랑하고 아끼는 마음을 지키자.

마지막으로 남기고 싶은 말

목숨이 경각에 달했을 때 죽어가는 사람은 안타까이 생명의 끈을 잡고 늘어진다. 숨을 몰아쉬며 마지막 힘을 다 끌어모아 말을 남기고자 한다. 그 말에 담긴 집약된 생명의 기운 때문인지 우리는 유언을 오래 잊지 않고 기억한다. 때로는 그 순간의 간절함이 가슴을 찌르고 때로는 온 인생이 담긴 한 마디에 눈물을 흘린다.

시인 이상은 "레몬 향기를 맡고 싶다"고 말했다. 레몬을 갖다 주자 향기를 맡으면서 "좋다"는 말을 남기고 숨을 거두었다. 대원군은 고종이 보고 싶다고, 아직 오지 않았느냐고 물으며 죽었다고 한다. 쉰네 살에 안타까운 죽음을 맞이한 야구선수 최동원은 "공을 던지고 싶다"가 마지막 말이었다.

이 말들에 무엇이 들어 있는가. 삶의 정점이 있고 삶의 핵심이 있다. 삶은 이다지도 슬프고도 아름다운 것이었던가. 법정 스님의 마지막 말은 무소유를 평생 실천해온 분답게 아무것도 가지지 않게 해달라는 말씀이었다.

"수의는 절대로 만들지 말고 내가 입던 옷을 입혀서 태워 달라. 타고 남은 재는 봄마다 나에게 아름다운 꽃 공양을 바치던 오두막 뜰의 철쭉나무 아래 뿌려 달라. 그것이 내가 꽃에게 보답하는 길이다. 어떠한 거창한 의식도 하지 말고 세상을 떠들썩하게 하지도 말라."

자신의 뜻과 어긋나게 살아 있는 사람의 방식으로 죽음을 처리하지 말라는 뜻이다. 이 말을 들으며 우리는 다시금 스님의 심중 말씀을 가슴에 새긴다.

"절대로 다비식 같은 거 하지 마라. 이 몸뚱어리 하나를 처리하기 위해서 수많은 나무를 베지 마라."

긴 병을 앓으셨기에 삶을 마무리하는 자세에 대해서도 죽음의 의식을 치르는 과정에 대해서도 남은 사람이 번거롭지 않고 당신도 가볍게 떠날 수 있는 방법을 일일이 일러주었다. 그리고 마지막 숨을 고르며 오래오래 생각했을, 눈을 감고 말이 가슴에서 시작해서 입을 통해 세상에 씨앗으로 뿌려지길 바라며 남기신 말씀이다.

"모든 분들에게 깊이 감사드린다. 내가 금생에 저지른 허물은 생사를 넘어 참회할 것이다. 내 것이라고 하는 것이 남아 있다면 모두 맑고 향기로운 사회를 구현하는 활동에 사용해 달라. 이제 시간과 공간을 버려야겠다."

나에게는 마지막 문장이 가장 오래 귀에 맴돌았다. 시간을 버린다는 말보다 공간을 버린다는 말은 육체가 이 세상을 떠난다는 뜻이 고스란히 느껴져서 가슴이 아팠다. 나의 이 마음 또한 법정 스님이 원하는 것은 아닐 것이다.

화가 김점선

모든 대추나무는 언젠가는 다 죽는다.

벌레 먹혀 흐물흐물 해체되어 가는 게 행복한 대추나무인가,

순식간에 몇백만 볼트의 플라스마 상태의 전기에 구워져서,

살아서는 도저히 꿈도 꾸지 못하던

고품질 재료로 변신하면서 죽는 게 슬프기만 한 일인가?

나, 김점선

　한 사람의 죽음을 얘기하자면 어쩔 수 없이 살아온 궤적을 말하지 않을 수 없다. 누구의 삶이 아름다웠고 누구의 삶이 평안했는가 더듬어보는 일은 쉽지 않다. 저마다 살아온 이야기는 산을 이루고 우여곡절도 많다. 그만큼 값어치 있는 인생들이다. 그러나 죽음을, 세상 떠남을 얘기하면서 우리가 꼽아볼 사람은 삶은 뜨겁게 죽음은 차갑게 혹은 담담히 맞선 사람들이다. 그중에서도 화가 김점선은 대표적으로 삶을 아낌없이 활활 태우다 간 사람이다.

　그림에 조금이라도 관심이 있는 사람이라면 김점선이라는 이름이 낯익을 것이다. 해마다 빠지지 않고 전시회를 했으며 다른 작가와의 공동전도 적지 않게 열었다. 문구류나 책표지 등에서 쉽게 그녀의 그림을 볼 수 있다. 거부감이 전혀 들지 않는 동물이나 꽃을 그녀 특유의 색감과 필치로 보는 사람의 가슴에 숨죽이고 있는 동심을 자극하는 그림들이다. 과연 어떤 사람이기에 이런 순진무구한 그림을 그릴 수 있을까, 한 번쯤 생각해보게 된다.

　〈속삭임〉이라는 제목의 말 그림은 말이 금방이라도 화폭에서 걸어 나와 내 귀에 대고 무슨 말인가를 속삭일 것처럼 두 마리 말의 대화는 다정하다 못해 귀가 간지럽다. 김점선의 그림은 모두 그렇게 생생하고 군더더기가 없는 자연 그대로의 모습이다. 생활에 찌들고 삶에 부대끼는 어른들의 눈에는 잘 안 보이는 순정한 동물과 식물의 모습을 발견하고 표현해내는 작가의 삶 또한 거기서 멀지 않았다.

그녀는 삶만큼 죽음도 남달랐다. 삶에 자신의 전부를 던져 헌신했듯이 죽음 앞에서도 의연하게 삶의 한 자락도 낭비하지 않았다. 끝까지 당당한 모습으로 죽음을 두려워하지 않는 그 열정을 사람들은 부러워했고 놀라워했다. 어떻게 그것이 가능했을까? 감히 짐작해보건대 삶에 미련이 남지 않을 만큼 최선을 다했기 때문에 죽음도 삶의 일부분으로 끌어안을 수 있지 않았을까?

그녀는 같이 있는 사람을 행복하게 해줄 줄 아는 유쾌한 사람이었다. 누구를 만나든 늘 즐거운 삶을 살았다. 화가의 일상을 짤막하게 일기처럼 쓴 『나, 김점선』이라는 책을 보면 그녀가 어떻게 나이보다 이십 년은 젊게 사는지 알콩달콩한 이야기들이 나와 있다. 사람이 태어나서 할 수 있는 최초의 일도, 최고의 일도, 최후의 일도 사람을 사랑하는 일이라는 구절을 읽고 그녀의 모든 행동과 그림의 단초를 발견한 느낌이었다.

김점선은 1946년에 태어나 평생 그림을 그리는 화가로 살았다. 남편과 사별 후 2007년 갑작스럽게 찾아온 난소암에도 굴하지 않고 창작활동을 계속하다가 예순세 살에 세상을 떠났다. 삶만큼 그림 그리는 일에서도 치열했다. 고정관념을 깨는 그림으로 찬사와 비판을 동시에 받았다. 말과 오리, 꽃 등 자연을 소재로 삼았으며 그림을 보는 순간, 김점선이라는 이름을 떠올릴 만큼 독특한 작품세계를 구축했다. 지구에 혼자 살아남아도 그림을 그리겠냐, 라는 질문에 그녀는 이렇게 답했다.

"그림은 그리는 도중에도 좋고 혼자 바라봐도 좋으니 그림을 그리기는 할 것이다. 그래도 곧 활력을 잃을 것이다. 나의 느낌을 누군가와 나누는 기쁨이 아주 없어져 버리니까."

맞다. 그게 바로 김점선이다. 그녀에게는 그림만큼 타인과의 교감이 소중했던 것이다.

삶과 함께 죽음도 자란다

책을 읽다가 눈길을 멈추고 오래 한 페이지를 응시하는 일이 종종 있다. 뜨거운 욕망의 페이지일 수도 있고 따사로운 사랑, 고개 숙여지는 숭고함, 어떤 감동의 장면에서 우리는 자신을 가다듬으며 작가의 진정 어린 말에 귀 기울인다. 나도 자주 그런 순간을 만난다.

장안의 독자들 절반 이상이 읽었을 법한 하루키의 소설 한 대목이 최근에 내 눈길을 오래 잡아끌었다. 아마도 내게 죽음에 대한 의문이 생긴 뒤여서 그랬을 것이다. 그 어떤 성경이나 철학서보다 내게 큰 울림을 주는 장면이었다. 참고삼아 여기에 그 대목을 올려본다.

그녀의 이미지는 밀물처럼 잇따라 나에게 밀려와서, 내 몸을 기묘한 장소로 밀어내게 하였다. 그 기묘한 장소에서, 나는 사자와 함께 살았다. 거기엔 나오코도 살아 있어서 나와 이야기를 주고받고, 포옹할 수도 있었다.

그 장소에선 죽음이란 삶을 결말짓는 결정적인 요인은 아니었다. 거기서 죽음이란 삶을 구성하는 많은 요인 중의 하나일 뿐이었다. 나오코는 죽음을 안은 채 거기서 살고 있었다. 그리고 그녀는 나에게 이렇게 말했다.

"괜찮아, 와타나베. 그건 그저 죽음일 뿐이야. 마음 쓰지 말아."

거기서는 나는 슬픔이라는 걸 느끼지 않았다. 죽음은 죽음이고 나오코는 나오코였기 때문이다.

"봐, 걱정하지 말아. 나 여기에 있잖아!"

나오코는 부끄러운 듯이 웃으면서 말했다.

언제나와 같이 사소한 몸짓이 내 마음을 부드럽게 치유해주었다. 그래서 나는 생각했다. 이것이 죽음이라면 죽음도 그다지 나쁘진 않은 거구나, 그래 죽는다는 건 그렇게 대단한 일이 아니야.

죽음이란 그저 죽음일 뿐이고, 게다가 나는 여기 있으니 아주 편안해. 어두운 파도 소리 틈에서 나오코는 그렇게 말했다.

"죽음은 삶의 대극에 있는 것이 아니라 우리의 삶 속에 잠재해 있는 것이다."

확실히 그것은 진리였다. 우리는 살아가면서 동시에 죽음을 키우고 있는 것이다. 그러나 그것은 우리가 배워야만 할 진리의 일부에 지나지 않았다. 나오코의 죽음이 나에게 가르쳐준 것은 어떠한 진리도 사랑하는 사람을 잃은 슬픔을 치유할 수 없다는 것이다. 우리는 슬픔을 실컷 슬퍼한 끝에 거기서 무엇인가를 배우는 길밖에 없으며, 그리고 그렇게 배운 무엇도 다음에 닥쳐오는 예기치 않은 슬픔에는 아무런 도움이 되지 못하는 것이다.

세속의 기준으로 비교적 젊은 나이에 죽은 김점순이 어떤 사람이었는지 얘기하려니 하루키의 소설이 떠올랐다. 이십 대에 죽음을 맞은 사랑하는 여인이 그리워서 주인공이 죽음에 대한 여러 상상을 하는 장면이다. 내가 사랑하는 그녀가 간 곳이라면 죽음의 세계도 아름다울 것이 분명하다는 자기 위안이다. 그것이 연민의 모습이 아니라 상당히 설득력 있게 그려져 있다. 아마도 화가 김점순 역시 죽음도 나쁘지 않군, 그러면서 죽음의 바다에서 평화를 누릴 것이다. 죽음의 순간순간을 그림으로 그릴지도 모르겠다.

괴짜, 그 이상

김점순은 아주 어렸을 때부터 모든 것을 스스로 선택하며 살았다. 타협을 모르는 고집불통에다 두려움 없이 자신이 원하는 것을 향해 돌진하는 아이였다. 그 모습 그대로 나이를 먹고 화가가 되어 자신의 가슴속에 움튼 거대한 열정의 싹이 마음껏 세상을 향해 뻗어 나가도록 했다. 워낙 남다른 그림 세계를 가진 덕분에 김점선은 괴짜 화가라는 별명으로 불린다. 그녀의 인간적인 면모와 삶 역시 상투와 통념에서 멀기에 괴짜가 별명으로 더욱 굳어졌을 것이다. 하지만 그녀를 괴짜라는 말로 설명하기는 역부족이다.

괴짜라는 단어가 가진, 사회성이 떨어지고 조금 모가 났다는 의미는 김점선에게 맞지 않다. 편협하고 딱딱한 성정과는 상관없는 사람임을 가까이서 겪어본 사람은 다 안다. 그녀를 괴짜라고 부르는 것은 그녀가 남이 할 수 없는 일을 하기 때문이다.

그녀 스스로도 자신의 책에 『김점선 스타일』이라는 제목을 붙일 정도로 개성제일주의자였다. 말과 행동과 스타일이 남다르지만 공격적이지 않고 따뜻하고 신선한 충격을 준다. 튄다는 점에서는 괴짜이지만 따뜻함과 포근함이 그녀 주위를 둘러싸고 있다는 점에서는 괴짜 그 이상이었다.

그녀는 용감하다. 맑고 담백하고 산뜻하다. 한마디로 아이 같다. 아이 중에서도 개구쟁이, 엄마 말을 잘 안 듣고 자기가 하고 싶은 대로 질러보는 아이였다. 그녀는 자신의 책에서 그 점을 여실히 보여주는 에피소드를 소개했다.

"부모님이 나한테 활발한 DNA를 주셨어.

어떤 사람은 돈이 없으면 집에서 그래도 굶고 울잖아?

그런데 난 울지 않지. 오히려 이렇게 호통을 치는 거야.

니들이 날 굶겨? 지구상의 인간집단들이 날 굶기고 있단 말이지.

니들이 날 굶기려고 해? 그래 그렇다고 내가 비럭질을 할 것 같으냐?

그래 니들이 죽으라면 죽지 뭐~~ 난 굶는다.

그리고 마구 그리는 거야. 그러면 굶어 죽기 이틀 전에 쌀이 한 덩어리가 턱 생겨~"

그녀는 이런 사람이다. 자기 것이 아닌 것은 자기 안에 담으려고 하지 않고 오직 자신만으로 자신을 이루는 사람. 그럴 수 있는 뚝심과 배짱이 있었다. 잔머리를 굴리거나 편법을 쓰거나 딴생각을 할 줄 몰랐다. 오직 자신이 가진 재능을 자신의 힘으로 끌어내 그것으로 먹고살았다. 세상 어떤 것으로부터도 자유롭고자 했다.

"자유를 얻기 위해서는 어느 정도 희생이 따른다."

이 말의 참뜻을 알기 위해 곰곰이 생각했다. 우리는 그동안 자유를 너무 쉽고 간단하게 생각한 거다. 자유란 자신이 의지와 사랑을 바쳐야 하는 삶의 방식이다. 자유를 얻으려면 세상의 관습에서 벗어나기 위한 힘을 길러야 한다. 남들이 시키는 대로 사는 것보다 두 배는 힘이 든다. 남과 다를 때는 거기에 설명이 따라야 하고 때로는 설득도 해야 하기 때문이다.

그녀는 굶어 죽더라도 그림만 그린다는 자세로 일했다. 이 세상에 정해져 있는 방식과는 무관하게 자신이 개척한 길만 걸었다. 다들 극단적으로 색깔을 절제할 때 혁신적인 컬러를 썼다. 화단의 핵심에서 멀어지고 반항하면 굶어 죽는다고 친구들이 충고했다. 그때도 '죽으면 죽지 뭐'라고 생각했다. 극도로 외출을 자제하고 집에 있을 때는 휴대전화를 꺼놓고 자동응답기로 전화를 받는다. 세상과는 이메일로 소통한다.

"피카소는 97세까지 살았습니다. 60년 이상 그림을 그렸죠. 재능이 아니라 인생을 걸었기 때문에 위대한 화가가 된 겁니다. 오래 살면서 뚝심으로 지구를 덮을 만큼 그림을 그리면 누구나 대가가 됩니다. 나도 30년 넘게 그렸는데, 감정을 쏟아 30~40년 갈고 닦아서 그림이 나온 거지 재능이 있어서 된 건아닙니다. 화가는 질시와 비난에 지면 망하는 거고, 칭찬에 우쭐하면 타락하게 됩니다. 나를 인정하지 않아도 나는 그린다, 내 뼈가 썩은 다음에라도 감탄할 날이 있을 거다, 이런 정신력으로 버티고 있습니다. 내가 할 수 있는 한최선을 다하는 것이 중요하죠. 환경이 좋지 않다고 툴툴거리는 건 시간 낭비예요. 오십견이 왔을 때도 그런 정신으로 버텼습니다."

나를 발견해야 할 사람은 나 자신

김점선은 그림 말고도 문학과 방송 등 다양한 영역을 넘나들며 종합예술인으로 활동했다. KBS-1TV 교양 프로그램 〈문화지대〉에서 한동안자신의 이름을 내건 코너의 진행을 맡기도 했다.

처음 김점선에게 방송 출연 의뢰가 들어왔을 때 주변 사람들이 모두말렸다. 구부정한 자세에 무표정한 얼굴, 헝클어진 머리칼, 작업복 차림에 운동화 등. 도무지 방송과는 어울리지 않는 외양과 말투였지만 그녀는 과감히 출연을 결정했다. 분장도 하지 않고 대본도 없이 자기 스타일대로 프로그램을 이끌어나갔다.

방송 초기에는 프로그램 게시판에 시청자들의 악평과 지적이 많았다. 점차 틀에 박힌 멘트 대신 자신이 느낀 점을 투명하게 전달하는 방식이 사람들의 공감을 얻어갔다. 그녀는 자신에 대해 끝없이 발언해왔고 마음에 들지 않는 사람이나 세상에 대한 비판에 망설임이 없었다.

"집중할 수 없는 인생은 아무리 길어도 엿이다. 자뻑은 예술가가 되는 필요충분조건이다. 자기 스스로 뻑 가야 한다. 스스로에게 매혹당해야 한다는 말이다."

"겸손은 사람을 죽인다. 나는 겸손한 사람을 보면 도망간다. 겸손은 거짓이다. 겸손은 상대적이지만 자뻑은 절대적이다. 자뻑은 비교가 아니다. 스스로 방 안에서 충분히 자만하고 자뻑하다가 밖에 나가서 사람들을 만나면 잘난 체를 일부러 하지는 않는다. 자뻑이라는 절대 공간 안에 있다가 나갔기 때문에 아무런 필요가 생기지 않는다."

세상이 자신을 거부할 때도 아직 내 인생에 뭔가 괜찮은 것이 있다는 증명이라고 믿었다. 내가 아직 젊고, 실험적이고, 새로운 시도를 감행하고, 그래서 거부당한다면 그것은 유쾌한 일이라는 말은 아무나 할 수 있는 말이 아니다. 그녀의 생각이 얼마나 통념에서 벗어나 있는지 수박에 대한 예찬에서도 엿볼 수 있다.

"수박은 두껍고 넓은 진홍 덩어리를 아주 작고 까만 점, 씨를 박아서 장식했다. 먹을 때마다 그 색채 조합에 감탄한다. 그 넓이, 공간배치에 넋을 읽을 만큼 빠져든다. 그 시커먼 흙 속에서 이런 색채를, 그 따가운 태양 빛으로 이런 달콤함을… 그런데 수박이 가진 무엇보다도 뚜렷한 미덕은, 동시에 많은 사람들이 함께 먹을 수 있다는 사실이다."

어린애 같은 관찰력과 화가가 가진 미적 감수성을 어김없이 보여주는 말이다. 마지막 문장은 허를 찌른다. 아름다움에 대한 단순한 찬미가 아니라 미를 사람과의 관계로까지 넓혀간 점은 가슴 찡하다. 동시에 많은 사람이 함께 먹을 수 있다는 점을 잊지 않고 꼭 집어주는 그 마음이 김점선의 힘이다. 그녀의 말대로 성인들은 어록으로 빛나지 않는다. 말과 함께 행동과 실천으로 기억된다.

유작이 된 자서전 『점선뎐』에는 그녀의 파란만장한 삶이 고스란히 담겨 있다. 암에 걸린 자신의 몸을 대하는 방식도 김점선다웠다. 암세포를 몸속에서 스스로 돋아난 '종유석'에 비유하며 담담히 받아들였다. 그녀의 의지는 병조차 자신을 방해하는 요소가 되는 것을 허락하지 않았다.

오십견에 걸려 더 이상 붓을 들 수 없었을 때 아들에게 배운 컴퓨터로 태블릿을 이용해 그림을 그렸다. 때마침 그림이라는 매체에 회의를 느낄 때였다. 자신의 그림이 수없이 복사되고 재생산되어 많은 사람들과 공유할 수 있고, 자식 같은 그림과 이별하지 않아도 된다는 사실이 너무도 기뻤다. 그녀가 작품이 팔릴 때마다 통곡을 했다는 일화는 유명하다. 오십견이라는 노화의 징후, 질병이 그녀에게는 오히려 새로운 기회였고 축복이었다. 그야말로 위즉기였다.

"3년 전에 아는 사람들이 내 그림을 갖고 싶다며 그냥 드로잉만 해서 좀 싸게 팔면 안 되냐고 하더군요. 요청에 못 이겨 한 가지 색깔만 칠한 10호짜리 담채화를 한 달 동안 20점이나 그렸어요. 너무 무리를 했는지 어깨가 탈 나서 팔을 들 수 없었어요. 영혼이 빨려들 만큼 새로운 것을 시작하기로 결심했죠."

아들에게 컴퓨터를 배우기 시작할 당시 그녀는 쉰여섯 살이었는데 완전히 컴맹이었다.

"우리 아들은 눈을 뜨자마자 컴퓨터를 켜는 나를 「디지털리스트」라고 부릅니다. 내가 왼손으로 光(광) 마우스를, 오른손으로 펜 마우스를 만지는 걸 보더니, '두 손으로 컴퓨터를 조종하는 사람은 본 적이 없다. 우리 엄마 대단하다'고 하더군요. 컴퓨터공학을 전공하는 아들의 얘기여서 기분이 좋았죠."

단순하고 강렬한 색과 선을 바탕으로 한 김점선의 그림은 자유롭고 동화적이라는 평가를 받는다. 컴퓨터로 그린 사방 10cm의 정사각형에 그린 그림들, 디지털 화투 등으로 또 한 번의 화제를 불러일으켰다. 아이가 그린 것처럼 천진한 그녀의 그림 배면에 밴 고독과 열정을 눈 밝은 사람은 다 알아본다.

'오늘은 죽기 좋은 날이다'

독불장군으로 살아온 사람일수록 죽음을 감지한 순간 더 많이 흔들린다. 실패를 모르는 승자였기 때문에 죽음이라는 어쩔 수 없는 상황을 받아들이기가 더 힘들다. 자신을 좌지우지하는 초자연적인 힘이 세상에 존재한다는 사실을 인정하고 싶지 않은 것이다. 죽음의 순간 자기가 더이상 최고가 아니라는 사실과 자신의 한계와 부족함을 깨달아야 후회로마지막 순간을 보내지 않을 수 있다.

늙으면 외롭다는 말은 늙었을 때 닥치는 안 좋은 일들을 늙지 않은 사람, 특히 자식과 공유하기 힘들다는 얘기다. 인생의 종점에 다다를수록바깥세계와 튼튼한 연결을 맺어두어 소외감을 느끼지 않도록 해야 한다. 탄생, 성장, 노화, 죽음이라는 생물이 거치는 과정을 당연하게 여기고 생명체로서의 활동을 게을리하지 말자. 돌아보면 할 일투성이다. 자연 속에서 모든 것과 어우러져 조화를 이루며 타인과 나와 이 세상을 하나로 보는 눈이 필요하다. 그래야 삶에 대해 낙관을 유지할 수 있다.

푸에블로 인디언이 지은 시를 하나 소개하겠다.

오늘은 죽기 좋은 날이다

모든 생명체가 나와 조화를 이루고
모든 소리가 내 안에서 합창을 하고

모든 아름다움이 내 눈에 녹아들고

모든 잡념이 내게서 멀어졌으니

오늘은 죽기 좋은 날이다.

말만 들어도 기분이 좋다. 죽기 좋은 날이라니. 이 세상 모든 만물이 나의 죽음을 위해 총동원되었다. 무섭지도 쓸쓸하지도 외롭지도 않다. 머릿속은 맑아졌고 따뜻한 환송으로 몸도 가볍다. 이런 모습으로 마지막을 맞이하고 싶다. 그러려면 마음에 사랑이 있어야 한다.

니체는 자기 삶의 문제를 주변 사람들에게 투사하는 사람, 의혹과 악의, 자기부정의 태도로 자신과 타인을 괴롭히며 살아가는 사람을 '병자'라 불렀다. 그들은 가장 오래된 상처를 찢고, 오래 전에 치유된 상흔에서 피를 흘리게 한다. 또한 그들은 친구와 아내와 아이들과 그 밖에 그들의 주변에 가까이 있는 사람들을 악인으로 만든다.

'병자'가 있으면 '힐러'도 있을 것이다. 정반대의 상황을 생각해본다. 남과 자신을 분리하고 거리를 두어 독립된 삶을 살아가는 사람, 선의와 믿음과 상호존중의 태도로 상대방을 격려하고 지지하는 사람을 우리는 '힐러'라 불러도 좋을 것이다.

자신을 치유하고 남을 치유하고 건강하고 밝은 사회가 되게 하는 것은 실상 엄청난 노력이 필요한 일이 아니다. 부처님이 일러주신 무재칠시(無財七施)를 기억하자. 말 그대로 풀이하자면 '돈 없이도 베풀 수 있는 일곱 가지 보시'라는 뜻이다. 보시라는 좋은 일을 하는데 돈이 하나도 안 든다니 어떤 방법이 있는지 한번 살펴보자.

첫째, 화안사(和顏施), 부드러운 얼굴로 사람을 대하라. 웃는 얼굴에 침 못 뱉는다. 얼굴빛이 좋으면 만사가 좋은 법이다.

둘째, 언사시(言辭施), 좋은 말씨로 사람을 대하라. 말 씀씀이가 사람의 품격을 가늠하게 한다. 품(品)자는 입 구(口) 자가 세 개이다. 결국 입에서 품격이 나온다는 뜻이다.

셋째, 심시(心施), 마음가짐을 좋게 해서 베풀라는 말이다. 마음가짐을 좋게 한다는 것은 마음을 늘 안정시켜 평정되게 함으로써 일희일비하지 않는 것을 의미한다. 마음은 거대한 생태계와 같아서 일희일비하지 않아야 안정되게 균형을 잡는다.

넷째, 안시(眼施), 눈빛을 좋게 가져라. 예로부터 눈빛을 바로 하는 것을 수양의 첫걸음으로 삼았다. 좋은 눈빛을 나눌 수 있다면 그보다 더 아름다운 교감은 없다. 좋은 눈빛은 좋은 메시지이기 때문이다.

다섯째, 지시(指施), 지시나 가르침을 고운 말로 하라. 아무리 어렵고 힘든 일을 시켜도 정작 일하는 사람으로 하여금 자부심과 긍지를 느끼게 하면서 일을 시키는 사람이 있는가 하면, 사소한 잔심부름도 일하는 사람의 자존심을 상하게 만드는 사람이 있다. 누군가를 진정으로 부리고자 한다면 먼저 상대를 진심으로 인정해주라.

여섯째, 상좌시(牀座施), 남에게 앉을 자리를 마련해 주라. 크게 되려면 숙적 같은 동료일지라도 그가 앉을 자리를 뺏지 마라. 오히려 좀 더 크게 보고 내가 앉을 자리를 상대에게 내주는 여유를 가지라는 말이다.

좋은 경쟁자가 결국 나를 키운다.

일곱째, 방사시(房舍施), 쉴 만한 방을 내주라. 피곤하고 힘든 세상 살아가기 얼마나 힘들었느냐며 쉬라고 내 방을 기꺼이 내주는 마음을 가져라. 하루면 손님은 쉬고 떠난다. 나에게 잠깐 불편한 하루가 손님한테는 평생 기억될 따뜻한 잠자리가 될 것이다.

삶과 죽음에 관한 어떤 고담준론도 결국은 남을 끌어안고 함께 가는 인생을 살라는 말 안에 수렴된다. 결국 인간은 다 우주라는 하나의 큰 씨앗에서 태어났고, 죽으면 그 씨앗의 자리로 돌아가기 때문이다.

죽음이 무엇이길래

죽음 앞에서도 기가 죽지 않았던 김점선을 보며 다시금 죽음의 존재에 대해 생각하지 않을 수 없다. 대체 죽음이 무엇이기에 이토록 많은 사람과 사상과 역사가 죽음에 대해 규명하려고 애썼을까? 삶은 평생이고 죽음은 순간인데 왜 사람들은 그토록 죽음에 대해 신경을 쓰고 두려움에 떠는 것일까? 이 질문에 대답할 수 있는 사람은 죽은 사람뿐일 것이다. 그런데 죽은 사람은 말이 없으니 오답일지언정 살아 있는 우리가 어떻게든 해답을 찾아야 한다.

해답의 행로는 계속 이어질 것이다. 정답은 아닐지라도 다양한 오답이 질문에 대해 우리를 조금 무덤덤하게 해줄 것이다. 우리가 찾는 것은 정답이 아니라 그럴듯한 말이다. 가능하면 위안을 주고 각성을 불러오는 그럴듯한 말 앞에서 정답에 버금가는 감탄을 보낸다. 왜일까? 우리가 너무도 갈급하게 정답을 찾고 기다려왔기 때문이다. 어쩌면 사는 동안 한순간도 죽음을 망각해본 적이 없는지도 모른다. 아니다. 우리가 죽음을 잊지 못하는 것이 아니라, 죽음은 늘 가까이에서 도사리고 있다가 작은 틈만 보이면 우리를 공격해온다.

횡단보도를 건널 때, 차를 타고 도로를 달릴 때, 수영할 때, 비행기를 탈 때 우리는 사고의 가능성에 노출된다. 꼭 그렇지만은 않을 수도 있다. 아무런 시도도 하지 않고 가만히 집에 있어도 그 건물이 무너질 수 있고 누군가 방화를 저지를 수도 있다. 그런 상상을 이어가다 보면 우리는 우리 인생을 믿을 수 없게 된다. 위험은 도처에 있다. 위험은 인식하는 사람에게만 위험하다.

공포와 불안은 밖에서 오는 게 아니라 우리의 마음속에서 만들어지는 경우가 더 많다. 깜깜한 밤중에 산에 오르는 일은 우리에게 공포감을 불러온다. 갖가지 무서운 생각이 들며 고개를 내젓는다. 그런데 어떤 사람은 야간산행이라는 이름으로, 새벽기도라는 이름으로 깜깜한 산에 혼자 오른다. 이 사람들은 마음이 뿌듯하거나 경건해지기까지 한다. 그렇다면 두려움은 어떻게 만들어지는 것일까?

작은 경험, 작은 생각이 어딘가 쌓여서 우리를 겁 많은 사람으로 만든다. 자라 보고 놀란 가슴 솥뚜껑 보고 놀란다는 말이 있다. 그것은 나약함의 증거이기도 하고 강함의 증거이기도 하다. 얼굴에 수염이 많은 선

생한테 뺨 한 대 맞은 후로 털북숭이를 피한다면 그 사람은 예민하다 못
해 약한 사람이다. 그걸 평생 지속한다면 고집스럽지만 또한 강한 일면
이다.

인생을 알기 위해 결혼을 하다

김점선의 인생에 결정적인 사건이 일어났다. 대학원에 입학하던 해에
파리 비엔날레 출품작을 뽑는 제1회 앙데팡당전 공고가 붙었다. 실기실
을 독차지한 상급생들을 밀치고 1,300명의 출품작 가운데 뽑힌 8명의
입상자 명단에 들었다. 당시 심사위원은 비디오 아티스트 백남준과 일
본에서 활동하던 화가 이우환이었다. 일체의 인맥을 배제하기 위해 재
외 예술가를 심사위원에 앉혔던 것이다.

"현대미술관에 갔을 때 청소부가 내 그림을 가리키면서 '이걸 가장 먼저 뽑
았다'고 말해주더군요. 그동안 작품이 조금 변형되어 있었어요. 작품을 세웠
을 때 완전히 마르지 않은 빨간 페인트가 아래로 조금 처지면서 더욱 색다른
느낌을 줬던 거죠. 덜 마른 페인트를 관객들이 눌러 보는 과정에서 페인트가
여기저기 묻어 참여미술 형태도 띠게 되었어요."

비전공자 김점선은 앙데팡당전 입상 이후 '천재'로 불리게 되었다. 하

지만 정작 작품은 파리 비엔날레에 출품하지 못했다. 당시 계엄령이 발동되면서 대학교에 휴교령이 내려 학교에 가지 못해 언제 출품하는지 모르고 있다가 시기를 놓쳐 버렸다. 미술을 전공하지 않은 그녀는 학교에서 완전히 '왕따'여서 그런 정보를 나눌 친구가 없었다. 그 후 그녀는 자신만의 그림 분야를 개척했다.

"미술전에 입상하고 천재 소리를 듣던 내가 그룹전에 마치 어린이가 그린 것 같은 도롱뇽 그림에다 글씨까지 써서 내자 '천재는 무슨… 혹시나 했더니 역시로구먼', 이런 얘기가 들리더군요."

당시 화단은 흑색과 백색이 지배했고, 표현을 극도로 절제했다. 하지만 그녀는 원색으로 소박하고 단순하게 정물, 동식물을 소재로 다양한 그림을 선보였다. 제2회 앙데팡당전의 심사위원은 국내 화가로 바뀌었다. 그때부터 그녀는 주목받지 못했다.

"어떤 모임에서 이우환 선생님을 우연히 만났어요. '힘들겠지만 열심히 하라. 그림은 창조다. 독자적으로 열심히 활동하라'고 격려해 주셨어요. 더 이상 앙데팡당전에 기대를 걸지 않고 친구들과 그룹전을 열었습니다."

서른을 넘긴 나이에 유학길도 막혀버린 1977년 무렵, 화가 김상유를 만나게 되었다.

"그때까지 결혼을 해야겠다는 생각을 한 번도 하지 않았어요. 김상유 선생님이 우리들에게 이런 말씀을 하셨어요. '지금까지는 그런대로 봐줄 수 있었지만 앞으로도 이렇게 산다면 구역질이 날 거다. 여기서 돈 벌어서 물감 산 사람 있나. 누굴 위해 언 물에 손을 넣고 빨래하는 사람 있나. 결혼하라. 아기를 낳고 기저귀를 빨기 위해 얼음물에 손을 넣고, 시장에 가서 콩나물 100원 어치를 사면서 어떻게 하면 더 많이 받을 수 있을까 생각하면서 부들부들 떨어보라. 그런 연후에 예술을 논하라.' 그 얘기를 듣는 순간 결혼하기로 결심했지요. 나에게 예술을, 결혼을 구체적으로 말해 준 사람은 처음이었어요."

그로부터 한 달 후, 선배의 전시회에 간 그녀는 그 자리에서 결혼을 결심했다.

"전시회를 축하하기 위해 한 남자가 기타를 치며 노래를 불렀는데 두 소절을 듣는 순간 '아! 저 남자'라는 생각이 들었어요. 그렇게 노래를 잘 부르는 사람은 본 적이 없었죠."

뛰어난 감성의 소유자라고 생각되는 그 남자가 1절을 부르고 간주를 할 때 큰 소리로 '나하고 결혼하자'고 소리를 질렀다. 그 남자도 '좋다'고 응수했고, 그래서 그날부터 같이 살기 시작했다. 2년 뒤 아들 상욱이가 태어났다.

3초 만에 결혼을 결심하게 만든 그녀의 남편 김청남은 가죽공예가였다. 예술가 부부는 신혼 첫해에 싼 집을 찾아 이사를 세 번이나 했을 정도로 궁핍했다. 콩나물 살 돈이 없어 얻어 온 된장에 산에서 뜯은 풀을 넣고 끓여 먹었다.

"집에 연락하거나, 통역을 하면 바로 돈을 벌 수 있었지만, 오직 그림만 그리기로 독하게 마음먹었어요. 이틀만 있으면 식량이 떨어질 지경까지 갔어요. 최후까지 깡과 배짱으로 버텼죠. '쌀이 없으면 죽지 뭐'라고 생각하면서 돈을 벌러 나가지 않았어요. 이 길 택했는데, '이걸로 안 되면 죽어야지, 뭘 딴걸 해' 그런 생각으로 그림만 그렸지요. 하지만 우리 부부는 죽어도 되지만 다섯 살 난 아들은 어쩌나 고민이 되더군요. 그럴 때 그림 하나가 5만 원에 팔렸어요. 그 돈을 다 쓰기 전에 다시 그림이 팔려서 죽을 일은 면하게 됐죠."

암에 걸리고 난 뒤

요새는 암이 새로운 병도 아니고 무서운 병이 아니라는 인식이 자리잡을 만큼 흔한 병이 되었다. 가족이나 친구 중 암에 걸려 고생한 경험을 한 적이 없는 사람을 만나기 어려울 정도로 본인이나 가까운 사람을 통해 암을 직간접적으로 경험한다. 아무리 그렇다 해도 암에 걸렸다는 의사의 말을 들으면 누구나 망연자실할 수밖에 없다. 오죽하면 암 '선고'라는 말을 하겠는가. 죽음을 연상하거나 최소한 죽음에 근접해 있다는 감정에 사로잡힌다. 그때부터 암에 대한 생각보다 여태까지 살아온 인생에 대해 깊이 숙고하고 나아가 회한에 빠진다.

왜 암이 걸렸을까? 원인분석에서부터 그 원인을 어떻게 처리해야 하나 하는 사태 수습까지 온갖 생각이 찾아들며 감정은 널을 뛴다. 새삼 고마운 사람, 미안한 사람, 원망스러운 사람이 눈앞을 스치고 어리석거나 모자라거나 못되게 굴었던 자신에 대해 통탄한다. 이래저래 마음은 천 갈래로 복잡하고 몸보다 마음이 먼저 지쳐 지레 나가떨어진다.

자기가 암에 걸렸다는 사실을 믿을 수 없어 하며 받아들이지 못하다가 자기 인생을 돌아보는 과정에서 차츰 자신에게 찾아온 병을 수긍하게 된다. 누구나 건강에 배치되는 습관 하나쯤은 갖고 있게 마련이다. 소위 스트레스라고 하는 고민의 상황도 여러 번 겪었을 테니 내 몸에 큰 병이 찾아드는 것도 무리는 아닐 거라고 고개를 끄덕인다.

사실상 이때부터가 치료의 시작이다. 실타래를 풀듯 그 원인을 자신에게서 하나씩 떼어내야겠다는 의지를 다진다. 경우에 따라서는 어쩔 수 없다고 자포자기하는 사람도 있지만 대개는 삶에 애착을 보이며 자신의 특정한 문제점을 개조하고 수정하고자 한다. 제일 먼저 담배를 끊고 술잔을 내려놓는다. 그리고 맵거나 짜게 먹었던 음식도 줄여나간다. 너무 다혈질이었던 사람은 마음을 느긋하게 가지려고 하고 너무 내성적이었던 사람은 이제부터라도 할 말은 하고 살려고 할 것이다. 리모컨을 여섯 번째 손가락마냥 놀리며 방안에만 박혀 있던 사람도 산책을 나가고 운동을 시작한다.

누가 무엇을 어떻게 하든지 이 변화의 과정을 한마디로 정리하자면 '균형 잡기'이다. 한쪽으로 치우쳤던 자신을 가운데 자리로 옮기는 일. 균형을 잡아 한쪽이 모자라거나 넘치는 것을 막는 것은 우리 몸이 원하는 일이고 건강에 필수불가결하다는 것을 모르는 사람은 없다. 그것은 거의 본능이다. 아차, 싶을 때 우리는 얼른 몸과 마음의 균형을 잡는 것으로 응급조치를 하려 한다. 정신을 못 차리고 이 균형 잡기에 실패하면 건강한 모습을 찾는 것은 요원해진다.

요즘은 병원마다 '암센터'가 생겨서 암을 통합적으로 관리하고 치료한다. 수술과 항암, 방사선치료는 기본이고 산책, 명상, 각종 테라피, 정신과 상담까지 병행하며 환자가 심신의 균형을 잡도록 지원해준다. 정신과 상담의 목적은 암에 대한 과도한 불안이나 공포를 줄여주고 앞날에 대해 긍정적으로 생각하도록 도와주는 것이다. 이때 가장 많이 듣게 되는 말이 '암은 선물이다'라는 얘기다.

암은 당신의 인생이 더 멋지고 행복하게 되도록 도와주기 위한 선물 같은 존재라는 뜻이다. 위즉기(危卽機), 즉 암이라는 중증을 기회로 삼아 더 나은 삶으로 나아가라는 격려와 위로의 말이다. 인생에는 그런 기회가 몇 번 찾아온다. 겉모습은 위기인데 시간이 지나고 본모습을 발견해보면 기회의 얼굴을 하고 있다. 말은 쉽지만 누구나 차지할 수 있는 행운은 아니다. 위기를 슬기롭게 극복했을 때 비로소 선물이 된다. 위기를 위기인 채로 두면 그것은 재앙일 뿐이다. 기회로 삼느냐 마느냐는 닥친 사람의 몫이다.

병은 위기가 아니고 기회다

김점선 화가처럼 오히려 자신의 삶에서 넘쳤던 부분을 돌아보고 겸허히 수긍하고 남은 시간이 얼마가 주어지더라도 최선을 다하겠다는 다짐을 한다면 비록 완치를 통해 장수를 하지 못하더라고 값진 인생이 될 것이다. 삶을 있는 그대로 받아들이기가 쉽지는 않다. 마음이 갈대처럼 흔들리는 보통사람에게는 많은 시간과 시행착오가 필요한 일이다.

이 초기의 마음가짐을 어떻게 갖느냐 하는 문제를 넘어서더라도 암 치료 과정은 산 넘어 산이다. 우리나라에 소개된 치료법이 수십, 수백 가지가 있다. 암이 워낙 어려운 병이다 보니 어느 것 하나 이것이다, 라고 확신할 수 있는 치료법이 없다. 겪어본 사람은 다들 역시 암은 암이구나, 혀를 차며 체머리를 흔든다. 그만큼 간단히 이거다, 하고 단언할 수 없도록 각기 문제점이 있고 결함이 있는 치료법인 것이다. 최선이 아닌 차선을 선택할 수밖에 없다.

선택장애라는 말이 생겼을 정도로 정보도 많고 선택의 폭도 넓어서 더 어려운 지경이 되었다. 차라리 내가 선택할 방법이 하나만 있었으면 좋겠다는 말이 절로 나온다. 자신의 경험과 지식과 직관에 따라 치료법을 고르긴 하지만 막판까지 마음을 놓을 수 없다. 몇 번이고 통계와 수치를 보며 완치율, 생존율에 눈길을 주지만 막막하기는 환자나 보호자나 마찬가지다.

시중에 나와 있는 관련 주제의 책도 엄청나게 많다. 그중 내 상태와 내 판단에 똑 떨어지는 책이 있냐 하면 그렇지도 않다. 어떤 책은 현대 의학의 문제점을 파헤치는 데만 초점을 맞추었고, 어떤 책은 구하기도 어려운 약초 소개에 힘을 쏟고 있다. 암이 환자에 따라 백인백색의 증상으로 나타나기 때문에 통증과 심리적인 변화에 따른 적절한 조치를 소개한 책이 있으면 좋은데 다 조금씩 마땅치 않은 점이 있다.

인터넷 카페의 환우회에 가담하고 정보를 주관적으로 긁어모으며 차츰 환자의 정체성을 갖추어나간다. 정보의 옥석을 가려서 내게 필요한 것을 실천하는 일이 자리를 잡는 데만도 몇 달이 걸릴 것이다. 그 과정이 사실은 쓸데없는 시간이 아니다. 얼핏 보면 헛짓했다 싶은 약을 먹거나 치료법을 시행하는 과정에서 마음을 끝없이 몸에 집중하며 인생 전체를 관조한다. 반성과 사색, 다짐과 결심이 우리 정신의 밭을 쉼 없이 일구고 있다.

나는 더 나은 사람으로 변모해간다. 그 과정을 선물이라고 부르는 데 이의를 달 수 없을 것이다. 어떤 좋은 스승을 만나고 좋은 책을 읽는다 해도 그렇게 단시간에 나를 돌아보고 나를 고치고 더 나은 미래를 향해 성큼 발을 내딛겠는가. 인생의 스승은 사실 자기 안에 숨어 있었던 거다. 내 안의 내가 나를 가르치고 내 손을 잡고 먼 길을 걸어가도록 부축한다. 겁먹을 것 없어, 아픈 나도 건강한 나도 다 사랑하면서 내게 주어진 길을 가야지. 잠 안 오는 밤 컴컴한 허공을 바라보며 소리 없는 눈물을 흘리고 혼잣말을 내뱉는다.

고독과 외로움, 통증과 흉터, 부작용과 함께 암 환자에서 다시 정상인으로 거듭난다. 말 그대로 거듭나는 것이다. 이전의 내가 아닌 다른 사람으로. 우리 인생에 일어나는 일은 어떤 것도 괜히 일어나는 일은 없다고 한다. 우연이 아니고 필연이라는 뜻이다. 어떤 이유에서 내게 이런 필연적인 사건인 병이 났는지 돌아보고 그것을 넘어서며 더 강하고 성숙한 인간으로 자란다면 비록 암일지라도 기회이고 선물이 될 수 있다.

내게 꼭 필요한 것들!

버리기! 이 말이 얼마나 많이 회자되고 널리 퍼졌는가. 헛된 망상을 버리고 욕심을 버리고 탐심을 버리고 어리석은 마음을 버려라. 몸에 한번 달라붙은 것은 쉽게 떨어지지 않는다. 정신에 달라붙은 것은 보이지 않기 때문에 더더욱 바뀌기 어렵다. 얻기보다 열 배는 어려운 것이 버리기이다. 얼마나 어렵게 내 것이 되었는데 버리겠는가.

학교에서 공부를 하고 직장을 다니며 일을 익히고 또 사람들을 만나 관계를 형성한다. 여기에 어느 날 문제가 생긴다. 이때 나의 무엇이 잘못되었는지 찾아내서 그것을 버려야 한다. 그런데 그게 어렵고 잘 안 된다. 상사가 미워죽겠는데, 보기만 해도 가슴이 떨리고 소화가 안 되는데 시간이 가도 그 마음이 달라지질 않는다.

배우자가 싫어질 때 문제는 더욱 심각하다. 집이라는 공간을 공유하는 사람이 내 마음에 안 드는데 어찌 행복할 수 있으며 일상이 수월하게 굴러가겠는가. 하루하루가 가시방석이고 지옥이다. 이때 상대를 원망하고 화를 내고 따져봤자 소용없다. 내가 달라져야 한다. 과도한 기대와 나 중심적인 사고방식을 버려야 한다. 그러면 대상을 바라보는 각도와 시선이 바뀌고 숨통이 조금 튄다. 이렇게 내가 조금씩 달라진다.

변화를 원한다면 지금 가진 것 중 부정적인 것을 버리는 게 가장 빠른 방법이다. 낡은 생각, 낡은 습관을 미련 없이 떨쳐버리기. 내 생각이 옳다는 생각을 버리기. 고정된 것은 썩는다. 바뀌어야 하고 문을 열어놓아 공기가 통하게 해야 한다. 그래야 욕망에 사로잡혀 고통에 휘둘리지 않는 새로운 존재로 거듭날 수 있다.

매달 일정액의 이자를 물다가 빚을 갚던 순간을 생각해보라. 앓던 이가 빠진 것 같다는 말 딱 그대로다. 버리기는 필요 없는 짐을 내려놓는 것이다. 나를 옥죄던 사슬을 풀어내는 것이다. 우리는 너무나 많은 것에 목을 매고 산다. 돈도 많아야 하고 친구도 많아야 하고 가족도 다 잘 돼야 한다. 그게 뜻대로 안 되니 매일 매일이 걱정이고 고민이다.

원래 일은 잘되는 것이 아니다. 한번 돌아보라. 우리가 무슨 일을 할 때 열에 아홉은 그냥 해보는 것이다. 꾸준히 해나갈 때 그중 한 가지가 잘 된다. 안 되는 것이 일상적인 일이고, 한번 잘 될 때가 축복이고 성공이다. 이것을 알고 명심해야 한다.

그런데 우리는 거꾸로 생각한다. 뭐든 하기만 하면 다 잘 될 거라고 믿어버린다. 그러니까 안 되면 세상 끝난 것처럼 난리법석이다. 간단히 생각해서 길거리에 매번 새로 생겼다 사라지는 가게들을 보라. 그 자리에 다른 가게가 들어섰다 또 망한다. 듣기로는 자영업자의 80% 이상이 시작했던 사업이 망한다고 한다.

다들 나는 아닐 것이라고 대충 생각하고 나만은 성공할 것이라는 환상을 품는다. 세상이 그렇게 쉽지가 않다. 큰 욕심을 내지 말고 자기가 할 수 있는 만큼 분수에 맞게 정직하게 일을 벌이고 그게 성공하면 감사하고 조금씩 늘려나가는 방식을 취하자. 자신에 대한 과도한 기대는 망상이고 오만이다.

청소의 절반은 버리기라는 말이 있다. 안 쓸 줄 뻔히 알면서도 들었다 놨다 하면서 못 버리고 도로 갖다 놓는다. 그렇게 불필요한 물건이 여기저기 끼어 있으면 청소를 해도 표가 안 난다. 몇 년 동안 쓰지 않았거나 앞으로 몇 년 쓸 일 없는 물건은 과감히 정리해서 버려라. 재활용이라는 좋은 제도가 있다. 집은 좁은데 물건으로 가득 차서 사람이 쓸 공간은 콧구멍만 하면, 어떻게 여유가 생기고 집에서 고요히 시간을 보낼 안락함이 깃들겠는가.

죽을 때는 죽음마저 놓고 빈손으로 가야 한다

우리 삶에서 중요하다고 움켜쥐었던 것을 놓을 줄 알아야 한다. 그것을 붙잡고는 새로운 구원의 밧줄을 잡을 수 없다. 우리가 가졌던 것을 잃었을 때 마음이 맑아지고 눈이 맑아지는 것은 그래서다. 건강을 잃어

봐야 몸이 소중함, 생활의 불건전함이 보인다. 잃는 것이 꼭 나쁜 것만은 아니다. 잃으면 생기는 것도 있다. 건강을 잃고 내 삶이 얼마 남지 않았다는 걸 깨달으면 그때 내게 꼭 필요한 것, 우선순위 높은 것들을 발견한다. 보통 때도 그렇게 살아야 한다. 다 걸러내고 알곡만 남은 삶. 그러려고 노력하는 삶.

죽을 때 아무것도 가져갈 수 없다는 사실에 얼마나 큰 통찰이 담겨 있는가. 얼마나 공평한가. 죽을 때 뭔가 싸갖고 갈 수 있다면 인간의 탐욕은 끝이 없을 것이다. 더욱 추하고 욕심 많은 노년으로 고통받을 것이다. 죽음을 앞두었을 때 하나씩 버리는 연습, 그것을 평소에도 한다면 한결 평안한 삶이 될 것이다.

아무리 맛난 음식이 눈앞에 있어도 배가 부르면 한 수저도 더 먹을 수 없다. 생각 같아서는 그럴 때 열흘치 정도 먹어두고 앞으로 열흘은 굶고 싶다. 인간은 곰이 아니다. 잔뜩 먹고 동면할 수 없고 끼니마다 새로 음식을 들여보내야 한다. 이것만 봐도 우리의 몸은 탐욕을 부릴 수 없는 구조로 되어 있다는 걸 알 수 있다. 몸이 마음보다 똑똑하다. 때때로 몸에게서 배워야 하는 이유다.

미각이 살아 있어 맛있는 음식을 먹을 수 있고 귀가 잘 들려 음악을 들을 수 있는 이 당연한 일이 어떤 사람에게 다시는 찾을 수 없는 잃어버린 감각일 수도 있다. 사랑하는 사람의 고백도 들을 수 없고 그 사람이 해준 밥도 먹을 수 없다. 이런 일은 흔히 일어난다. 병원에 가면 쉽게 들을 수 있는 얘기다. 그게 그렇게 좋은 것, 고마운 것이었는지 예전에는 몰랐다고 한다.

버리기가 잘 이루어져 마음이 가볍고 눈이 밝아지면 나한테 진정 필요한 것이 무엇인지 보는 안목이 생긴다. 필수적인 것은 얼마 되지 않는다. 사람 따라 기준과 요구가 다르겠지만 리스트를 적어보라. 생각보다 적다. 다정하고 따뜻한 사람들, 걱정 없이 먹을 수 있는 세끼 밥. 눈비를 가려줄 집, 아플 때 병원에 갈 돈 정도면 노년을 위해 충분하다. 그 이상을 뒤에 쌓아놓고 마음은 조급하며 남을 위해 손을 펼 줄 모른다면 그것이 가난이다. 삶이 가난한데 어떻게 여유 있는 죽음이 오겠는가.

죽을 때가 다가왔다고 입버릇처럼 노인들이 하는 말이 있다.

"가난 중에 제일은 송장 가난이라는데… 나 죽은 뒤에 손님은 얼마나 올까?"

처음 들었을 때는 욕심도 그런 욕심이 없다고 생각했다. 살아서 챙겼으면 됐지 죽어서까지 자기 인생이 넉넉하고 비까번쩍하길 바라는 그 마음이 참 욕심 사나워 보였다. 뒤집어보면 꼭 그런 것만은 아니었다. 이건 죽음에 대한 염려가 아니라 삶에 대한 염려였다. 내가 얼마나 잘 살았을까가 적나라하게 드러나는 장례식에 대한 걱정이었다.

'나를 기억해주고 나의 죽음을 슬퍼할 사람이 얼마나 될까?'

'내가 잘못 살아서 내가 죽은 걸 고소해 하고 아무도 안 오면 어쩌나.'

'산다고 열심히 살았는데 사실은 그게 아니고 잘못 한 일, 인심 잃은 일이 많아서 죽음의 장면이 비참하고 황량하면 어쩌나.'

이런 걱정들은 산 사람으로서 조금 남아 있는 양심일 수도 있었다. 그

쓸데없어 보이는 염려가 사실은 애달픈 소망이었다. 그저 내가 살았을 때 오순도순 정을 나눴던 사람들이 찾아와서 마지막 가는 길을 배웅해 주었으면 좋겠다는 소박한 바람이었다는 것을 나는 내가 상주가 된 다음에 알았다.

아버지의 암이 더 이상 손을 써볼 수 없게 깊어졌을 때 우리는 죽음을 대비하지 않을 수 없었다. 매장할지 화장할지 유해는 어디에 모실지 구체적인 점들을 얘기하면서 가장 걱정했던 것은 장례식 풍경이었다. 아버지가 평생 외롭게 사셨는데, 일찍 고아가 되어 형제도 뿔뿔이 흩어지고 친구를 사귈 여유도 없이 정말 외롭고 고단하게 사셨는데, 조문객이 적어서 마지막 길조차 썰렁하면 아버지가 정말 가엾을 거라는 생각에 가슴이 미어졌다.

그나마 다행으로 먼 시골에서도 친지들이 거의 빠짐없이 와주셨고, 자식들의 직장 동료나 친구들도 예상 밖으로 많이 찾아주었다. 이렇게 나이가 먹고도 나는 철이 안 들어 예전에는 남의 집 초상을 별로 깊이 생각하지 않았었다. 그런데도 사람들은 부모상은 꼭 들여다보는 거라며 다들 와서 위로해주었다. 그 고마움은 말로 다 표현할 수 없다. 나는 그동안 내가 부족한 사람이었던 게 많이 부끄러웠다. 인간의 도리라는 것이 상대가 가장 어렵고 슬픈 일을 겪었을 때 돌아보는 것이라는 간단한 사실을 큰일을 겪은 뒤에야 배울 수 있었다.

하루는 모든 것의 시작이며 끝이다

아침에 눈을 뜨고 창밖을 내다보면 희부옇게 아침 해가 밝아오다 금세 온 세상이 빛으로 가득 찬다. 아파트 위층 화장실에서 물 내리는 소리가 들리고 음식 냄새도 풍긴다. 도로에는 차가 삽시간에 늘어나고 거리를 걷는 사람도 많아졌다. 짧은 순간 세상이 이렇게 달라질 수 있나 감탄하고 놀란다. 이것이 삶이다. 나도 천천히 움직여 그들 속에 끼어 하루를 산다.

하루!

언젠가, 그리 오래되지 않은 어느 날, 나는 '하루'를 발견했다. 나의 삶은 결국 하루하루가 모여서 여기까지 왔다는 것을, 하루는 모든 것의 시작이며 끝이라는 것을, 내 몸의 세포 하나하나가 모여 내가 되었듯이 하루하루가 모여 내 인생이 되었다는 것을 온몸으로 온 마음으로 깨달았다. 그 순간의 사무침을 어찌 말로 다 표현할 것인가. 어쩌다가 내가 그런 깨달음을 얻었는지는 생각나지 않는다. 다만 날카로운 칼끝이 지나간 듯 가슴이 아파오면서 내가 살고 있는 이 삶이 송두리째 실감이 났고 바윗덩이 같은 회한과 고통이 밀려왔다.

'내가 내 인생을 어떻게 한 건가, 나는 뭘 하면서 살아온 건가?'

옷을 뒤집듯이 나를 둘러싼 모든 것이 느린 속도지만 바뀌기 시작했다. 예전에는 내게 엄청난 기쁨을 주었던 것들이 더 이상 나를 기쁘게 하지 않았으며, 예전에는 거들떠보지도 않던 것들에 마음이 쓰이기 시작했다. 나는 쇼핑과 오락과 소유에 관심을 덜 쏟았다. 긴 시간을 두고 중요하게 여겼던 것들보다 당장 눈앞의 사소하고 하찮은 것들에 더 마음을 썼다. 오늘 만날 친구, 점심 메뉴, 어제 본 책의 구절들, 금이 간 벽 틈에 자라는 풀과 작은 꽃들. 아마도 어떤 사람은 내가 늙기 시작했다는 증거라고 말할지 모르겠다. 실제로 그런 말을 듣기도 했다.

"꽃 예쁜 거 알기 시작하면 늙는 거래."

아, 그렇구나. 그 생각조차 해본 적이 없었다. 나는 어머니한테 늘 지적받듯이 한 구멍밖에 팔 줄 모르는 인간이다. 내가 집중하는 대상 말고는 아무것도 눈에 들어오지 않는다. 자기가 아무 탈 없이 유지하던 삶에 가장 큰 균열을 일으키는 대상은 역시 가족이나 친구 등 가까운 사람이다. 거기에 탈이 나면 그때부터 인생에 대해 생각하게 된다. 자식이 학교에서 직장에서 고난을 겪을 때, 배우자가 내게서 멀어질 때, 부모님이 병들 때 일상에 더 이상 평화는 없다. 한 가지 사건만으로도 나를, 내 인생을 흔들기에 충분하다.

어떤 사람은 그 위기를 기도하면서 넘기고 전문상담가를 찾아 실마리를 풀어간다. 예술이나 운동에서 위안을 얻기도 한다. 나는 그럴 때 글을 쓰라고 권한다. 힘들더라도 차분히 앉아 네 인생을 한번 적어보라고, 가장 아픈 것과 가장 화나는 것을 적으라고 한다.

마음속에 있을 때는 100도로 들끓던 감정도 종이 위에 적어보면 내 체온과 비슷한 온도가 된다. 학자도 예술가도 평범한 사람도 노년에 들어 저술로 삶을 마무리하고자 하는 이유를 생각해보라. 글쓰기야말로 가장 깊은 곳의 나와 만나는 길이다.

책 쓰는 김점선

그녀는 거침없는 필치와 넘쳐나는 인간미를 보여주는 에세이로도 많은 사랑을 받았다. 얼핏 기인으로 보일 만큼 대담한 표현도 서슴지 않지만, 누구보다도 균형 잡힌 사고를 가진 그녀의 내공은 오랜 독서를 통해 단련된 것이다. 소문난 책벌레인 그녀가 대학교수뿐 아니라 젊은 세대들과 막힘없이 대화할 수 있었던 것은 깨어 있는 정신 덕분이다.

그녀가 그동안 출간했던 책을 보면 제목부터 범상치 않다. 툭툭 내뱉는 듯한 단문으로 가려운 곳을 시원하게 긁어주는 책『10cm 예술』,『나는 성인용이야』를 비롯해 경험이 녹아 있고 삶에 대한 통찰을 발견할 수 있는 책으로는『기쁨』,『점선뎐』,『나 김점선』,『내 인생 바람 속에』,『바보들은 이렇게 묻는다』가 있다. 그 외에 동화책도 여러 권 썼다. 『우주의 말』,『한강에는 거위가 산다』 최인호 소설가와 함께 작업한 동화『꽃밭』,『순례자의 꽃밭』이 있다. 박완서, 장영희 등 지인들의 책에 그림을 그려주기도 했다.

1985년「샘터」에서 처음으로 청탁이 와서 글을 쓴 이래 원고 청탁이 끊이지 않았다. 자신의 삶을 치장하는 사람은 자신의 삶에 수치심을 갖고 있기 때문이라고 그녀는 말한다. 세상을 나에게 국한시켜 생각하면 자신을 드러낼 수 없다. 나는 지구상의 수많은 생명체 중의 하나일 뿐이다. 멀리서 객관적으로 나를 보면 창피할 게 없다. 열심히 바라보고 교감을 해야 한다. 자신의 이야기를 쓰는 도중에 스스로 치료되는 걸 많이 경험했기 때문에 그림과 아울러 글쓰기도 꾸준히 해왔다.

"슬퍼하는 두 사람이 있다. 한 사람은 너무 슬픈 나머지 자살해버린다. 다른 사람은 아, 슬프다, 라고 공책에 쓴다. 절절히 자신의 슬픔을 써 나간다. 그러는 동안 슬픔이 분해된다. 그 글을 읽는 사람들에게도 똑같은 정신작용이 일어난다. 읽는 사람의 오래전에 응어리져 가슴에 박혀 있던 슬픔이 서서히 분해된다. 슬프다고 죽어버리지 않고 슬픔을 공책에 쓰는 사람이 예술가인 것이다."

암은 내 인생의 마지막 스승

"암은 병균에 감염된 것이 아니다. 내 몸속에서 스스로 돋아난 종유석이다. 그래서 나는 내 암조차 사랑한다. 내 삶의 궤적인 것이다. 피곤할 때 풀지 않은 피로가 쌓인 석회석이고, 굶고 또 굶으면서 손상된 내장 속에 천천히 새겨진 암벽화다. 수십 년에 걸쳐서 몸의 소리를 무시한 야망과 과욕, 인문주의적인 편식에서 나온 독들이 저절로 만들어낸 퇴적층이다.

급작스런 사고로 현장에서 목숨을 읽었다면, 그것도 아니라면 몸은 멀쩡

한데 머릿속이 병이 나서 몸을 고찰할, 인생을 되돌아볼 기회도 없는 사람들을 나는 안타깝게 생각한다. 암이 발생한 것은 죽기 전에 생각할 시간이 있다는 것이다.

암은 그래서 축복이다. 늘 늘어져서 일상 속에서 권태를 느끼던 나 같은 인간에게 번쩍하고 하늘에서 번개를 내리꽂은 것이다. 그런 현상을 나는 즐긴다. 나의 일상 하나하나를 점검할 시간이 있음을 즐긴다. 마음 상태까지 객관적으로 조용히 가늠할 수 있는 시간을 즐긴다. 암 환자라는 특별대우를 즐긴다. 몰상식을 행해도 되는 특권을 벼락 맞은 대추나무처럼 즐긴다. 급속도로 변해가는 몸을 바라보는 기회를 즐긴다.

모든 대추나무는 언젠가는 다 죽는다. 벌레 먹혀 흐물흐물 해체되어 가는 게 행복한 대추나무인가, 순식간에 몇백만 볼트의 플라스마 상태의 전기에 구워져서, 살아서는 도저히 꿈도 꾸지 못하던 고품질 재료로 변신하면서 죽는 게 슬프기만 한 일인가?

살 때도 매일 같이 수양하면서 담백하게 살려고 노력해야 하지만 죽음에 대해서도 그렇게 해야 한다. 죽음도 삶의 마지막 부분일 뿐 삶과 동떨어진 괴물이 아니다. 그저 초지일관해야 한다."

김점선은 항암치료를 받고 집으로 돌아와 모든 감각이 새롭게 살아 일어남을 경험한다. 예리한 후각과 몽상적인 엉킴으로 다른 겹의 세상을 만난다. 과거에 이 아파트에서 쾌적한 생활을 하던 일상이 멍청한 원숭이의 나날이었다고 느낄 정도로 예민한 감각에 감탄한다.

유리창이 없는, 통제된 공기가 제공되는 병원에 한 달 동안 입원해 있다가 나오니 온몸이 새 공기에 다르게 반응했다. 김점선은 자신의 몸이 달라지고 있음을 민감하게 느꼈다. 암이 생겨 치료를 하면 몸이 극도로 쇠약해진다는 것은 이미 다 알고 있었다. 그런데 내가 살아온 과거의 나날들이 다 우습고 다르게 느껴진다는 건 상상해보지 않은 일이다.

　내가 아픈 게 아니라 드디어 본래의 예민한 감각을 되찾아, 비로소 인간이 된 듯했다. 눈앞에 비밀을 다 펼쳐줘도 모르던 과거가 오히려 생뚱맞아 보였다. 인생이 다 드러나고 줄서 있는데도 인간이 못 알아보고 못 느낄 뿐이라는 걸 깨달았다. 문제와 답이 다 쓰인 칠판 앞에서 무엇이 문제고 무엇이 답인지를 모르는 멍청이일 뿐이구나! 크게 속은 느낌이었다. 그녀는 자신의 긴 생애가 온통 조롱당한 시간이라고 한탄한다. 암이 새 깨달음을 준 스승이었다.

　예전에 그녀는 인생이 지겹도록 길다고 느꼈다. 지겹도록 밍밍했다. 하늘은 흐릿하고 공기는 비릿하고 조명은 물컹하고, 그래서 모든 것이 역겹고 구토가 났었다. 체 게바라, 빈 라덴, 홍경래, 김삿갓, 임꺽정, 아르투르 랭보, 오스카 와일드 같은 사람들, 저항하는 사람들을 그녀는 사랑했다. 창의성의 밑바닥에는 저항과 반항이 자리 잡아야 하고 기존의 것들, 사고체계에 대해 끝없이 저항하고 반항해야 한다.

　몸에 암 덩어리가 생기자 비로소 자신의 정신과 몸이 일치한다는 생각이 들었다. 저항과 반항으로 점철된 생애이니 암에 걸린 게 당연했다. 국가라는 조직에서 국가의 법칙에 순응하는 양민들은 몸으로 따지자면 정상 세포였다. 마피아 범죄자, 노숙자 같은 사람들은 법치에 순응하지 않는 이상세포, 몸으로 치면 암과 같은 존재들이다.

예술가도 겉으로 보면 멀쩡하지만 정신은 저항과 반항으로 가득한 노숙자나 범죄자와 일치하는 면이 많다. 그녀는 암은 '앎'이라고 말한다. 이제야 속과 겉이 같은 사람이 되었다고 기뻐했다. 오랜 수양을 거쳐 환갑이 되어서야 제대로 된 인간이 되었다고 암이 걸린 자신의 몸에 경의를 표한다고 했다.

동물과 꽃과 자연을 그린 그녀는 지금 하늘나라에서 정채봉 선생님과 장영희, 함께 공동작업을 했던 박완서, 최인호 선생님을 만나 즐겁게 얘기하며 곧 자신을 만나러 올 친구들을 기다리고 있을 것만 같다. 그녀의 화통함과 부드러운 원칙, 너털웃음이 그립다.

삶은 현재진행형이다

인생의 어느 순간 앞만 보던 우리의 눈은 옆과 뒤를 보기 시작한다. 아하, 그래서 그랬던 거구나. 지나고 나면 인생에서 누구나 맞이하는, 심지어 주기적으로 겪는 보편적인 일일 뿐이지만 당시에는 세상이 끝나는 것 같은 공포와 불안을 느낀다. 인간이 가장 견디기 힘든 것은 상실감이다. 어제까지 내 것이라고 알고 있던 것을 오늘 잃게 되는 것, 그것이 자식의 안녕이든, 배우자의 관심이든, 부모의 보살핌이든 갑자기 사라지면 우리는 맨 처음 세상에 던져졌을 때만큼 막막해진다.

"이제 어떻게 해야 하지? 나는 이런 상황에 대한 대처법은 배우지 못했어. 아, 무서워."

우리는 얼마나 많이, 여러 번 이 말을 읊조렸던가. 지금 이 문장을 쓰고 있는 순간에도 나는 그때의 일들이 떠올라 목이 멘다. 가슴이 아프다는 건 추상적인 표현이 아니라 실제적인 표현이었다. 정말 가슴 아픈 일을 겪으면 명치가 바늘로 찌른 듯 아파온다. 숨이 딱 끊어질 것 같은 통증을 느끼며 내게 닥친 일의 엄청남을 실감한다.

그러고 보면 인간만큼 나약한 존재도 없다. 자연 다큐멘터리에서 인상적인 장면을 본 적이 있다. 원시시대에 모든 동물이 한꺼번에 똑같이 생존경쟁, 적자생존의 상황에 놓였을 때 인간은 무척 불리한 위치였다. 털도 없고, 강력한 송곳니도 발톱도 없고, 두꺼운 가죽도 없는 상태에서 적의 공격에 부드럽고 약한 맨살이 무방비로 노출되었다. 특히 밤이 오면 은신처인 동굴에 소리 없이 배를 밀며 다가오는 독사를 두려워했다. 그때 생긴 게 파충류에 대한 공포심이었다. 지구를 탐험하고 비행기를 만들고 무시무시한 전쟁을 일으키는 강한 존재이기도 하지만 발바닥에 박힌 못 때문에 목숨을 잃을 만큼 약한 존재가 인간이다. 그래서 이 말을 어떤 유명한 사람이 했을 것이다.

"삶은 사는 것으로밖에 해결할 수 없다."

어떤 이론도 지식도 각오도 힘도 무용하다. 삶은 각자가 가진 그릇으로 내용물을 채우며 앞으로 나가는 수밖에 없다. 도랑을 만나고 바다를 만나고 골짜기를 만나지만 자기 보폭으로 자기 깜냥으로 건너야 한다. 삶을 사는 것은 그렇다 치자. 내가 도무지 손 쓸 수 없는 노화는 어떻게 해야 하는가.

노화가 무서운 건 노화 다음에 기다리고 있는 병과 죽음 때문이다. 늙었다는 것은 몸이 제 기능을 하지 못한다는 것이고, 마치 오래된 자동차처럼 한 군데씩 차례로 고장을 일으킨다는 뜻이다. 그때마다 고쳐 써야 한다. 고쳐도 안 되는 심각한 병도 있다. 우리는 대개 그것을 미리 걱정한다. 나조차 그렇다. 큰 병에 걸리거나 알 수 없는 불치병에 걸리는 상상을 종종 한다. 심지어 우울증이나 치매 등 인간이 스스로 어쩌지 못하는 처참한 지경에 떨어지는 정신병에 걸리는 상상도 한다. 매일 하는 것도 아니고 계속하는 것도 아니지만 문득 떠오르는 것만으로도 커다란 공포를 느낀다.

실제로 나이 든 사람이 가장 무서워하는 병이 치매라는 조사 결과도 있다. 내가 나 아닌 사람이 되는 것, 내가 모르는 이상한 사람이 되는 것을 어찌 두려워하지 않을 수 있겠는가. 그것조차 이 또한 지나가리라, 태연히 말할 수 있는 사람은 인간이 아닌 신일 것이다. 우리가 마음의 동요를 느끼는 건 당연하고 자연스럽다. 문제는 그다음이다. 그다음에 취할 행동 그것이 우리 자신이다.

어떤 의미에서는 죽음 앞에서 하는 준비와 계획이 아무 힘도 없을지 모른다. 노후를 대비한다고 건강을 관리하고 돈을 모으고 가족과 친구와 좋은 관계를 유지한다. 평안하고 안락한 노년을 위한 준비는 다 해두었다. 가끔 봉사활동도 하고 여행도 하면서 젊었을 때 바빠서 누리지 못했던 여유로운 시간을 보낼 계획도 세웠다. 이건 아무 사고도 일어나지 않고 무탈한 삶일 경우의 청사진이다.

하루가 멀다 하고 무슨 일인가가 생긴다. 내가 아니라도 주변의 누가, 이 사회의 어느 구석에서 불거진 사건들이 내 일상을 흔들고 평화를 깬다. 내일을 위해 오늘 뭔가를 한다는 것이 소용없는 일이라고 생각할 수도 있다. 오늘을 살면 된다. 오늘, 나는 나의 삶에 최선을 다하고 내 행복을 맘껏 누린다. 그래야 눈앞에 닥친 어떤 환난에도 당당할 수 있다. 설사 그것이 죽음이라도 덜 후회스럽다.

죽기 전에 꼭 해야 할 일 스무 가지, 죽으면서 후회하는 열 가지 등등의 제목을 단 책이 많은 것만 봐도 죽음의 문제는 삶의 문제다. 삶이 삶대로 흘러간다면 죽음은 삶의 모퉁이에서 만나는 하나의 정거장이라고 생각할 수 있다. 삶을 미래에 저당 잡히지 말자. 미래는 믿을 수 없다. 우리가 믿고 매달릴 건 현재밖에 없다. 과거 역시 얽매이지 말자. 과거는 현재를 위한 거름 역할을 한 것으로 충분하다. 삶은 언제나 현재진행형임을 기억하자.

김수환 추기경

사람한테 고통이 없다면 어떻게 될까요.

몸은 자라고 마음은 자라지 않는

식물인간이 되지 않겠습니까?

애도의 글

한국 천주교의 큰 별이 졌다. 큰 별이라는 표현은 전혀 과장이 아니다. 우리들의 아버지요 스승 같았던 분, 김수환 추기경은 2012년 2월 16일 저녁 6시 12분경 강남성모병원에서 향년 87세를 일기로 선종하셨다. 그 소식을 들은 사람은 천주교 신자든 아니든 모두 마음 깊이 슬픔을 느꼈다. 우리가 고통받을 때 함께해줄 분이 사라졌음을 안타까워했다.

1989년 서울에서 열린 세계성체대회 때 장기기증을 약속했던 추기경의 뜻에 따라 마지막 생명까지 내어 주셨다. 안구와 장기를 기증해서 두 사람의 인생에 새 빛을 선사했다. 우리나라 최초의 추기경이었던 고 김수환 추기경은 평생 어렵고 약한 사람들과 함께했다. 하느님의 말씀을 담은 종교의 가르침과 세상의 지혜를 몸소 실천하며 살다 가셨다.

사람을 사랑하는 일이 무엇인가?

우리는 누군가를 사랑하고 싶어도 그 사랑 뒤에 따라오는 고통이 두려워서 피할 때가 있다. 그 사람이 나를 아프게 할까 봐, 내가 더 사랑해서 언젠가 버림받을까 봐 조마조마하고 사랑을 덥석 받아들지 못한다. 추기경은 사랑과 고통을 함께 영접하는 것이 인생이라고 말씀하셨다.

진주조개의 삶이 바로 우리들의 삶이다. 모래가 조개 안으로 들어오면 조개는 자신의 살을 보호하기 위해 강력한 소화액을 배출해서 모래를 감싼다. 한번, 두 번, 세 번, 계속해서 소화액으로 모래를 감싸 속살이 다치지 않도록 지킨다. 그 모래와 소화액 사이에는 묘한 화학작용이 일어나 그것은 차츰 빛나는 보석 진주로 변한다.

그중에 어떤 조개는 모래가 제 몸 안으로 들어와도 소화액을 배출하지 않고 가만히 있다고 한다. 적을 공격해서 싸우지 않고 놔두는 것이다. 그러면 얼마 안 가 조개는 썩어버리고 만다. 소화액으로 모래를 덮어 저항하는 과정은 쓰라릴 것이다. 이물질인 모래도 살을 아프게 하지만 그것과 싸우는 소화액도 몸에 호의적인 물질은 아닐 테니 말이다. 흥미로운 사실은 진주의 가치는 그 이물질의 두께에 달려 있다는 점이다.

시간이 흘러 모든 것은 변한다. 그 시간은 텅 빈 시간이 아니라 고통을 인내하고 삶에 대한 의지와 미래를 향한 꿈을 키우는 시간이다. 추기경이 가르치신 사랑은 바로 이런 모습의 사랑이다. 기다리고 참고 다시 기다리면서 대상이 나와 하나가 되어 빛을 발할 때까지 사랑하고 또 사랑한다. 이제 우리에게 큰 사랑을 가르쳐준 추기경이 가셨으니 우리는 누구에게 사랑을 배울 것인가. 아마도 추기경이 우리에게 해주고 싶은 말은 이런 게 아닐까 싶다.

'당신 자신이 사랑입니다. 그 모습 그대로를 간직하며 더불어 다른 사람과 함께 잘 살아가길 바랍니다.'

사회의 아픔에 함께하는 사제가 되다

김수환 추기경은 1922년 대구에서 5남 3녀 중 막내로 태어났다. 할아버지가 1868년 무진박해 때 순교할 만큼 독실한 가톨릭 집안이었다. 추기경은 초등학교 때 성직자가 되기로 결심했다. 초등학교 1학년 때 아버지를 여읜 뒤 순교자 집안의 후손답게 모친의 권유에 따라 형과 함께 성직자의 길을 걸었다. 홀어머니 슬하에서 어렵게 자란 가난한 신학도의 어머니에 대한 사랑은 남달랐다. 김수환 추기경이 마지막 순간까지 세상을 향해 외쳤던 메시지는 인간에 대한 사랑과 그리스도의 평화와 화해였다.

김수환 추기경은 1966년에 천주교 마산 교구장이 되었다. 1968년에 대주교가 되면서 서울 대교구장으로 옮겨 왔다. 그다음 해에 47세로 교황을 선출하는 권한을 갖는, 세계에서 가장 젊은 추기경이 되었다. 국내에서뿐 아니라 세계적으로 주목받는 인물이었다. 1971년 4월 추기경은 정치 문제에 관한 자신의 입장을 밝힌다. 한국 종교 사회 역사에서 일찍이 보지 못한 대격변이었다. 추기경은 시국에 관한 아래의 성명서를 발표했다.

"정치인들은 여야를 막론하고 공명정대하게 이 선거에 임하기를 강력히 요청한다. 가톨릭교회는 그리스도에 대한 신앙으로 뭉친 종교 단체이며, 결코 정치집단이 아니다. 그러나 진리와 정의를 전할 사명을 진 우리는 국가의 안위에 지대한 관심을 갖고 정당을 떠난 입장에서 총선 과정의 자유와 공정 여부를 예의 주시할 것이다. 가톨릭 신자 유권자는 국가이익을 위해 양심이 명하는 대로 주권자로서의 권리를 행사해야 한다."

과연 큰 어른이시다. 자신이 속한 사회가 잘못된 길을 가고 있을 때 모르쇠하지 않고 수많은 저항과 핍박을 예상하면서도 할 말을 하셨다. 사회 각 분야 어디 하나 순조롭게 굴러가지 않고 문제를 일으키는 요즘이다. 사람들은 더 이상 희망을 얘기하지 못하고 마음의 병을 앓는 사람도 늘어간다. 이 땅에 밝은 햇살이 비칠 날은 언제 올까? 추기경의 뜻을 이어받아 화해와 평화, 용서를 통해 현재의 위기를 극복하고 한국에 밝은 햇살이 비추고 사람들은 훠이훠이 춤추는 날이 오기를 바란다.

우리 주변에서는 매일 죽음이 일어난다. 가난과 외로움, 질병과 무력감 때문에 생을 포기한다. 죽음을 기다리지 않고 스스로 선택하는 사람의 마음을 우리가 짐작이나 할 수 있을까만 한 가지 분명한 건 누군가 한 사람만이라도 그 사람 곁에 있었다면 극단적인 선택까지는 하지 않았을 거라는 사실이다. 내 옆에 아무도 없다는 느낌처럼 공포스러운 것이 또 있을까? 어쩌면 죽음을 두려워하는 이유도 누구와 동행할 수 없는 혼자만의 길이기 때문일지 모른다. 극한 상황들을 뉴스에서 접할 때마다 추기경의 때로는 따뜻하고 때로는 엄했던 말씀이 다시 듣고 싶어진다.

종교를 떠나서 김수환 추기경은 이 나라의 민주화와 어려운 사람을 위해서 일생을 바친 분이다. 우리는 추기경을 한국 사회의 정신적인 지도자이며, 사상가이자 실천가로 기억한다. '너희와 모든 이를 위하여'라는 자신의 사목 표어처럼 '세상 속의 교회'를 지향하면서 현대사의 중요한 고비마다 종교인의 양심으로 바른길을 제시해왔다.

우리가 익숙하게 보아온, 아이처럼 티 없이 맑게 웃는 얼굴은 나만 행복하게 살려고 애쓴 사람은 갖기 어려운 표정이다. 늘 남을 향해 밖을 살피며 살아온 따사로운 마음이 얼굴에 나타나 누가 봐도 무장해제할 수밖에 없는 맑은 얼굴을 만들었다. 바보라는 애칭에는 그런 뜻도 포함되어 있을 것이다.

추기경으로서의 삶은 영광인 동시에 '행복한 고난'이었다. 평소에도 세상에 태어나 가장 잘한 일로 '신부가 된 것'을 꼽았다. "나는 행운아였다"라고 고백할 만큼 이 시대에 가장 사랑받은 목자였다. 평생을 나눔과 사랑의 사회활동을 통해 항상 살아 있는 시대정신을 보여주었다. 약자의 편에 서서 사회의 어둠을 밝혀 온 시대의 빛이었다. 『바보가 바보들에게』라는 책 제목처럼 전 생애를 통해 사랑과 나눔을 실천했던 바보 천사였다.

김수환 추기경은 1968년 서울대교구장에 취임하면서 "교회의 높은 담을 헐고 사회 속에 교회를 심어야 한다"는 인사말로 자신의 뜻을 전했다. 동시에 가난하면서도 봉사하는 교회, 한국의 역사 현실에 동참하는 교회상을 제시했다. 이 신선한 바람은 교회 안팎의 젊은 지식인과 서민, 노동자들로부터 많은 지지를 얻었다. 파행적인 정치 현실과 불확실한 노동 문제 등에 관한 강경 발언을 서슴지 않음으로써 대내외적으로 인권 옹호자로 불렸다.

자신만을 위한 기도를 하는 교회는 잠든 교회이며, 암흑의 시대에 교회가 침묵만 지킨다면 그리스도가 짊어진 십자가의 의미를 어떻게 설명할 수 있겠냐고 틈날 때마다 말씀하셨다. 1983년 3월 한국주교단의 청

원을 받고 교황청은 시성(諡聖)을 허락했다. 성인의 반열 절차가 매우 까다로움에도 불구하고 교황청이 승인한 이유는 한국 천주교회가 '신앙의 기적'이라고 일컫는 평신도 중심의 자생적 교회라는 점을 높이 평가했기 때문이었다. 다른 나라가 대부분 선교사들의 전도로 교회가 생겼지만 우리나라는 양반가의 진보지식인층에서부터 평민과 여자들에게 퍼져나가 신도 스스로 종교를 선택한 특이한 포교방식이었다.

얼마 전에 방한했던 프란체스코 교황에게 신도는 말할 것도 없고 우리나라 국민 모두 열렬한 환영인사를 보냈다. 교황의 스스럼없이 평신도들에게 다가서는 열린 마음과 개방적인 태도는 우리들을 감동시켰다. 우리는 이미 김수환 추기경으로부터 그러한 사랑을 받았기 때문에 더욱 반갑고 뜨겁게 프란체스코 교황을 맞이했다. 아픈 사람의 손을 잡아주고 우는 사람의 눈물을 닦아주며 고통의 말에 귀 기울여주는 모습을 우리가 얼마나 기다려왔던가.

오랫동안 곁에 있어서 그 고마움을 모르던 사람의 죽음은 여러모로 충격적이다. 내가 가졌던 귀한 것을 잃는 일이니 어찌 아깝고 슬프지 않겠는가. 언제까지나 곁에 있으리라 믿고 그분의 부재를 상상조차 하지 않았다. 살아계실 때 좀 더 가까이서 많이 바라볼걸. 있을 때 잘하라는 말의 실체를 본다. 무엇이든 누구든 곧 없어질 수 있다는 걸 알고 살라는 뜻이다. 죽음은 그런 것이다. 어느 날 문득 사라져서 다시는 볼 수 없는 것. 그러나 가슴 속에서는 쉽게 사라지지 않는 것.

죽음을 가까이에 두고 산다

누구나 죽음을 두려워한다. 죽음에 대해 가볍게 말하는 것을 금기시한다. 그 자체가 이미 우리가 죽음을 부정할 수 없는 생명체라는 것을 반증한다. 언제가 맞을 죽음이기에 지레 겁을 집어먹는 것이다. 그러나 가만히 살펴보면 우리가 죽음에 대해 그리 등한시하기만 한 것은 아니다. 모르지도 않는다. 다만 모른 체하고 싶을 뿐이다.

"죽고 싶어."

"죽을 뻔했어."

"죽을 것 같아."

우리는 살면서 자주 죽음을 입에 올린다. 힘들어서 죽을 것 같다, 하마터면 죽을 뻔했어, 속상해서 죽고 싶어, 웃겨 죽겠어 등등. 일상적으로 죽음이라는 말을 사용한다. 극심한 감정 상태에 빠져 있다는 것을 강조하고 싶은 마음에서 죽음이라는 단어를 동원하는 것이리라.

과연 그럴까? 따져보면 우리 무의식에는 항상 죽음의 존재가 도사리고 있어서 상황이 맞아떨어지면 밖으로 튀어나오는 게 아닐까? 죽음의 마지막 모습에 대해서만 알지 못하는 것이지 죽음이란 우리의 삶이 위기에 닥쳤을 때 다가온다는 것을 본능은 알고 있다. 죽음은 내 삶에 긴장을 불어넣는 역할까지 한다. 죽음이 문 앞에 당도하기 전까지는 무서워하지 않고 죽음에 대한 생각을 한다. 죽음은 멀리 있지 않았다.

삶이 너무 치열해서였을까, 반대편에 있다고 생각한 죽음이 무서워진

이유가? 삶을 빛의 자리에 놓고 죽음을 그림자의 자리에 놓았다. 어떤 사람은 사는 게 힘들고 빛이 사라져 앞이 캄캄해서 죽음을 선택한다. 그렇다면 빛이 삶에서 죽음으로 자리를 옮겨갔다는 말인가.

우리는 생명체이기 때문에 삶은 정상이고 죽음은 비정상이라는 고정 관념을 갖고 있다. 본능적으로 삶에 집착하고 죽음을 피하려고 한다. 그것이 생명체의 생존본능이다. 들여다보면 죽음조차 자연이라는 사실을 우리는 알고 있다. 죽음의 존재를 알고 있기 때문에 피하려 하지만 어쩔 수 없음에 대해서도 잘 안다.

나이 든 사람을 만나면 다들 나름대로 죽음을 대비하고 있는 모습을 본다. 자연스럽게 죽음을 준비하고 비록 얼마간 두려움은 있지만 곱게 죽고 싶다는 바람을 가슴속에 품는다. 이 책을 쓴 의미도 바로 거기에 있다. 아름다운 마무리, 라고 줄여서 말해도 좋을 것이다. 가장 큰 아름다움은 슬픔 속에 태어나고 고통 속에서 무르익는다는 것을 기억하자는 얘기다.

소외된 사람들의 벗

가난하고 소외된 사람들 또한 언제나 김수환 추기경의 벗이었다. 따뜻한 마음을 지닌 한 인간으로 장애인과 사형수들을 만났고, 강제 철거로 길거리에 나앉은 빈민들을 방문했다. 농민과 노동자들의 권익을 위해 애썼다. 우리 밀 살리기 운동에도 앞장을 섰다.

특히 가난한 이들을 위해 천주교회가 무엇을 할 것인가를 놓고 고민하다가 1987년 4월 28일에는 '도시 빈민 사목 위원회'를 교구 자문기구로 설립하였다. 이에 힘입어 지난 30년 동안 서울대교구의 복지 시설은 150여 개로 크게 증가하였다. 이처럼 김수환 추기경은 격동기에 처한 한국 사회 안에서 기본적인 국민의 자유와 인권 보장, 민주화에 대한 관심을 일깨우는 양심의 대변자로서 사랑과 평화를 실천했다.

보통사람은 쉽게 할 수 없는 사랑의 실천을 볼 때마다 나는 묻고 싶다. 당신은 언제부터 어떻게 그런 마음을 먹게 되었나요? 늘 욕심과 이기심으로 실수를 하고 남을 상처 입히며 살고 있는 나에게는 마음에 있는 사랑을 밖으로 꺼내 행동으로 옮기는 사람들이 경이롭다. 그럴 때 그 사람의 성장 과정 주변의 인간관계를 살펴본다. 한순간에 얻어진 품성은 아닐 터였다. 김수환 추기경의 깊고 너른 마음도 어릴 때부터 받은 어머니의 사랑과 신앙에서 싹텄을 것이다. 그 후로는 자신의 끊임없는 기도와 반성으로 다듬어 나갔음을 짐작할 수 있다.

반대하는 사람들의 무리 속에서 추기경이 자신의 생각을 지키기 위해 얼마나 많은 기도를 했을까? 몸이 편안해지고 싶을 때마다 곁에 있는 우리들의 딱한 처지를 돌아보았을 것이다. 자신의 이익을 넘어 모두의 평등한 권익을 누리는 사회를 만들고자 했다. 특권 의식과 배금주의를 버리고 혁신과 정화의 근본이 되는 내면의 양심을 회복해야 한다는 주장은 스스로에게 하는 다짐이기도 했다. 돈을 보지 말고 사람을 먼저 보아야 한다는 마음가짐이다.

인간 모두가 순수한 양심에 따라 모든 사람의 행복을 추구해야 한다. 물질만능주의의 현대 사회를 염려하며 모두 마음을 비워 서로 밥이 되어주는 길이 인간 회복의 길, 민주화의 길임을 호소하여 사회 인사들을 각성시켰고 소외계층에게 위로와 용기를 주었다.

추기경이 주신 인생 덕목 열 가지

우리 모두의 어른 중의 한 분이셨던 김수환 추기경이 선종하신 지 벌써 육 년이 지났다. 추기경의 말씀을 적어 그분을 다시 한 번 기억해 보고자 한다. 사람들이 가장 많이 기억하는 김수환 추기경의 말씀은 아마도 인생 덕목에 관한 열 가지 조언일 것이다. 우리 삶에 맞닿아 있어 구절구절 가슴을 움직인다. 여기 잠깐 소개해보겠다.

첫째로는 말에 관한 조언이다. 말을 많이 하면 필요 없는 말이 나온다. 두 귀는 두 배로 많이 듣는 데 쓰고 입은 세 번 생각한 다음 열라고 했다. 불교에서 말하는 구시화문(口是禍門)과도 통하는 말씀이다. 입은 모든 재앙이 시작되는 문이다. 입을 열 때 잘 살핀 다음 말한다면 우리 인생의 고통도 그만큼 줄어들 것이다.

둘째로는 책에 관한 말씀이다. 독서의 중요성에 대해서는 입이 닳도록 귀에 못이 박이도록 들었다. 추기경은 말로만이 아니라 실천으로 수

입의 1%를 책을 사는 데 투자하라고 충고한다. 옷은 해지면 입을 수 없어 버리지만 책은 시간이 지날수록 진가를 발휘한다. 책을 벗 삼는 사람의 넓고 깊은 세계에 대해 말씀하신 거라고 믿는다. 이 세상의 모든 작가는 하나의 세계를 가지고 있다. 그 세계에 대해 하나하나 듣고 알게 된다면 내 눈도 넓어지고 사람을 이해하는 폭도 넓어질 테니 어려움에 부딪친다 해도 풀어나갈 수 있는 방도를 찾을 수 있을 것이다.

셋째 이야기는 좀 특별하게 노점상에 관한 것이다. 노점상에서 물건을 살 때 절대로 깎지 말라. 그 사람이 가난하다고 그냥 돈을 주면 나태함을 키울 수 있지만 값을 부르는 대로 치르고 물건을 사면 희망과 건강을 선물하는 것이나 다름없다. 베풀었다는 의식도 없이 서로에게 좋은 역할을 하는 것, 그것이 선행이고 호의다. 밖으로 내놓고 베푸는 것은 베푸는 사람도 베풂을 받는 사람도 민망한 일이다. 마음에 거리낌이 없이 자연스럽게 일어나는 선의, 그것이 세상을 밝고 따뜻하게 만든다.

넷째는 웃음이다. 웃는 연습을 생활화하라. 웃음은 만병의 예방약이며 치료약이다. 노인을 젊게 하고 젊은이를 동자로 만든다. 요즘은 웃음이 면역기능을 높인다고 해서 웃음치료사라는 직업도 생겼고 거기 가서 웃는 연습을 하는 사람도 많다고 들었다. 일부러 억지로 웃는 웃음도 건강에 좋고 암을 예방한다고 하니, 기쁜 마음에서 우러난 진짜 웃음은 얼마나 우리를 건강하고 행복하게 할 것인가. 매일 웃고, 웃으려 하고, 웃게 만들라.

다섯째는 텔레비전에 대한 조언이다. 흔히 바보상자라고 부르는 텔레비전과 너무 많은 시간을 보내지 말라. 술에 취하면 정신을 잃고 마약에 취하면 이성을 잃지만 텔레비전에 취하면 모든 감각이 마비된 바보가 된다. 텔레비전은 오락과 정보와 사유 등 우리가 스스로 해야 할 많은 일들을 대신해준다. 거기에 빠지다 보면 한 시간, 두 시간은 물론이고 반나절, 하루가 번쩍하고 가버린다. 우리 안에는 점점 우리 자신이 없어진다. 그 자리를 텔레비전에서 쏟아내는 것들이 차지한다. 영혼을 건강하게 지키고 싶거든 텔레비전 보는 시간을 제한해야 한다. 언제든 틀기만 하면 엄청난 정보를 전해주는 텔레비전의 순기능도 분명히 있다. 문제는 균형이다. 오로지 한쪽에서만 공급하는 일방통행의 소통방식은 가끔만 이용하자.

여섯 번째 이야기는 성냄이다. 성냄이라는 말씀을 듣고 찔리지 않는 사람이 별로 없을 것이다. 우리는 종일 화를 정말 많이 낸다. 사소한 일, 별것 아닌 일에 핏대를 세우고 성을 내며 상대와 싸운다. 마음을 다루는 학문에서 화를 절대적으로 금기시하는 것은 화가 내는 사람에게도 당하는 사람에게도 다 해롭기 때문이다. 화내는 사람은 화기에서 비롯된 스트레스로 몸과 마음이 시달리고, 당하는 사람은 그 상처와 불쾌함을 오래 잊지 못한다. 무엇보다 화내는 사람이 언제나 손해를 본다. 화내는 사람은 자기를 죽이고 남을 죽인다. 아무도 가깝게 오지 않아서 늘 외롭고 쓸쓸하다. 누가 화를 당하고 싶겠는가. 화(火)는 그야말로 화(禍)다. 화낼 일이 있거든 눈을 감고 한 번만 더 생각한 다음 화를 내라.

일곱 번째는 기도에 대한 말씀이다. 기도는 녹슨 쇳덩이도 녹이며 천년 암흑 동굴의 어둠을 없애는 한 줄기 빛이다. 주먹을 불끈 쥐기보다 두 손을 모으고 기도하는 자가 더 강하다. 우리는 늘 손을 오므린다. 뭔가를 잡으려고 하고 자신을 꽁꽁 감싸려고만 한다. 오직 기도할 때만 우리는 손바닥을 쫙 펴고 자신을 연다. 그 물리적인 행동의 변화가 우리 마음도 바꾼다. 나는 손을 폈다, 아무 무기도 들고 있지 않다. 나는 무방비다. 나는 평화를 지향한다는 것을 기도하는 손이 대변해준다. 그것은 자기 자신을 향한 휴식과 평화의 말이기도 하다. 나는 지금부터 아무것도 가지지 않을 것이며 아무 일도 하지 않고 가만히 쉴 것이라는 신호다. 기도는 자신을 성찰하게 하며 만인을 이롭게 하는 묘약이다.

여덟 번째는 이웃에 대한 말씀이다. 중국 고사에도 '백금매택, 천금매린(百金買宅, 千金買鄰)'이라는 말이 있다. 집은 백금을 주고 사고, 이웃은 천금을 주고 사라고 했다. 가까이 살며 매일 만나는 이웃의 존재는 그만큼 중요하다는 뜻이다. 이웃과 절대 등지지 말라. 이웃은 나의 모습을 비추어 보는 큰 거울이다. 이웃이 나를 마주할 때 외면하거나 미소를 보내지 않으면 목욕하고 바르게 앉아 자신을 곰곰이 되돌아봐야 한다. 나의 현재 모습과 생활을 반영하는 가장 정확하고도 가까운 존재가 이웃이다. 내가 내 이웃과 어떤 관계를 유지하고 있나, 살펴보는 일은 내 생활이 건강한지 돌아보는 일이다.

아홉 번째로 우리에게 들려주시는 말씀은 사랑이다. 하루에도 수십 번 방송을 통해 듣고 광고에서 떠들어대는 사랑이 과연 무엇인가. 너무 들어서 식상할 만도 한데 여전히 우리 눈을 뜨게 하고 가슴을 설레게 하는 사랑. 그 사랑은 실천하는 데 있다. 머리와 입으로 하는 사랑에는 향기도 온기도 없다. 진정한 사랑은 이해, 관용, 포용, 동화, 자기 낮춤과 함께하는 사랑만이 진짜 사랑이다. 김수환 추기경은 그 모든 이야기를 한 구절에 담아서 말씀하셨다.

"사랑이 머리에서 가슴으로 내려오는 데 칠십 년이 걸렸다."

열 번째 말씀은 멈춤(止觀)이다. 잠깐 멈추어서 자신을 돌아보라는 조언이다. 가끔은 칠흑 같은 어두운 방에서 자신을 바라보라. 마음의 눈으로 마음의 가슴으로 주인공이 되어 나는 누구인가, 어디서 왔나, 어디로 가나, 생각해보라. 조급함이 사라지고 삶에 대한 여유로움이 생긴다.

아흔세 살 박스 할머니의 기부

죽음은 혼자 오지 않는다. 늙음이나 병을 데리고 온다. 사고사나 자살인 경우를 빼고는 말이다. 늙음. 누가 늙는다는 사실 앞에 당당할 수 있겠는가. 늙는다는 것은 내가 그동안 누렸던 것을 하나씩 내놓아야 한다는 것과 같은 말이다. 아름다움, 일, 섹스, 수많은 육체적 정신적 활동들. 심지어 매일 멈추지 않고 계속했던 걷기조차 힘들게 된다.

잠깐만 생각을 더 해보면 그것은 잃어버린 것이 아니라 조금 달라졌을 뿐이다. 물론 이것은 인생을 잘 살아온 사람의 경우에 해당하는 일이기는 하다. 생각하기에 따라 나는 여전히 누리던 것을 잃지 않고 간직하고 있다. 여전히 주름살과 함께 자연스러운 아름다움을 지니고, 나를 필요로 하는 곳에서 일도 할 수 있으며, 과격하지 않은 형태의 섹스도 할수 있다.

우리는 대게 젊었을 때의 모습, 자신이 머릿속으로 생각하는 어느 한 때의 자신만을 기준으로 지금을 판단한다. 서른 살의 아름다움이 있고, 예순 살의 아름다움이 있고, 여든 살의 아름다움이 다 따로 있다. 그 가치와 의미를 한가지로 묶어 버리려고 하는 건 우리가 오랫동안 흑백논리, 이원론적인 사회에 길들여져 있어서일 것이다.

방송에서 한 노인을 보았다. 아흔세 살이라고 했다. 작고 마른 할머니는 박스를 줍고 있었다. 보통 그 나이의 노인은 거동조차 하기 어려운데 할머니는 노동을 하고 있었다. 기초수급대상자여서 한 달에 이십만 원씩 통장에 입금되기 때문에 사실 전기세, 수도세는 낼 수 있고 다른 자원봉사자들의 손길이 있어서 굳이 박스를 줍지 않아도 살아갈 수 있다. 할머니는 돈이 필요하다고 했다. 할머니가 대체 어디에 쓰려고 돈이 필요하냐고 기자가 물었다.

"왜 있잖아. 저기 어디 먼 데 사는 시커먼 사람들이 밥을 굶는다잖아. 이렇게 좋은 세상에 밥을 굶다니 그렇게 불쌍한 사람이 어디 있어. 그래서 내가 매달 돈을 보내야 하거든."

박스를 주우면 한 달에 십만 원쯤 번다고 한다. 할머니는 통장을 보여

주었다. 그중 삼만 원이 아프리카 기아 돕기 모금으로 꼬박꼬박 통장에
서 빠져나갔다. 통장에 삼만 원씩 빠져나간 출금액이 빼곡하게 찍혀 있
었다. 한두 해 해온 일이 아니었다.

할머니 밥상 위에는 반찬이랄 것이 없었다. 김치에 밑반찬하고만 밥
을 먹었다. 이렇게 먹으면 영양이 부족해서 안 된다고 말하니까 할머니
는 아무 문제도 없다고, 내가 이렇게 건강한 걸 보라고 웃으면서 대답했
다. 놀라운 일이라는 생각을 했다. 겉모습만 보면 누가 보더라도 불행한
노인이라고 말할 것이다. 기울어져 가는 어두컴컴한 쪽방에서 초라한
밥상, 혼자 가족도 없이 아직도 돈을 벌려고 몸을 움직여야 하는 상황은
행복과는 거리가 멀다. 그런데 표정도 건강하고 웃음도 밝았다.

이유가 뭘까? 내가 이 나이가 되도록 이렇게 움직일 수 있고 돈을 벌
어서 남을 도울 수 있어서 자랑스럽다는 게 얼굴표정에 나타나 있다. 인
간은 자신이 쓸모가 있는 존재라는 것을 느낄 때 행복하다. 인간이 행복
해지는 조건에 일, 사랑, 관계 외에 '유능감'을 꼽은 글을 읽은 적이 있다.
내가 쓸모 있는 인간이라는 믿음은 생존의 조건이었다. 아무리 젊고 건
강하고 아름다워도 사회를 위해서나 남을 위해 아무것도 할 수 없다고
느낄 때 절망한다.

임사체험을 한 사람들이 사후세계에 대해 증언한 내용을 보면 죽어서
가장 문제가 되는 것은 남에게 얼마나 베푸는 삶을 살았느냐와 지혜를 얻
기 위해 얼마나 노력했느냐, 라고 말한다. 사랑과 배움, 두 가지가 없는 인
생은 잘 산 인생이 아니라는 얘기다. 이 두 가지 기준으로 봐도 할머니의

삶은 가치가 있는 삶이다. 사랑하는 마음 없이는 고생해서 번 돈을 남한테 보낼 수 없다. 배우려는 마음, 세상을 향해 열린 마음이 있기 때문에 텔레비전에 나온 아프리카의 굶는 아이들에게 감정이 움직인 것이다.

사람이 늙을 때 가장 먼저 늙는 것이 감정이라고 한다. 박스 할머니를 보면 꼭 그렇지도 않은 것 같다. 남을 생각하고 위하는 마음, 공감능력이 살아 있다. 감정이 싱싱하고 팔팔하게 살아 있으니 아흔세 살이 되어도 건강할 수 있고 삶에 대해 불평이 없는 것이다. 내가 아닌 남을 생각하며 삶의 힘을 얻을 수 있는 할머니는 인생의 스승이요, 거인이다.

아름다운 마음의 일파만파

인생은 힘들고 인간은 어렵다고 말한다. 인간은 이상하고 인생은 흥미롭다고 말한 사람도 있다. 그만큼 인간은 복잡한 존재이고 그렇기 때문에 살아가면서 많은 어려움을 만난다. 그러나 그 어려움은 개인마다 각기 다른 형태를 띠고 정도도 다르다. 사업가, 예술가, 교사, 성직자가 똑같은 인생을 겪는다고 말한다면 그것은 부정확한 이야기이다. 특히 도덕적인 측면에서 성직자가 당하는 어려움은 보통사람의 몇 배에 해당할 것이다.

일반인에게는 그냥 넘어갈 일도 목사님이나 스님의 경우는 지탄을 받을 수 있다. 비싼 옷도 맘대로 사 입지 못하고 험한 곳에 발을 디디는 일,

욕이나 싸움을 하는 일은 물론이고 자연스러운 감정 표출마저 억눌러야 할 때도 많다. 소리 질러 싸울 수도 없고 술과 고기를 맘껏 먹을 수도 없고 사치를 할 수도 없다. 그래서 성직자도 예술가처럼 타고난 천성이 따로 있다고 생각한다. 자신의 욕망을 억제하고 헛된 바람들을 정화하는 데 어려움을 덜 느끼는 사람이어야 할 것이다.

바보라는 별명을 가진 김수환 추기경은 그런 기준에 가장 가까운 분이라고 할 수 있다. 교육과 훈련을 통해 다듬는다 해도 타고난 품성을 완전히 극복하기는 어려운 법이다. 타고난 대로 자신에게 주어진 길을 걸어가는 것이 평안한 삶과 조용한 죽음을 맞는 길이다. 약한 사람, 아픈 사람을 끌어안을 수 있는 너른 품과 늘 빛이 비추지 않는 어두운 곳을 찾는 따뜻하고 깊은 눈길로 추기경은 우리 곁을 지켜주었다.

누군가 죽음의 형식으로 우리를 떠났을 때 우리가 생각하는 것은 그의 죽음이 아니라 그의 삶이다. 돌아가셔야 비로소 여태껏 살아온 모습 전체를 한눈에 볼 수 있고 참모습을 만난다. 아, 이런 분이셨구나. 내가 이렇게 귀한 것들을 받았고 그분의 존재 덕분에 많이 행복했었구나, 마침내 깨닫는다.

내가 죽은 뒤 누군가 나를 떠올리며 무슨 생각을 할까? 가족이나 친구가 어떤 생각을 할지는 대충 짐작할 수 있다. 내가 한 일이 있기 때문에 그 결과를 받는 것이니 별다를 것이 없다. 하지만 불특정다수, 나와 가깝지 않은 사람이지만 한 번이라도 나를 스치고 지나간 사람은 나를 어떻게 추억할 것인가. 내 단골 식당이나 마트의 점원은 나의 부음에 어떤 반응을 보낼까?

아파트 경비 아저씨나 청소 아줌마처럼 조금 가까운 곳에서 바라본 사람은 내 죽음에 대해 뭐라고 할 것인가. 그들의 말이 내 인생의 중요한 단서를 노출할 수 있다는 것을 알면 삶이 무서워진다. 내가 무심코 한 행동이나 말에 큰 위안을 받은 사람도 있을 수 있고, 반대로 상처를 받고 마음이 상해서 오래도록 가슴 아파했을 수도 있다. 나 또한 그런 일이 수도 없이 많으니 남들이라고 크게 다르지 않을 것이다.

내가 베푼 것은 내 자식이나 내 가족에게 돌아온다. 나는 나 혼자만의 내가 아니다. 추기경이 늘 말씀하신 것도 그것이다. 그 말씀은 예수님에게서 왔다. 네 이웃을 네 몸과 같이 사랑하라. 이 쉽고 간단한 한 문장 안에는 수많은 철학과 문학과 역사가 설파한 교훈과 지식이 담겨 있다. 사회주의도 박애주의도 상생도 이 말에 수렴된다. 모두 다 행복하게 잘 살 수 있도록 사랑을 베풀어라.

살기가 팍팍해서인지 요즘 '가족주의'라는 말을 많이 한다. 가까운 가족끼리 서로 위안하고 힘이 되어주며 살자는 뜻일 것이다. 그러나 실제 내용은 '가족 이기주의'에 해당한다. 내 가족을 제외하곤 모두 남이라는 생각, 내 가족 말고는 아무 관심도 없다는 태도가 이 사회를 점점 더 차갑고 무섭고 어두운 곳으로 만들고 있다. 단 한 사람이라도 옆에 사는 사람에게 관심을 기울인다면 그것은 작은 반딧불이 어둠을 밝히듯 우리의 환경을 좋게 만든다.

일파만파(一波萬波)는 불교에서 강조하는 말이다. 작은 파도 하나가

수없이 많은 파도를 만들며 번져간다는 뜻으로 좋은 것도 나쁜 것도 그 파급효과는 엄청나다는 뜻의 경구다. 서양식으로 표현하면 나비효과와 같은 의미를 담고 있다. 한국에서 나비가 날갯짓을 했을 때 그 작은 바람이 태평양을 건너가는 동안 태풍으로 바뀔 수 있다.

내가 점원에게 부린 신경질이 점원의 기분을 나쁘게 해서 그날 그 가게에 방문한 많은 고객이 기분을 상할 수도 있다. 엄마한테 야단맞은 아이가 학교에 가서 친구를 때릴 수도 있고 강아지를 발로 찰 수도 있다. 그 강아지는 또 누군가를 물지도 모르고, 맞은 친구는 엉뚱한 데 가서 화풀이를 할지도 모른다.

나의 따뜻한 말이나 칭찬이 그 반대의 역할을 하기도 한다. 그 사람의 밝은 마음이 다른 사람에게 친절이나 사랑으로 표현되고 그 주변이 밝고 따사로운 분위기로 바뀐다. 한 사람의 좋은 일이 이렇게 널리 퍼져나가게 하는 것. 그것이 이웃사랑의 미덕이다. 김수환 추기경이 왜 이웃을 사랑하고 낮은 곳에 있는 사람을 살피라고 했는지 이해가 간다. 그 사랑은 결국 돌고 돌다가 다시 내게로 돌아온다. 그러기 전에 좋은 마음을 먹고 남을 대했을 때 내 마음부터 벌써 푸근해진다.

힘들고 고달픈 사람이 극단적인 행동으로 자살이나 방화, 범죄를 저질렀다는 뉴스를 접할 때면 그런 따뜻한 마음의 작은 불씨 역할이 아쉽고 추기경의 빈자리가 더욱 크게 느껴진다. 나부터 시작하는 게 가장 빠른 방법이다. 내가 먼저 나의 가슴에 불을 지피는 마음으로 가까운 이웃에게 멀리 있는 어려운 사람에게 따뜻함을 전해보자.

삶의 순간마다 그런 아름다움이 깃들 때 우리는 죽음이 두렵지 않고 나이 듦 앞에서 당당할 수 있다. 내가 해온 일의 범위 안에서밖에 생각할 수 없다. 내가 좋은 일을 했으면 좋을 결과가 있겠지 생각하고, 내가 나쁜 일을 많이 했으면 언젠가 벌을 받게 되겠지 두려워한다. 어리석은 우리는 당장 코앞밖에 볼 수 없지만 가끔은 고개를 들어 조금 먼 곳을 내다보고 앞날을 대비하려는 노력을 기울여야 한다. 그것이 삶을 풍요롭고 행복하게 하는 소박한 노력이다. 적어도 자기 발등 자기가 찍는 어리석음은 줄일 수 있다.

하느님의 형상으로 태어난 인간이기에

"하느님이 당신 모습대로 만드신 인간은 크리스천만이 아니지 않습니까. 하느님은 우리가 모르는 방법으로 모든 인간 안에 현존하며 무언가 일하고 계신다는 것을 우리가 부인할 수 없을 것 같습니다. 그렇다면 성령이 일하는 것을 우리가 교회라는 테두리 안에서만 국한시켜 생각할 수 없을 것입니다. 또 예수님이 하필 유대인이 아닌 사마리아 사람을 들어 칭찬하셨습니다. 앰네스티(국제사면위원회) 같은 단체는 교회 단체는 아니지만 교회가 할 만한 일을 먼저 실천하는 것을 봅니다. 그들 안에서도 하느님이 일하시는 것으로 생각하게 됩니다.

…… 저는 언젠가 경주 석굴암에 가서 넋을 잃고 불상을 바라본 적이 있습

니다. 한 시간 이상 그렇게 서 있었습니다. 무엇인지에 깊이 빠져들어 가는 것 같았어요. 그러나 세계적인 미술품인 성상들을 로마 바티칸에 가서 보았을 때는 5분 이상 한 작품을 본 적이 없습니다. 결국 저는 내 안에 불교적인 피도 흐르고 있다는 것을 느꼈어요. 우리 안에 있는 이러한 요소를 거부할 수 없습니다. 다른 종교와 대화를 나누고 거기에서 고유하고 불멸하는 가치를 우리 자신의 것으로 소중하게 여겨야 합니다. 교리 전달에 있어서도 그 요소들을 배척할 것이 아니라 받아들여서 연구 발전시켜야겠다는 생각이 듭니다. 이것은 종교 혼합주의 같은 것이 아니고, 생래적인 자기의 것도 소중하게 생각한다는 것입니다."

김수환 추기경은 기회 있을 때마다 창세기에 나오는 말씀을 떠올리셨다. "하느님이 당신 모습대로 사람을 지으셨다"라는 한마디를 진리의 절대적 가치 기준으로 삼았다. 세상 만물 중에 하느님 모습대로 창조된 것은 인간뿐이니, 모든 인간이 하느님의 자녀라는 점 말고 인간의 존엄성을 어디서 찾을 수 있는가. 특히 가난하고 힘없는 사람도 인간으로서의 존엄성은 마찬가지이니, 타고난 존엄성이 고루 지켜져야 한다는 말이다.

추기경의 주변 사람 사랑은 입에서 입으로 전해져 널리 알려졌다. 평소에도 매일 청소를 하고 음식을 만들어주는 사람에게 감사한 마음을 표현하는 것을 잊지 않으셨다. 돌아가시면서 유품을 남기실 때도 당신의 방을 치워준 분을 기억해서 따로 적어두었을 정도였다. 사랑은 감사라는 씨앗에서 자라는 마음임을 가르쳐주셨다. 고마우니까 기쁜 마음을 전하고 그 마음은 또 다른 사랑을 낳는다.

평생을 오직 사랑으로 살다가 사랑을 퍼뜨리고 사랑의 대명사가 되었다. 바보라는 별명에 모든 것이 담겨 있다. 사랑하고 사랑하고 또 사랑하셨던 분. 마지막으로 자신의 죽음까지도 사랑으로 받아들였다. 어떻게 이런 일이 가능할까? 그분이 성인의 반열에 오를 만큼 종교적인 심성을 가져서라고 설명하면 뭔가 부족한 느낌이 남아 있다.

죽음이 끝이라고 생각하지 않았기 때문이라고 감히 말한다. 삶 속에서 자신을 아낌없이 써서 사랑을 실천했기 때문에 죽음 앞에서 미련과 아쉬움이 없었을 것이다. 나는 잘 살다 갑니다, 그런 마음이었으리라 믿는다.

"지금 온 세상을 둘러싼 끊임없는 갈등, 반목, 슬픔, 아픔은 모두 사랑의 부재에서 오는 것입니다."

종교에만 빠진 좁은 생각을 염려해서 이웃을 사랑하는 것이 하나님을 사랑하는 일이라고 설파하셨다. 네 이웃을 네 몸 같이 사랑하라는 성경 말씀을 잊지 말고 언제나 가까운 사람, 주변을 돌아보라고 당부하셨다.

하느님을 향한 사랑과 이웃을 향한 사랑, 이 두 사랑은 하나의 사랑이다. 인생의 길은 바로 이 사랑이다. 우리가 끝까지 지켜야 할 가치이다.

우리가 생각하는 사랑에서 한 걸음 더 나아가 사랑을 하고자 노력하려는 의지의 중요성을 강조했다. 사랑하지 못하는 핑계는 많다. 사람들은 저마다 나는 이래서 혹은 저래서 그 사람을 사랑할 수 없다고 말한다. 부족한 인간이니 이기심이나 섭섭함을 넘어서 누군가를 사랑하는 일이 힘들 때가 왜 없겠는가.

사랑은 결코 감정에만 달린 것이 아니다. 오히려 의지에서 오는 것이다. 이 때문에 우리가 의지로 누구를 사랑하려고 할 때, 그 사랑을 위해 어떤 어려움과 시련도 이겨내겠다는 뜻을 굳게 세우고 사랑할 때 그것이 참사랑이다.

우리의 속마음을 들여다보기라도 한 듯 의지로써 사랑하라고 격려하셨다. 사랑은 약해 보이지만, 모든 것을 견뎌내고, 지칠 줄을 모르고, 죽음보다 더 강한 것이라고 늘 말씀하셨던 것처럼, 선종을 앞두고 남긴 마지막 말씀도 사랑의 의미를 다시금 되새기게 했다.

"고맙습니다. 서로 사랑하세요."

책의 부제를 '사랑을 사랑하다 사랑 그 자체가 된'이라고 붙인 것은 자연스러운 일이었다.

김수환 추기경의 사랑에는 삶을 사는 방법은 물론 희망과 용기와 정의로운 세상을 만드는 의지가 모두 녹아 있다. 김수환 추기경의 아호는 '옹기'다. '오물조차 기꺼이 품어 안는 사람'이 되겠다는 의지와 소망을 담아 지은 이름이다. 아호처럼 김수환 추기경은 세상의 낮은 곳에서 사랑을 전하고 실천하는 데 평생을 바쳤다.

죽음 앞에서

어떤 현자도 어떤 부자도 어떤 강자도 죽음을 피할 수 없다. 죽음은 모두에게 공평하다는 것은 삶이 감춘 오묘한 비밀이다. 죽음이 없다면 인간은 얼마나 오만하고 무분별하게 삶을 남용할 것인가. 죽음을 상기 하면서 인간은 짐승의 자리에서 인간의 자리로 돌아온다. 하지만 그것 은 머릿속 생각일 뿐 우리가 아끼고 사랑하는 사람의 죽음 앞에서 그런 번듯한 말로 자신을 위로할 수 없다. 죽음 앞의 이별은 완벽한 영영 이 별이므로 그만큼 혹독하다.

"아, 하늘로 올라가셨구나. 다시는 뵐 수 없구나."

이 상실감을 극복하는 데 많은 시간이 필요하다. 누군가를 미워해서 '저 사람 죽었으면 좋겠다'고 생각한 적도 있을 것이다. 미운 사람을 없 애는 가장 영구적이고 확실한 방법은 그 사람이나 나, 둘 중 한 사람이 사라지는 것이다. 아마도 죽음이 그 답이 될 것이다. 그거야 살아가다가 만나는 돌부리의 경우이고 보통의 삶에서 우리는 누군가의 죽음 앞에서 옷깃을 여미고 표정을 가다듬는다. 죽음 그 자체가 슬퍼서이기도 하지 만 그 사람이 죽음 앞에 당도할 때까지 분투했던 삶에 대한 경외심인 경 우가 더 많다.

죽음을 앞두고 추기경은 우리에게 이런 말씀을 들려주셨다.

"나이는 하느님의 은혜입니다. 나이를 먹고 늙으면서 머지않아 죽을 수밖에 없는 허무한 지경이 아니라, 오히려 인생이 무엇인지 무엇이 참된 가치인지, 그 참된 의미를 깨닫게 되는 원숙에 이르게 해줍니다.

저는 '오래 사는 것'보다 '기쁘게 잘 사는 것'이 더 소중하다는 생각을 갖고 있습니다. 옹기는 먹는 것도 담지만, 더러운 것도 담습니다. 오물조차 기꺼이 품어 안는 사람, 세상엔 옹기 같은 사람이 필요합니다. 그런 소망을 담아 제 아호도 '옹기'로 정한 것입니다."

이 말을 곰곰이 생각해봤다. 나이 먹는 일이 하느님의 은혜라니. 과연 그러할까? 평범한 우리는 의심하지 않을 수 없다. 추기경이 하신 말씀이니 틀릴 리는 없고 진지하게 그 이유를 생각해보았다. 생로병사가 삶의 원형임은 두말할 것도 없이 우리가 몸으로 마음으로 뼈저리게 느끼고 있는 사실이다. 그중 태어나는 것은 딱 한 번에 완성되는 것이니 제외하면 로, 병, 사는 처음부터 죽는 그 순간까지 우리와 함께한다. 이 세 가지에서 자유로운 사람은 한 명도 없다. 추기경의 말씀은 삶의 양보다 질을 염두에 두신 것이다. 길이만 긴 삶은 의미가 없다, 사랑이 담긴 삶을 행복하게 살아야 한다는 뜻이었다.

여기에 이르고 보니 추기경이 말씀하셨던 삶에 관한 얘기는 곧 죽음의 이야기이기도 하다는 것을 깨닫게 된다. 이렇게 살아라, 저렇게 살면 안 된다, 하신 뜻은 곧 죽게 될 운명이니 삶의 매 순간을 아껴가며 네 생명의 한 조각이라도 허투루 쓰지 말라는 말씀이다.

우리가 살아가면서 유념해야 할 이야기도 많이 해주셨다. 언제부턴가 우리나라는 성공한 자본주의 국가로 자리매김 되었고, 자본이라는 돈을 최고 가치로 치게 되었다. 그 속에서 많은 고통과 불행이 생겨났다는 사실은 얼마나 아이러니인가. 돈과 명예와 겉치레가 우리의 눈을 가릴 때마다 추기경은 우리의 정신을 일깨워주셨다.

> "부자는 자기 운명에 만족할 줄 아는 사람이 부자입니다. 이 말은 최선을 다하되, 분수를 알고 주어진 여건에 자족할 줄 알아야 한다는 뜻입니다. 결국 마음이 부자여야 진짜 부자가 되는 것입니다."

마음이 부자여야 진짜 부자라는 흔해빠진 말도 그것을 몸으로 실천한 추기경의 입으로 들으니 고개가 숙여진다. 만족하지 못하면 부자가 될 수 없고 끝없는 결핍과 불만의 소용돌이에서 벗어나지 못한다. 만족에서 나오는 것은 삶에 대한 감사이고 인간에 대한 존중이다. 불만스러운 마음으로는 어떤 삶이든 불평거리 천지요, 다른 인간은 나를 해롭게 하거나 짓밟는 존재일 뿐이다. 곳간에서 인심 나는 법이다. 내 마음의 곳간이 그득해야 남에게 줄 아량과 베풂이 나온다.

첫눈 같은 새해

가끔 새해 달력을 받고서 내가 먹었던 마음을 돌아본다. 아직 아무 계획도 기념일도 적히지 않은 깨끗한 달력만큼 내 마음도 백지처럼 단순했던가. 오직 새로운 시간을 겸손히 맞이하자는 맑은 마음만 있었던가. 올해의 남은 날들이 얼마나 되나. 세월이 흐르면 달력을 넘기면서 어제의 나도 함께 넘겨야 한다. 새 달력과 함께 새 나를 맞이하는 마음으로 나날을 살아가자. 살아 있는 이 순간의 가슴 벅참. 생동감과 활력, 축복과 기쁨이 내 삶의 원동력이다.

내일을 너무 믿지 말자. 내일은 잘해야지. 내일은 나아지겠지. 그런 것은 없다. 오늘 안 된 것이 내일이라고 잘 되겠는가. 죽이 되든 밥이 되든 지금 결판내고 승부를 봐야 한다. 그게 안 되면 딱 접고 내일은 내일의 삶을 새로 시작해야 한다.

제일 갑갑하고 안쓰러운 사람이 오늘 만난 사람에게 느꼈던 섭섭함을 밤새 되새기다가 다음날 전화해서 따지는 사람이다. 이런 사람이 적지 않다. 어제 그 말이 무슨 뜻이었냐, 왜 그런 말을 내게 했느냐, 나를 무시하는 거냐, 그 말 어디서 들었냐? 등등 따지려고 들면 따질 일은 너무도 많다. 상대는 나한테 나만큼 애정도 관심도 없다. 그러기 때문에 무심히 아무 얘기나 할 수 있고 그 말이 내 기분을 상하게 했다면 그것은 내 문제이다. 네 생각이 그렇다면 할 수 없지만 나는 너와 다른 생각으로 살고 있다, 이렇게 말하거나 생각하면 그뿐이다. 왜 그러느냐고 내 생각과 감정을 강요하다 보면 관계에서 평화는 영원히 없다.

웬만큼 살고 나면 거창한 계획이 별 소용이 없다는 걸 알게 된다. 점점 새해를 앞두고 달력에 동그라미를 치며 무탈하기만을 바란다. 크게 나쁜 일 없는 것이 얼마나 감사하고 다행스러운가. 내 친구가 내 맘에 드는 말도 하고 밥도 사주면 좋겠지만 잊지 않고 불러준 것만도 고마워하게 된다. 이것은 체념이 아니라 욕심을 내려놓아서 마음에 좋은 것들이 고이는 행복의 순간이다.

나는 당신의 '밥'이 되겠습니다

김수환 추기경이 보통 때와 다른 강경한 어조로 한마디 하셨다. 힘센 자가 최고고 누구나 자기가 가진 힘을 휘두르려고 하는 우리 사회를 향한 일침이었다. 강자 우선주의, 승자독식의 사회 분위기는 걱정하실 만했다. 지금 우리가 겪고 있는 대부분의 고통과 절망은 사실 소수의 승자만이 살아남고 대다수의 약하거나 평범한 사람은 계속 뒤처질 수밖에 없는 현실에서 온다.

"강자는 자기를 이기는 사람입니다. 사람들은 욕망이 달성되는 것을 성공인 줄 알지만 욕망을 따르다 보면 결국 자기 욕망의 노예가 되고 맙니다. 나중에는 내가 무엇을 욕망하는지조차 잊고 앞으로만 달려갑니다. 무분별한 탐욕을 추구하고자 하는 자기 자신을 이길 때에야 비로소 행복이 내 것이 됩니다."

이 말씀은 자신이 어떤 사람인지 자기 인생이 어디로 가는지 모른 채 앞만 보고 달리는 사람이 많은 현실이 안타까워서 한 말씀이다. 승리하기 위해서, 욕망을 성취하기 위해서 타인을 희생시키는 일을 아무렇지 않게 생각하는 사회를 향한 질타이기도 하다.

인간은 자기를 드러내고 싶어 하는 존재라 자기가 어떤 위치에 올라가면 본디 자리를 잊기 쉽다. 현재의 순간에 함몰된 나머지 해야 할 것, 하지 말아야 할 것의 경계가 모호해진다. 웅덩이에 빠지고 나서 많은 것을 잃은 뒤 그곳을 빠져나와 후회하는 것이다. 내가 길을 잃었었구나. 나 자신의 탐욕을 제어하지 못했구나. 브레이크가 고장 난 인생을 살았었구나. 그러지 않으려면 매 순간 자신을 돌아보고 자기가 가고 있는 방향을 확인해야 한다. 그럴 수 있다면 평범한 사람도 현자가 될 수 있다.

"현자는 모든 것에서 배우는 사람입니다. 그 자세, 마음의 겸허가 중요합니다. 겸손한 사람만이 인생을 값지게 사는 슬기를 배울 수 있습니다."

자신을 잃지 않고 만족하는 삶을 살기 위해서 모든 것, 모든 사람에게 배우는 자세를 추천했다. 배우려는 마음을 갖는 순간 우리는 상대의 이야기에 귀를 기울이고 상대를 살피는 마음이 생긴다. 그러면 잘난 척하는 마음이 없어진다. 내가 가지지 않는 것, 내가 모르는 것을 가진 상대 앞에서 어떻게 잘난 척을 하겠는가. 겸손하게 마음을 여는 순간 세상이 이전에 알던 것보다 두세 배는 넓고 깊어진다.

"선택의 자유에 대해 얘기하고 싶습니다. 자유는 근본적으로 선택의 능력입니다. 악을 선택했을 경우 그는 자유를 잃고 노예가 될 것입니다. 선을 선택했을 경우 한때의 어려움은 있더라도 인간다워지고 풍요로워집니다."

참 무서운 것이 선택의 순간이다. 한번 선택해버리면 돌이킬 수도 없고, 그 선택에 따라 인생은 엉뚱한 방향으로 흘러가기도 한다. 가장 어려운 일, 가장 두려운 일을 선택하라고 『월든』의 작가 헨리 데이비드 소로는 말했다. 꼭 해야 하는 데 자신이 없는 일을 앞두고 우리는 겁을 먹는다. 두려워서 피했다고 끝나는 게 아니다. 언젠가 그 화살은 나를 향해 돌아온다. 내 인생의 어떤 어려움도 감수하겠다는 각오가 삶 앞에서 우리를 당당하게 만든다.

"이 세상의 모든 사물에는 의미가 있습니다. 살아 있는 것뿐만 아니라 무생물에게도 그 존재의 의미가 있습니다. 하물며 인간에게 있어서는 두말할 필요도 없겠지요. 그런데 그 의미는 찾아 나서지 않으면 찾아지지 않습니다."

동화 『파랑새』 이야기는 유명하다. 행복을 찾아온 세상을 헤맸지만 결국 자기 집에 있었다는 결말 때문이다. 모든 경우에 해당하지는 않더라도 많은 경우 우리도 겪는 일이다. 남의 집 잔디가 더 푸르러 보이는 법이다. 내 얼굴, 내 능력, 내 가족, 내 성격을 귀히 여기고 소중히 다루어야 더 아름다워지고 더 좋아진다. 못생겼다는 마음으로 보면 어떤 사람도 못생겨 보인다. 아무리 아름다운 사람도 단점이 있고 아무리 못생긴 사람도 어여쁜 구석이 있다. 내 마음의 눈이 그것을 결정한다.

추기경의 죽음을 모두가 슬퍼하고 애도하는 모습을 보고, 산다는 것은 죽음에 와서야 명명백백해진다는 것을 깨달았다. 어떻게 살 것인지 어떻게 떠날 것인지 삶 속에서 이미 판명 난다. 진리와 정의, 사랑을 위해 살았던 추기경 앞에 기다리고 있는 죽음은 삶의 모습과 닮았다. 사람들이 자신의 삶을 돌아볼 수 있도록 해주었고 삶의 한 장면 한 장면은 우리 가슴에 책장이 되어 남아 있다. 몸이 죽었다고 결코 정신까지 사라진 것은 아니다. 그분의 사랑과 헌신은 우리의 가슴 속에, 역사 속에 살아 숨 쉬며 우리를 가르친다.

"땅의 겸손함을 배워야 합니다. 세상의 모든 사람은 땅을 딛고 살지만 땅의 고마움을 모릅니다. 더구나 땅에다 모든 더러운 것, 썩을 것을 내다 버립니다. 그러나 땅은 자신을 열고 모든 것을 받아들입니다."

김수환 추기경 잠언집 『바보가 바보들에게』 중에는 이런 다짐도 있다. "나는 당신의 '밥'이 되겠습니다." 모든 이를 먹일 밥이 되고 싶다는 생각에서 그렇게 정했다. 그러나 아쉽게도 그 표어대로 살지 못했음을 고백하였다. 밥이 무엇인가. 매일 우리 입에 넣어서 우리 몸이 가동하도록 해주는 에너지원이다. 사람을 살게 하는 힘이다. 나는 당신의 밥이 되겠다는 말은 당신 입에 들어가 씹히고 갈려서 뱃속으로 들어가 양분이 흡수되고 남은 찌꺼기는 똥이 되겠다는 말이다. 나를 아낌없이 주겠다는 말, 그리하여 당신이 나로 하여금 살게 하겠다는 엄청난 말이다.

마지막 순간들

죽음을 앞두고 어떤 모습을 보이든 그것을 지켜본 사람은 저마다 말을 삼가고자 한다. 누구도 죽음 앞에서 당당한 모습이리라고 장담할 수 없다는 걸 알기 때문이다. 잠을 자듯이 조용히 눈을 감든, 고래고래 소리를 지르면서 죽음의 사자한테 저항하든 함부로 판단하는 말을 하지 못한다. 아주 드물게, 적은 숫자만이 죽음도 내 삶의 한 과정임을 받아들이고 조용히 그 앞에 고개를 숙인다.

김수환 추기경은 투병하는 기간 중에도 항상 의연한 모습을 보였다고 직접 본 사람들은 하나같이 얘기한다. 병마와 싸우는 마지막 순간에도 의연한 모습을 잃지 않았던 것으로 전해졌다. 평소에도 주변 사람 챙기는 데 소홀함이 없던 다정한 분이셨는데 특히 와병 중일 때도 가까이서 도와주는 분에게 손님들이 사온 선물을 나눠주거나 감사하는 마음을 꼭 표현했다고 한다.

돌아가신 어머니를 회상하며 눈물을 흘리는 모습은 보는 사람의 가슴을 아프게 했다. 투병이 길어지자 '집에 가고 싶다'는 말을 자주 하셨다. 갑갑한 병원이 싫고 하루를 살더라도 내 집에 가서 편안히 발 뻗고 자고 싶다는 마음은 우리 같은 평범한 사람과 다를 바 없었다. 누구와도 함께 할 수 없는 죽음 앞에서 담담할 수 있는 사람이 어디 있으리.

김 추기경을 진료·간호했던 강남성모병원 의료진은 추기경의 투병생활을 전하는 기자회견에서 이렇게 말했다.

"추기경은 의료진에게 괜찮은 진단명을 붙여달라고 농담을 하셨습니다. 노환이라고 하지 말고 오랫동안 입원할 명분을 위해 진단명을 붙여달라고 하신 겁니다."

또 추기경의 인간적인 모습에 대해서도 안타까운 소식을 전했다.

"추기경의 미소를 생각하면 가슴이 아픕니다. 통증을 느끼셨을 테지만 내색 안 하시고 우리들에게 수고한다면서 늘 따뜻하게 맞아주셨습니다. 우연히 자당에 대한 말씀을 나눈 적이 있는데 하늘을 보고 한참 동안 가만히 계셨습니다. 오랜 연륜에도 불구하고 아이 같이 순수한 마음을 가지신 분입니다."

추기경은 자신의 건강보다 미사와 강론 등 본연의 성무를 앞에 두었다. 1973년 추기경이 명동성당에서 미사를 집전할 때 신장결석으로 통증에 시달리고 있었다. 추기경은 강론과 미사를 거르지 않기 위해 만약 통증이 심할 경우 진통제를 투여해달라고 부탁했다. 미사는 신도들과의 약속이다. 나를 기다리는 사람, 나를 만나고자 하는 사람과의 약속을 저버리지 않으셨다. 자신의 안위보다 남의 입장을 먼저 생각하신 것이다.

병은 자주 예측할 수 없는 상황을 불러온다. 추기경도 오랫동안 어려운 상황을 맞아 고비를 여러 번 넘겼다. 병상에서도 미소와 평화를 잃지 않고 매사에 최선을 다하시고도 늘 부족하다고 자책했다. 아파서 누워 있으면서도 오히려 다른 사람을 위로해주는 여유를 잃지 않은 것은 천성일까, 오랜 수양에서 나온 행동일까? 그 깊은 마음 씀은 보는 사람이 자신의 행동을 가다듬게 한다. 추기경은 자신의 고통조차 인간이기 때문에 겪는 삶의 한 과정이요 영혼을 성숙시켜주는 일이라 여겼다.

"사람한테 고통이 없다면 어떻게 될까요. 몸은 자라고 마음은 자라지 않는 식물인간이 되지 않겠습니까?"

김수환 스테파노 추기경은 원래 교황께 쓰는 표현인 '성하'라는 호칭으로 불린다. 돌아가신 뒤에 교황급 대우를 받음으로써 보통 관이 아닌 유리관에 누우시게 되었다. 우리나라에서만 존경받는 추기경이 아니라 전 세계 천주교 역사에 길이 남을 위대한 분이었다.

김수환 추기경이 존경받는 이유는 훌륭한 종교인이기에 앞서 따뜻하고 사랑이 깊은 분이기 때문이다. 하나님을 말하지 않고 어머님을 말씀하시었다. 누구에게나 어머니는 있고 그 어머니의 사랑을 기억하라는 뜻이다. 그만큼 정직한 인간의 면모를 보여주었다. 절에 가서 종교의 화합을 주도했으며 종교 간 다툼이 있을 때마다 싸우지들 말라고 늘 당부하였다. 타인의 오해와 비난을 개의하지 않고 포용하는 마음을 몸소 실천하였다.

우리를 기쁘게 했던 환한 웃음과 유머, 과분한 사랑을 받았노라고 나

직이 고백하신 그 음성은 우리들 가슴에 오래도록 남을 것이다. 예수님을 닮은 사제가 되지 못했다고, 좀 더 가난하게 살 용기가 부족했다며 마지막까지 부끄러워했다. '고맙다', '고맙다'고 되풀이하신 소박한 인사가 세상과 사람을 향한 당신의 마지막 기도였다.

우리는 그분께 무엇을 배울 것인가. 고요히 세상을 떠날 수 있었던 건 삶을 평안하고 아름답게 살아오신 덕분이다. 평생 이삭을 줍는 마음으로 사셨다. 땅에 버려지고 흩어져서 썩어버릴 이삭이지만 이를 소중히 여기고 줍는다면 그 이삭은 다시 생명을 담은 곡식으로 태어난다. 우리는 김수환 추기경을 밀알이 된 이삭으로 영원히 가슴에 담을 것이다. 추기경의 유언은 짧고 간단하다.

"고맙습니다. 사랑합니다."

서로 사랑하고 용서하며 살라는 그 말씀을, 스스로 낮추는 겸손의 미덕을 늘 잊지 않을 것이다. 인생에서 이 말보다 더 귀하고 필요한 말이 또 어디 있을까? 나는 당신이 나와 함께 해줘서 고맙습니다. 귀하고 복된 삶을 선물해준 당신을 사랑합니다. 나의 가족, 나의 친구, 나의 이웃들에게 이런 마음을 갖는 일. 그것이 예수님 사랑의 실천일 것이다. 추기경의 수많은 말씀 중 늘 귀에 쟁쟁하게 남아 있는 한 마디를 소개하면서 글을 맺을까 한다.

"인생에서 가장 긴 여행이 무엇인지 아십니까? 머리에서 가슴으로 하는 여행입니다. 머리에서 좋다고 생각하는 것을 마음으로 옮겨 마음이 움직여야 하는데 이게 참 어렵습니다."

소설가 박완서

그립다는 느낌은 축복이다.

그동안 아무것도 그리워하지 않았다.

그릴 것 없이 살았으므로

내 마음이 얼마나 메말랐는지도 느끼지 못했다.

박완서

"이 사람은 오래오래 살았으면 좋겠다."

간절히 이런 바람을 가질 때가 있다. 정말 사랑하는 사람이니 내 곁에 오래 있어주었으면, 하고 소망한다. 또는 그 사람이 없는 삶을 상상할 수 없어서, 그 사람 없이 내 인생이 제대로 굴러갈까 걱정되어서이기도 하다. 부모님이 그러하고 연인이나 배우자가 그러하다. 자식을 둔 경우라면 자식이 1순위를 차지할 것이다.

나 역시 영원히 내 곁에 머물렀으면, 하는 사람이 몇 명 있다. 내가 필요할 때 찾아갈 수 있는 곳에 있기를 바라는 사람. 피를 나눈 가족을 제외하면 스승이 내게는 그런 존재다. 나에게 삶을 준 사람이 부모 말고 또 있다는 사실을 깨달은 어느 날, 나는 뜨거운 눈물을 흘렸다. 부모가 몸과 생활을 주었다면 스승은 꿈이 있는 영혼을 가르쳐주었다.

세상을 살아가는 동안 처음 세상에 태어났을 때처럼 막막해서 도무지 어떻게 살아야 할지 모를 때가 있다. 빛이란 빛은 죄다 사라지고 머릿속이 깜깜할 때 무슨 수로 그 순간을 벗어나야 할까? 그런 시기는 주기적으로 찾아왔고 사람들은 누구나 그런 우여곡절이 있는 인생을 산다고 말했다. 나만 겪는 일이 아니라고 해서 그 고통이 줄어들지는 않는다. 그때 저 멀리서 보일락 말락 어렴풋하게 불빛이 보였다.

나는 더듬더듬 그 빛을 따라 길을 찾아야 했다. 길을 찾는 것은 순전히 내 몫이었다. 이미 있는 길을 찾아갔는지 새로 만들어서 갔는지 모르겠지만 그 깜깜한 어둠에서 곧 벗어났다. 이 상황은 삶에서 수시로 반복된다. 그러나 나는 더 이상 막막하지도 가난하지도 않다.

나에게는 스승이 있었다. 내게 문학을 가르쳐준 수많은 선배 소설가들이다. 그중 한 분이 박완서 선생님이다. 내게 문학의 길을 열어준 분은 윤후명 선생님이지만, 여자로서 좌절하지 않고 작가가 되는 길을 보여준 분은 박완서 선생님이다. 실패를 모르거나 실패하지 않는 것이 아니라 실패를 하고 나서도 다시 일어나는 법을 몸소 보여주셨다.

이토록 사소하고 이토록 지지부진한 일상을 어찌 사나, 절망할 때 내가 고꾸라지지 않고 나아갈 수 있었던 것은 전 생애를 통해 여자의 길, 작가의 길을 보여준 박완서라는 롤모델이 있어서 가능했다. 작품에서도 배워야 할 점이 많지만 삶과 작가 정신, 생활태도 그 무엇도 내게 울림을 주지 않는 것이 없었다.

나뿐만이 아닐 것이라 믿는다. 어둠 속에서 믿고 따라갈 멀리서 반짝이는 작은 불빛이 필요한 사람 누구에게라도 박완서는 그 빛을 나눠줄 것이다. 그 빛 한 올 한 올의 자취를 이곳에 적어봄으로써 그동안 나를 이끌었던 손길의 실체를 만나고자 한다.

진짜 인생은 약력의 행간에 있다

박완서 작가의 생애를 간단히 정리하면 이렇다.

황해북도 개풍군에서 태어나 세 살 때 아버지를 여의고, 일곱 살 때 서울로 이주했다. 숙명여자고등학교에 입학해서 담임교사였던 소설가 박노갑의 영향을 많이 받았다. 서울대학교 국문학과에 입학하였으나 그 해 여름 6.25 전쟁이 나서 숙부와 오빠를 잃었다. 집안에 비극적인 사건 들이 겹치면서 생활고로 학업을 중단했다. 1953년 직장에서 만난 호영진과 결혼하여 아들 하나와 딸 넷을 낳았다.

작가로서의 삶은 40대에 시작된다. 1970년 《여성동아》 장편소설 공모전에 「나목」이 당선되어 등단했다. 이 소설은 전쟁 중 노모와 어린 조카들의 생계를 위해 미군 부대 초상화 부에서 근무할 때 만난 화가 박수근에 대한 이야기를 담고 있다.

1988년에 5월에 남편을 잃었고 연이어 8월에는 아들을 잃고 나서 가톨릭에 귀의하였다. 2011년 1월 22일 오전 6시 17분에 지병인 담낭암으로 투병하다 향년 80세로 구리시 아차동 자택에서 세상을 떠났다. 경기도 용인시의 천주교 서울대교구 공원묘지에 안장되었다.

아무리 파란만장한 삶을 산 사람도 인생을 압축해서 적어보면 A4용지 한 장을 넘지 않는다. 우리가 읽어야 할 것은 그 문장의 행간이다. 한 줄과 한 줄 사이에 숨은 이야기가 진짜 그 사람의 인생이다. 입학했다와 중퇴했다 사이의 시간이 무엇을 말해주는지 우리는 그려볼 수 있다. 그 것이 우리가 한 사람을 기억하는 방식이다.

남편을 잃고 같은 해에 아들까지 잃었다는 한 줄의 문장에서 피가 흐르는 것을 우리는 본다. 숨이 넘어가고 목이 갈라지고 가슴이 터지는 고통을 짐작한다. 그런 인생조차 한 줄로 정리하는 것이 우리가 살다 떠나는 이곳의 삶이다. 누구나 몸과 마음을 바쳐 죽을힘을 다해 살고, 그 죽을힘이 바닥났을 때 죽음으로 돌아가는 것이다.

고통에 맞닥뜨렸을 때 떠올리는 분

보통사람은 한 가지 고통, 혹은 자잘한 삶의 불협화음조차 이겨내기 힘들어 불평하고 좌절한다. 선생님이 겪은 일은 그런 것과는 비교가 안 되는 참혹한 고통이었다. 하느님은 우리가 감당할 만큼의 고통만 주신다는 말이 맞다면 선생님의 의지와 힘이 그만큼 셌다는 뜻이기도 하다. 하지만 고통을 당한 당사자한테는 얼마나 가혹하고 잔인한 말인가. 내가 왜 이런 고통을 겪어야 하느냐고 따지고 싶은 마음이 들 것이고 억울한 것도 당연하다.

그 모든 고통을 이기고 죽음의 문턱 앞에서도 글을 쓰고 작가로서의 삶을 끝까지 아낌없이 살다가 갔다. 선생님이 살아온 삶 그 자체로 위안이고 용기였으며 버팀목이 되어주었다. 나는 고난이 닥칠 때마다 박완서 선생님은 참척의 고통까지 넘어섰는데, 라는 생각으로 버텼다. 남의 불행을 나의 힘으로 차용한다는 죄책감은 들지 않았다. 그때는 어떻게든 그 상황을 벗어나야 살 수 있었으니까. 선생님의 말씀은 내 생각과 다르지 않았다.

"언젠가는 이것을 소설로 쓸 것이다. 고난은 나를 작가로 만들기 위한 단련 기간이다."

스물다섯 살에 갑자기 마흔다섯 살밖에 안 된 어머니가 교통사고로 돌아가셨을 때도 이 이야기를 소설로 쓰겠다는 각오로 일곱 번이나 기절하면서도 장례를 치렀다고 한다. 박완서 작가를 떠올릴 때마다 정신의 힘이라는 말이 함께 생각난다.

남편이 폐암으로 죽고 얼마 지나지 않아 스물여섯 살의 외아들을 사고사로 잃었다. 마음은 고통으로 찢겨져 어디에도 뿌리내리지 못하고 헤맸다. 내 몸이 내 몸 같지 않아 한곳에 머물 수도 없어서 미국과 부산의 딸네 집을 오가며 지냈다. 3년 동안 연재하던 『미망』도 중단할 정도로 극심한 고통에 시달렸다. 왜 나에게 이런 고통을 주셨느냐고 하느님을 원망하면서 보낸 세월이었다. 한동안 부산의 수도원에 내려가 지내기도 했다.

이해인 수녀가 있는 수도원에서 큰 깨달음을 얻고 고난을 극복했다는 일화는 사람들이 두고두고 얘깃거리로 삼았다. 깨달음은 오랜 묵상의 결과도 아니고 신앙심 깊은 신부님의 위로에서 온 것도 아니었다. 열아홉 살짜리 어린 수녀를 통해서였다. 그 수녀는 어린 동생을 소아암으로 잃었다. 나는 이런 고통을 겪을 만큼 나쁜 일을 한 적이 없다는 선생님의 말에 수녀는 이렇게 답했다.

"자매님, 세상 사람들 누구나 엄청난 일을 겪으며 살아요. 그 일이 나에게만 일어나지 말라는 법은 없지요."

그렇구나. 나는 왜 그 생각을 못 했을까, 왜 나 자신은 고통으로부터 벗어나야 한다고만 생각했을까? 인생의 환난 앞에서 그 누구도 예외일 수 없는 것이다. 고통에 젖어 몸과 마음을 어디에 두어야 할지 모르는 박완서 작가에게는 어떤 위로와 질책보다 큰 힘이 되어준 말이었다. 아들 잃은 슬픔을 통해 깨달은 인생의 깊이는 이때부터 작품 창작에 몰입하는 에너지로 바뀌었다.

억울함과 죄책감

인간이 오래도록 잊지 못하고 떨쳐버리지 못하는 감정이 억울함과 죄책감이라고 한다. 자신이 바닥에 떨어졌다고 생각할 때, 인간이 갖고 있는 이 두 감정이 밖으로 나온다. 억울한 사람은 상대에게 분노를 터뜨리며 하소연한다. 죄책감에 시달리는 사람도 어떻게든 용서를 구한다. 그 감정은 인간의 작은 심장으로 감당하기에는 너무나 무겁다. 정신과를 찾는 사람의 상당수가 이 두 가지 감정 때문이라고 한다.

"억울해요."

이 한마디에 수만 가지 사연과 억겁의 시간이 들어 있다. 이 말을 할 수 있다면 그래도 답은 있는 것이다. 말조차 해보지 못하고 가슴에 멍이 든 채 죽는 사람도 많다.

"죽을죄를 지었어요. 정말 큰 잘못을 저질렀어요. 용서해주세요."

평생 가슴에 숨어 살던 죄책감을 꺼내 용서를 구한다. 잘못했다고 말하기가 어렵다. 시간이 흐를수록 더 어렵다. 빨리 털어버리면 속이 편안해질 텐데 그러지를 못한다. 이런저런 핑계로 진실을 회피한다. 나 또한 내 잘못과 정면으로 마주 보기가 참으로 어려웠다. 늘 마음에 걸려 하면서도 용서를 구하지 못했다. 그 기간은 혹독하고 힘겨운 것이라 이미 벌을 받은 것과 마찬가지였다. 벌을 받을 만큼 다 받고 나서 결국에는 용서를 구한다.

어릴 때부터 엄마한테 신체적 언어적인 폭력과 학대를 당한 한 여자가 있다. 매일 맞지 않고 지나간 날이 없었다. 시험문제 한 개만 틀려도, 숙제를 조금만 늦게 해도, 밥을 흘려도, 방을 어질러도, 괜히 얼쩡거려도 혼이 났다. 맞다가 기절한 적도 있었다. 엄마는 자신의 불행을 맏딸을 때리는 것으로 해소하려고 했다.

딸은 자라서 성인이 된 뒤에도 사람을 무서워했다. 간신히 회사는 다니고 있었지만 누구와도 깊은 관계를 맺지 못하고 연애도 하지 못했다. 아직도 악몽을 꿀 때면 엄마한테 야단맞다가 잠에서 깬다. 그녀의 소망은 죽기 전에 엄마한테 미안하다는 말을 듣는 거라고 했다. 엄마는 그럴 생각이 없어 보이고 심지어 기억조차 못 하는 것 같다고 절망적으로 말했다. 누가 먼저 마음을 움직여야 할까, 행동으로 옮겨야 할까?

억울함과 죄책감은 동전의 양면이다. 자각한 사람이 먼저 엉킨 실타래를 풀어야 한다. 죽기 전에 재산만 정리할 것이 아니라 마음의 짐도 덜어야 평안히 눈 감을 수 있다. 마음에 얹힌 돌덩이에 짓눌려 안타까운 죽음을 맞이하고 싶지 않으면 먼저 마음의 문을 열자. 잘못을 시인하고 용서를 구해라. 힘들었던 일을 털어놓고 아직까지 아프다고 말해라. 이 억울함을 풀고 싶다고 말이라도 해보라. 입 밖으로 내놓는 순간 반은 풀릴 것이다. 쉽고 가까이 있는 해법으로 오래 묵은 짐을 덜기 바란다.

재미와 뼈대가 함께 살아 있는 소설을 쓰고 싶다

박완서 작가는 등단하고 나서 박경리 선생님을 찾아갔다. 문단의 어른이시고 각별한 존경심을 갖고 있어서 등단 인사를 드리러 갔다. 여자이면서 훌륭한 작품을 쓰는 작가이니 존경의 마음도 표하고 격려도 받고 싶었을 것이다. 박경리 선생님은 파카만년필을 선물하며 애정 어린 당부의 말을 했다.

"여류작가가 되지 말고 작가가 되어라."

이제 막 작가의 길에 들어선 초보 소설가 박완서는 그 당부를 성경 말씀처럼 가슴에 새겼다. 소설가의 길을 먼저 걸어온 박경리 작가가 볼 때 앞날에 고생길이 훤한 신인 작가에게 얼마나 많은 말을 해주고 싶었겠는가. 그 마음을 '작가가 되라'는 한 마디에 담았다. 어쨌거나 그 후 박완서는 박경리 선생님 말씀대로 여류작가라고 폄하할 수 없는 진정한 의미의 작가가 되었다.

"아직도 비록 신분증은 못 가졌지만 '나는 소설가다'라는 자각 하나로 제아무리 강한 세도가나 내로라하는 잘난 사람 앞에서도 기죽을 거 없이 당당할 수 있었다. 제아무리 보잘것없는 밑바닥 못난이들하고 어울려도 내가 한 치도 더 잘난 거 없으니 이 아니 유쾌한가."

박완서 선생님은 소설가라는 자각 하나만으로도 충분히 행복했던, 순수한 '소설가'였다. 마흔한 살에 당시로써는 상당히 늦깎이로 등단해서 40년 동안 쉼 없이 작품을 출간했다. 자신의 경험으로부터 나온 이야기를 '생활어법의 살아있는 문장으로 그려' 독자들과 소통하였다.

"소설이 단명하다 못해 일회적인 소모품처럼 대접받는 시대건만 소설 쓰기는 손톱만치도 쉬워지지 않는구나. 억울하면 안 쓰면 그만이지만 그래도 억울하다, 라고 말하는 소설을 써야 한다. 나 자신에게 정직하기가 가장 어려웠다. '재미와 뼈대가 함께 있는 소설'을 쓰고 싶다."

작가는 부당함, 다시 말해 누군가 억울해하는 것을 그냥 보아 넘기지 못했다. 남의 일은 물론이고 자신과 상관된 일도 마음을 건드리는 억울한 일은 글을 써서 반드시 원인과 결과는 펼쳐 보여야 마음이 풀리는 성정이었다.

"남들은 잘도 잊고, 잘도 용서하고 언제 그랬더냐 싶게 상처도 감쪽같이 아물리고 잘만 사는데, 유독 나는 억울하게 당한 것, 어리석게 속은 것을 잊지 못한다. 어떡하든 진상을 규명해 보려는 집요하고 고약한 나의 성미가 훗날 글을 쓰게 했고, 나의 문학 정신의 뼈대가 되지 않았나 싶다."

박완서 작가가 생전에 남긴 말이다. 이 글에서도 알 수 있듯이 모진 삶은 소설을 쓰게 하는 원동력이었다. 한국전쟁 중에 좌우세력에 끼인 오빠를 잃고, 훗날 남편과 막내아들까지 먼저 보낸 혹독한 개인사는 문학을 시작하고, 끌어가는 가장 강력한 힘이었다.

얼핏 보면 모진 삶과 현실을 글로 풀어내는, 일종의 복수처럼 느껴질 수도 있다. 생생한 증언을 통해 그 아픔을 선명하게 기억하고자 하기 때문이다. 하지만 박완서 작가는 상처받은 스스로를 치유하기 위해 글을 썼다. 독자들은 거기서 '치유의 힘', 혹은 '어머니의 감성'을 느낄 수 있었다. 40년이라는 긴 세월 동안 박완서 작가는 개인적 아픔을 글을 통해 자신은 물론, 독자들까지 품은 모성의 문학가였다.

언제나 삶에 뿌리박은 문학을 강조했다. 다음은 노년에 썼던 글이다.

"나이가 드니 마음 놓고 고무줄 바지를 입을 수 있는 것처럼 나 편한 대로 헐렁하게 살 수 있어서 좋고, 하고 싶지 않은 것을 안 할 수 있어 좋다. 다시 젊어지고 싶지 않다. 하고 싶지 않은 것을 안 하고 싶다고 말할 수 있는 자유가 얼마나 좋은데 젊음과 바꾸겠는가. 다시 태어나고 싶지 않다. 난 살아오면서 볼 꼴, 못 볼 꼴 충분히 봤다. 한 번 본 거 두 번 보고 싶지 않다. 한 겹 두 겹 어떤 책임을 벗고 점점 가벼워지는 느낌을 음미하면서 살아가고 싶다. 소설도 써지면 쓰겠지만 안 써져도 그만이다."

삶에 최선을 다한 사람, 온갖 전쟁에 나가 만신창이가 되도록 싸우고 돌아온 노장수의 풍모를 연상하게 한다. 다 겪고 나니 이제는 더 이상 내게 내줄 것이 남아 있지 않노라. 이보다 더 홀가분하고 자유로운 삶이 어디 있겠는가, 조용히 낮은 목소리로 얘기한다. 상선약수(上善若水)라는 말을 떠올리게 하는 대목이다. 가장 아름다운 인생이 물처럼 사는 것이라면 선생님이 맞은 노년이 바로 그런 삶이 아닐까 싶다.

마지막 삶의 터전은 구리의 어느 시골 동네였다. 흙을 파고 나무를 가꾸면서 자연 속에서 당신이 텃밭에 심은 채소와 그 옆의 꽃들과 더불어 살았다. 노년에게는 저잣거리의 북적임만큼 침묵이 필요하다는 것을 가르쳐주는 삶이었다. 자연 속에서 자연과 대화하고 자연에게 배우는 행복이 무엇인지 몸으로 실천했다.

꽃들이 어쩜 이렇게 예쁜지, 새로 돋아나는 배춧잎은 얼마나 고운지 매일 새 생명의 변화에 감탄하는 생활은 시들어가는 육체에 생기를 불어넣는 양분이 되었을 것이다. 생명의 생장과 소멸을 식물처럼 선명하게 보여주는 대상도 없다. 봄이면 작은 씨앗에서 싹이 나고 매일 햇빛과

물을 받으며 자라 잎이 나고 열매를 맺고 겨울이 되면 죽어서 땅에 거름으로 돌아간다. 여기에 미추(美醜)가 어디 있으며 귀천(貴賤)이 어디 있는가. 가슴 가득 차오르는 생명의 기운을 매일 아침저녁으로 느끼며 삶에 감사하는 마음을 가졌으리라 짐작하기는 어렵지 않다.

산문집『못 가본 길이 더 아름답다』에 실린 선생님의 시 '시를 읽는다'를 읽으니 평소 살아가시는 모습이 눈에 선했다. 특히 '죽을 생각을 하면 무서워서 시를 읽는다'는 대목에서는 빙긋이 웃음 지을 수밖에 없었다. 꽃씨를 손에 쥐고 이 씨앗을 내년에 뿌릴 수 있을까, 생각하는 선생님의 아이 같은 얼굴이 직접 뵌 듯이 그려졌다.

심심하고 심심해서 왜 사는지 모르겠을 때도 위로받기 위해 시를 읽는다.

등 따습고 배불러 정신이 돼지처럼 무디어져 있을 때

시의 가시에 찔려 정신이 번쩍 나고 싶어 시를 읽는다.

나이 드는 게 쓸쓸하고, 죽을 생각을 하면 무서워서 시를 읽는다.

꽃피고 낙엽 지는 걸 되풀이해서 봐온 햇수를 생각하고

이제 죽어도 여한이 없다고 생각하면서도

내년에 뿌릴 꽃씨를 받는 내가 측은해서 시를 읽는다.

임종 음식

임종 음식은 죽기 전에 꼭 한번 먹어보고 싶은 음식을 이른다. 일종의 소울 푸드라(Soul food)고도 할 수 있다. 부축을 받거나 휠체어를 탄 노인이 자식들의 부축을 받아 아마도 지상 최후의 외식이 될 음식을 받는다. 외식할 근력조차 없지만 그 옛날 먹었던 함흥냉면, 평양냉면, 불고기, 팥죽 같은 음식들을 마주한다. 한 그릇의 음식, 거기에 자신의 살아온 삶이 녹아 있다.

곡기를 끊으면 곧 숨도 끊어진다. 마지막 곡기를 채워줄 음식을 스스로 찾는 것을 보면서 생명을 부지하는 일이 얼마나 경건한 일인지를 몸으로 느낀다. 한 그릇의 음식, 살면서 먹었던 수천수만 그릇의 음식에 하나를 더할 그 마지막 한 그릇의 음식은 눈물겹다. 눈물겹게 고귀하다. 자식들은 곁에서 반찬 먹는 걸 거들면서 지나온 시간에 대한 회한과 다가올 죽음에 대한 슬픔으로 표정이 더욱 애틋해진다.

밥의 행렬은 여기서 끝나지 않는다. 죽은 다음에는 저승밥을 준비한다. 초상집이라는 표시로 문 앞에 황금색 조등을 걸고, 그 밑에 한지에 밥과 반찬을 놓아 저승밥을 차린다. 죽어서 먹게 되는 첫 밥이다. 더 신기한 것은 옛날에는 잠자기 전에 먹는 밥을 저승밥이라고도 불렀다. 섬뜩한 일이지만 자다가 죽을 수도 있다는 생각을 한 것이다. 그렇게 죽는 것을 잘 죽었다고도 생각했다.

"저녁밥 잘 먹고 잠자리에 들었다가 영원히 자는 것처럼 죽고 싶다."

종종 노인들은 이런 말을 한다. 아마도 고통스러운 죽음을 피하고 싶은 바람을 이렇게 표현했겠지만 허투루 하는 말은 아니다. 옛날에는 지금보다 삶과 죽음의 경계가 뚜렷하지 않았다. 유난 떨지 않았다. 사람이 태어나는 일도 숨을 거두는 일도 야단스럽게 난리를 피우지 않았다. 아이가 태어난 방에서 사람이 죽고, 사람이 죽어 나간 방에서 또 아이가 태어난다. 지금처럼 홀로 버려진 것 같은 소외감을 느끼며 죽음을 무서워하지는 않았을 것이다.

요즘은 차디찬 시체안치실에 있고 집에서 멀리 떨어진 장례식장에서 깔끔하게 그러나 차갑게 장례를 치른다. 한 인간이 영원히 집을 떠난다는 것을 뚜렷하게 보여주는 장례의식이다. 한때는 아파트 베란다를 통해 관이 내려오는 장면이 끔찍하다고 임종이 가까워오면 얼른 병원에 입원하는 노인들이 많았다. 요즘이야 집에서 자식의 간호를 받기보다 미리미리 요양병원에 입원해서 치료를 받다가 숨을 거두는 일이 더 흔해져서 그조차 볼 수 없는 풍경이 되었다.

환생을 믿는 티베트인은 사람이 생물학적으로 목숨이 끊어져 죽었어도 죽은 뒤 49일 동안은 기다려준다. 그 기간 동안은 그의 영혼이 아직 육체로부터 완전히 작별을 고하지 않은 상태라고 보았다. 아직은 죽은 사람으로 간주하지 않는다는 뜻이다. 망자의 영혼이 49일 동안 자기 자신에 대해 가진 환상과 집착, 공포와 혼돈에서 벗어나려고 애쓴다고 믿었다.

마침내 자신은 죽었고 자신이 보는 모든 환영은 죽은 자기가 만든 것에 지나지 않음을 이해한 뒤에야, 육체에 대한 집착에서 벗어난다. 티베트인은 이 과정을 다 지나야 진정한 죽음에 이른다고 생각했다. 기다림이 있는 죽음, 차갑게 내치지 않는 죽음의 모습이다. 죽음에 대한 생각이 우리와 다를 수밖에 없다. 그들은 생명에 대해 생물학적으로 다가가지 않았다. 처음부터 끝까지 일관되게 영성적인 태도로 삶과 죽음을 다룬다.

밥을 먹다가 밥숟가락을 내려놓고 그 수저를 영원히 다시 들지 못하는 것이 죽음이다. 그렇게 단순하게 생각하고 싶다. 그러니 살아 있을 때 맛있는 밥 좋아하는 사람이랑 실컷 먹자. 밥을 먹는 것은 뜨겁게 삶을 이어나가고자 하는 열망이다. 살고자 하는 마음, 삶에서 무언가를 이루고자 하는 밝은 욕망이다. 한 그릇의 밥에서 생명의 기운을 느끼고 성장의 싹을 발견하는 마음의 눈을 본다.

인생의 11월

연둣빛 새싹의 봄과 짙푸른 녹음의 여름, 꽃보다 화려한 단풍의 가을이 지나고 일 년의 끄트머리인 11월에 당도했다. 11월에서 밝고 화사한 느낌을 떠올리는 사람은 없을 것이다. 어둡고 춥고 을씨년스러운 날씨와 겨울 앞에서 움츠린 사람들로 가득한 앙상한 가로수의 거리 풍경. 가을도 아니고 겨울도 아닌 11월은 환영받지 못하는 계절이다.

파티와 축제, 새해에 대한 기대와 다짐으로 출렁거리는 12월에 비해 11월은 초대받지 못한 손님처럼 슬그머니 달력에 끼어 있는 느낌이다. 인생에도 이런 시기가 있다. 중년과 장년을 넘어서 70살을 맞이하면 자신이 이제 사회적으로 생명을 다한 쓸모없는 존재가 된 게 아닌가, 새싹도 꽃도 단풍도 없는 11월 같은 존재가 된 게 아닌가 씁쓸해한다.

　그러나 어디 그러한가. 11월을 덤으로 얻은 것처럼 만끽하는 사람도 많다. 그 고요하고 한가로이 숨죽인 시간 속에서 조용히 한해를 마감하며 오히려 고즈넉하게 마음의 여유를 즐긴다. 노년이 되면 인생이 자신에게 지웠던 의무와 짐으로부터 자유로워져 편하게 살 수 있다. 본래의 자신의 참모습과 더 가까워질 수 있다. 그래서 친구도 자주 만나고, 봉사활동도 하고, 건강관리를 위해 운동도 한다. 이제 늙었다는 생각으로 모든 걸 체념하지 않았을 때의 얘기다.

　노년의 가장 큰 문제는 자신이 뭐든 다 알고 있다고 생각하는 것이다. 반성도 하지 않고 공부도 하지 않고 배우려고도 하지 않는다. 이런 태도에서 진짜 노화가 시작된다. 뇌가 원하는 것은 꽃에 물을 주듯 매일 새로운 미션을 수행하는 것이다. 뇌는 제발 나를 좀 써먹어 달라고 애원한다. 뇌가 우리 몸의 맨 꼭대기에 위치한 이유를 생각해본다. 가장 잘 보이는 곳에서 가장 두껍고 단단한 뼈의 보호를 받으며 우리의 육체를 지배한다.

　나라는 존재는 결국 뇌로 압축되는 것은 아닐까 하는 생각을 한 적이 있었다. 오직 습관과 관성으로만 사는 노년에 가장 문제는 뇌가 작동할 일을 만들지 않는다는 것이다. 오죽하면 치매 예방을 위해 일부러 구구 단을 외우고 화투를 치고 바둑을 두는 일까지 권하겠는가. 늙었다는 생각으로 자신에게 무조건 휴지기를 허락하는 게 아니라 이제와는 전혀 다른 방식으로 세상을 새로 익혀보면 어떨까?

뇌에 기름이 끼고 녹이 슬고 먼지가 일게 내버려두지 말자. 뇌가 움직이는 한, 자신의 삶을 살아 움직이게 하는 한 늙는 것이 두렵지 않다. 내가 빚진 게 없나, 내가 뭘 할 게 없나 이웃과 주변을 돌아보자. 내가 가진 것 중에 남과 나눌 것이 있나 살펴보자. 물건이든 감정이든 불필요한 것은 버리자.

노년에 해야 할 일은 많이 갖는 게 아니라 이미 가진 것을 덜어내며 홀가분해져서 어깨의 짐을 줄이는 것이다. 11월에게 배우자. 낙엽도 열매도 다 떨어뜨리고 본래의 빈털터리 모습으로 돌아간다. 추운 계절에 맞서는 방법이 무기로 무장하는 것이 아니라 알몸이 되는 것이다. 얼마나 비장하고 순수하고 자연스러운가. 내가 두려워하지 않는 한 이 세상에 두려울 것은 아무것도 없다.

죽음을 준비하다

박완서 선생님은 담낭암 진단을 받고 수술하고 나서도 일을 계속하셨다. 문학상 심사와 수필집 발간 등 작품 활동을 꾸준히 이어나갔다. 독자들에게는 영원한 '현역작가'의 이미지로 뚜렷하게 남아 있다. 우리가 어떻게 삶을 대해야 하고 어떻게 죽음을 맞이해야 하나를 보여준 모범이 아닐 수 없다. 문학을 통해 자존감을 가르치고 최선을 다해 살겠다는 다짐을 올곧게 실천한 삶을 살아온 분이다.

"신이 나를 솎아낼 때까지 이승에서 사랑받게 살아갈 것이고, 세상에서 필요한 사람이 될 것이고, 좋은 글을 쓸 수 있게 몸과 마음에 건강한 탄력을 잃지 않고 살고 싶다."

'더 바랄 게 아무것도 없다, 두려울 것도 없다. 나는 자유다.'라는 그리스 작가 카잔차키스의 유명한 묘비명 못지않은 울림을 준다. 자신이 죽은 다음에 일어날 일들에 대해서도 상세한 부분까지 미리 당부했다.

"내가 죽거든 찾아오는 문인들을 잘 대접하고 절대로 부의금을 받지 말라."

문상 올 문인들 중 대다수는 가난한 생활을 하고 있다는 걸 알고 거기까지 살피셨다. 장례식장 입구에는 고인의 뜻에 따라 '부의금을 정중히 사양하겠습니다'는 문구가 적혀 있었다. 부자라서, 돈이 많다고 해서 누구나 다 그렇게 할 수는 없다. 타인에 대한 공감과 사랑 없이는 할 수 없는 말이고 행동이다. 작은 것을 느끼고 배려할 수 있는 크고 깊은 사랑에서 나온 유언임을 우리는 가슴으로 느낄 수 있었다.

문학이란 인간에서 시작하고 인간에서 끝난다고 해도 틀린 말이 아니다. 인간이 어떤 존재인가를 추적하고 끊임없이 인간에 대해 생각하는 것이 문학이다. 그 문학의 이름에 걸맞은 삶을 살아 온 선생님은 마지막 유언까지도 선생님의 생각을 잘 보여준다. 고인의 유언이 언론을 통해 전해지자 많은 독자들이 댓글을 남기며 상실감과 아쉬움을 전했다.

"선생님을 통해 상대방에 대한 배려심이라는 가르침을 받았다."

"선생의 유언을 누군가 귀담아들었으면 좋겠다."

"이 시대의 또 다른 어른이 떠나갔다."

타인을 생각하는 마음에서 싹트는 기부 문화

유가족은 박완서 작가가 남긴 현금 재산 13억 원을 서울대 인문대에 기부했다. 후배 학생들의 미래를 생각하시던 평소의 마음을 행동으로 표현한 것이다. 1950년 서울대 문리대 국어국문학과에 입학했다가 6·25전쟁이 나서 졸업장을 받지 못하고 학교를 중퇴했다. 2006년 서울대는 박완서 작가가 문화 예술인으로 뛰어난 업적을 남겼다며 명예 문학박사 학위를 수여했다.

박완서 작가는 누구보다 근검절약하는 삶을 살았지만 가진 것을 나누는 일에 있어서는 조금도 인색하지 않았다. 유가족은 생전에 대학에 유산 기부 의사를 갖고 있었던 고인의 뜻에 따라 유산을 기부하는 것이라고 했다. 또 '박완서 기금 연구 펠로'를 유지하기 위해 이미 기부한 유산 외에도 올해부터 매년 500만 원씩을 별도로 서울대에 기부하기로 했다. 위안부 할머니들에게도 1억 원을 기부했다.

유명인이 재산을 사회에 환원해야 한다는 여론은 오래전부터 있었지만 실천한 사람은 많지 않았다. 유한양행 창업자인 고 유일한 박사는 회사 주식 등 전 재산을 사회에 기부했다. 1926년 그는 미국에서 공부를 마친 후 귀국했다. '건강한 국민만이 나라를 되찾을 수 있다'는 신념을 갖고 제약회사를 세웠고 성공했다.

유일한 박사는 기업의 성공이 가져온 재산과 명예를 이 사회에게 돌려주는 것으로 삶을 마무리했다. 유언을 통해 "대학까지 졸업시켰으니 자립해서 살아가라"며 아들에게는 한 푼도 남기지 않았다. 딸에게는 "어린 학생들이 뛰놀게 하라"며 자신의 묘가 있는 유한공전 안의 동산부지 5,000평만 남겼다. 딸도 아버지의 정신을 이어 전 재산(시가 200억 원 상당)을 유한재단에 기증했다. 이 일로 우리나라에 부자들의 기증문화를 만드는 데 큰 역할을 했다. 사후 기부문화가 아직은 미미하고 더 발전해나가야 할 단계에 있다. 한 사람 한 사람씩 실천해나가다 보면 머지 않아 상식과 문화로 자리 잡으리라 믿는다. 한 걸음이 열 걸음을 이끄는 것이 세상 이치다.

이 시대에 필요한 덕목이 공감과 연대라고 모두들 입을 모아 얘기하지만 살기가 팍팍할수록 나 혼자 살기도 힘겨워 남을 생각할 여유가 없다. 남을 생각하고 남의 입장에서 상황을 바라보는 박완서 선생님의 면모는 잘 알려져 있다.

어느 동네에나 종이를 모으러 다니는 노인들이 눈에 띈다. 경쟁적으로 종이를 모으다 보니 다툼도 자주 일어난다. 아무래도 힘이 세거나 그도 아니면 성질이 괄괄한 사람이 우세하다. 선생님 동네도 크게 다르지 않은 상황이었다. 대문 앞에 폐지를 내어놓으면 할아버지들이 모조리 주워가는 통에 이웃에 사는 할머니는 번번이 허탕을 쳤다. 힘도 달리고 남자의 기세도 못 당하니 그야말로 적자생존의 현실에서 도태되는 형편이었다. 그 사실을 안 선생님은 파지를 모았다가 직접 갖다 주었다고 한다. 파지가 돈으로 치면 얼마 안 된다고 해도 직접 파지를 들고 가서 전해주는 그 마음이 이웃 할머니의 가슴을 얼마나 따뜻하게 데웠을까.

우리가 이제 와서 박완서 선생님을 그리워하는 마음이 새삼 더 깊어지는 것은 그렇게 생활 속에서 잔정이 묻어나는 사람을 만나기 어렵기 때문일지도 모른다. 작은 것에서 기쁨을 느끼고 작은 것을 나누고 하루하루를 감사히 귀하게 사는 사람을 만나고 싶어서이다. 그런 선생님을 추억할 수 있다는 것만도 큰 행복이라고 생각한다. 노년의 사랑을 그린 소설『그리움을 위하여』에는 이런 구절이 나온다.

"그립다는 느낌은 축복이다. 그동안 아무것도 그리워하지 않았다. 그릴 것 없이 살았으므로 내 마음이 얼마나 메말랐는지도 느끼지 못했다."

떠난 뒤 그리워할 수 있는 사람을 가졌다는 것만으로도 우리에게는 축복이다. 진심으로 선생님의 명복을 빈다.

동화작가 권정생

나는 죽어서 가는 천당 생각은 하고 싶지 않습니다.

사는 동안만이라도 서로 따뜻하게

사랑하며 살아가야 하지 않겠습니까.

그게 천당이지 달리 천당이 어디에 있겠습니까?

빌뱅이 언덕 위의 5평 짜리 집

권정생 선생님은 일제시대에 일본의 시부야에서 가난한 노동자의 아들로 태어났다. 해방 후 외가가 있는 경상북도 청송으로 귀국했다. 가난 때문에 재봉기 상회 점원, 나무장수, 고구마장수 등을 하며 객지를 떠돌았다. 5년 뒤인 1957년 18세에 경상북도 안동 일직면 조탑리에 들어왔다. 22세 때에 지병인 결핵 때문에 집을 나갔다가 1966년에 다시 정착해서 1982년까지 마을 교회 종지기로 살았다.

순수한 선생님을 마을 사람 누구나 좋아했다. 교회학교 교사를 하면서 아이들에게 동화를 창작해 구연하기도 했다. 이후 동화작가로서 많은 인세를 받아 왔지만, 1983년에 직접 지은 5평짜리 오두막집에서 강아지와 둘이서 사는 검소한 삶에는 어떤 변화도 없었다. 2007년 5월 17일 지병이 악화되어 대구가톨릭대학교병원에서 71세의 나이로 사망할 때까지 선생님은 어린이를 사랑하며 평생 독신으로 살았다.

문학을 조금이라도 아는 사람이라면, 저녁마다 눈물 콧물 빼는 '몽실언니'라는 드라마를 본 사람이라면 권정생 선생님의 이름을 한 번쯤은 들어보았을 것이다. 글쓰기 스승이신 이오덕 선생님과 절친한 친구이며 누구보다 어린이를 사랑하여 쉽게 읽을 수 있는 따사로운 동화를 많이 쓰신 분이라는 사실도 잘 알려져 있다. 더 나아가 자신의 생각과 한 치라도 어긋난 행동에는 손사래를 치신 언행일치의 삶을 사신 분, 가난을 외투처럼 걸치고 살면서도 더 가난한 이의 고통을 잠시도 잊지 않았던 분이었다.

자기희생의 삶을 온몸으로 실천한 개인사 덕분에 타계 이후에도 작품뿐 아니라 삶 전부가 우리에게 큰 울림을 주는 영향력 있는 작가다. 종교적 믿음을 바탕으로 자연과 생명, 어린이, 이웃, 무고하게 고난받는 이들에 대한 사랑을 주요 주제로 다뤄왔다. 삶과 문학이 한 몸을 이룬 작가로 일제강점기, 해방, 6·25전쟁을 두루 겪었으면서도 어느 한쪽의 이념이나 사상에 치우치지 않았다. '인간 중심'의 생각이 밑바탕에 자리 잡고 있어서 다른 것들은 부수적인 일들로 여겼을 거라고 짐작한다.

스물아홉 살 때부터 16년 동안 마을 교회 문간방에서 종지기로 살았던 삶 자체가 동화의 한 장면 같다. 1990년에 '몽실 언니'가 36부작으로 MBC TV 드라마로 방송되어 받은 원작자 원고료로 개천가 빌뱅이 언덕 군유지에 5평짜리 집을 짓고 거처를 옮겼다. 권정생 선생님이 생각하는 집은 그 정도의 크기면 충분했다. 부자가 되면 호사를 누리고 편안한 생활을 추구해야 한다는 세간의 상식과는 거리가 멀었다.

마을 뒤편 작은 개울가에 있는 선생님의 오두막은 멀찌감치 바라보는 것만으로도 가슴속 깊은 곳에서 뭔가 울컥 할 만큼 쓸쓸했다. 이끼로 덮인 바위를 지나 들어선 앞마당 잡풀 사이에 권정생 선생님이 불을 때서 밥을 한 것으로 보이는 솥이 걸려 있다. 오두막 안은 평생 읽어온 책들이 대부분 자리를 차지했다. 선생님이 사용한 공간은 몸을 웅크려야 겨우 누울 수 있는 넓이는 0.3평쯤 돼 보였다.

가난해도 몸이 건강했으면 즐겁고 편한 삶을 살 수 있었을 텐데 선생님께는 그조차 허락되지 않았다. 늘 어딘가 아파서 자주 병치레를 했다. 그래서 약한 사람, 없는 사람의 형편을 잘 그린 동화를 쓸 수 있었을 것이다. 기름지고 윤기 나고 번쩍거리는 사람이나 이야기는 선생님의 동화 어디에도 나오지 않는다. 병고에 시달리며 가난하게 살면서『강아지똥』,『몽실 언니』,『하느님의 눈물』등 고전이라 할 수 있는 동화를 썼다. 비슷한 생각을 나누었던 이오덕, 전우익 선생은 권정생 선생의 막역지우였다.

꿈을 잃지 않는 법, 남을 사랑하는 마음을 담은 동화

권정생 선생님이 아동문학계에 발을 내딛고 활동하던 시기는 1970년 대였다. 우리나라가 가난에서 벗어나는 것을 지상과제로 삼았던 시절이었다. '반공'과 '조국 근대화'를 표상으로 하는 체제 이데올로기의 영향이 사회 전반적으로 그 어느 때보다 강력한 시기였다. 이 무렵의 아동문학은 국가 교육 목표에 순응하는 교훈주의와 순수하고 착한 동심을 지향하는 일명 '동심천사주의'에 치우쳐 있었다.

그 시기에 권정생 선생님은 우리의 모습, 우리 주변의 사람들이 살아가는 모습을 그대로 글로 썼다. 눈으로 볼 수 없고 손에 만져지지 않는 환상이나 구호는 선생님의 생각이나 마음과 맞지 않았다. 전쟁 후유증에 시달리는 사람들, 개발 일변도의 사회 분위기에 동화되지 못하고 변두리로 밀려난 사람들이 주인공이었다. 그들의 모습을 있는 그대로 보여주는 '리얼리즘' 글쓰기를 통해 가난한 이웃들에게 무한한 사랑으로 희망을 주고, 고난의 시기를 극복할 꿋꿋한 정신을 심어주었다. 우리는 그 동화에서 꿈을 잃지 않는 법을 배웠고 힘들어도 누군가에게 사랑을 주는 마음을 배웠다.

『몽실 언니』에는 장애와 천대를 안은 채 살아온 가련한 이들에 대한 따뜻한 시선이 드러나 있다. 선생님이 그 작품을 써서 우리나라 최고의 작가로 대접받은 지 수십 년이 지난 지금도 상황은 크게 달라지지 않았다. 장애인과 가난한 사람을 홀대하는 문화는 여전히 남아 있다. 그래서 선생님의 동화가 아직도 사랑받는지도 모르겠다. 전쟁 후 가난에 허덕이지만 씩씩하게 버텨내는 절름발이 소녀의 감동적인 이야기는 1984년 첫 출간 이래 50만 부가 넘게 팔렸다.

『강아지똥』은 닭과 진흙에게 무시를 당하고 스스로를 하찮게 여기던 강아지 똥이 민들레의 거름이 되어 민들레가 아름다운 꽃을 피울 수 있도록 도와준다는 이야기다. 아무리 하찮은 존재도 귀하고 소중하게 쓰일 수 있다는 생명의 소중함을 전하고 있다. 우리 모두 강아지 똥 같은 점을 하나씩은 가지고 있기 때문에 자신을 비춰보며 많은 이들이 감동을 받았다. 현재 중학교 1학년 국어교과서에도 실려 있다.

유명한 『몽실언니』와 『강아지똥』 외에도 『하느님의 눈물』, 『하느님이 우리 옆집에 살고 있네요』, 『도토리 예배당 종지기 아저씨』, 『우리들의 하느님』 등의 작품이 있다. 돌아가신 뒤에 인세는 권정생 어린이문화재단에서 관리한다. 권정생 어린이문화재단은 권정생 선생의 뜻을 존중해서 유산관리자로 지목된 이들이 마음을 보태어 설립한 재단법인이다. 기금은 선생님이 살아오신 뜻대로 아이들을 사랑하고 귀히 여기는 일에 쓰인다.

선생님의 인세로 유지되는 재단이 오래오래 선생님의 뜻에 맞게 운영되기를 우리 모두는 바란다. 처음 시작할 때의 마음, 새해 달력을 받고서 먹었던 마음을 지켜내는 일은 어느 개인 한 사람의 일이 아니라 우리 사회 모두가 마음을 합쳐야 가능한 일이다. 아직 아무 계획도 기념일도 적히지 않은 깨끗한 달력만큼 단순한 마음으로 오직 가야 할 길로만 가야 할 것이다. 새로운 시간을 겸허히 맞이하자는 맑은 마음만 있었던 그 처음 순간이 언제까지나 유지되기를 진심으로 기도한다.

악행은 '하나님의 뜻'이 아니라 '인간이 한 짓'이다

많은 사람들이 선생님을 만나려고 조탑리의 오두막으로 찾아오지만 선생님은 사람들을 만나지 않았다. 기자는 말할 것도 없다. 인터뷰 같은 것을 한 적도 없다. 어려서부터 앓아온 전신 결핵의 고통으로 신음하면서 홀로 살아가는 그는 '너무 아파서 인상을 찌푸리지 않고 사람을 맞을 자신이 없어서' 사람이 찾아와 불러도 아예 문조차 열어보지 않았다.

사람들을 만나지 않기로 유명한 선생님이 모습을 나타내신 일이 있었다. 한겨레신문에 선생님에 대한 기사가 실렸다. 마을 정자 아래서 열린 '드림교회' 예배에서였다. '드림교회'는 이현주 목사가 주일이면 좋은 사람과 좋은 장소를 찾아 예배를 드리는 '건물' 없는 교회다.

이현주 목사는 이 마을에 찻길조차 없던 1970년대 이오덕 선생으로부터 숨은 '인간 국보'가 있다는 얘기를 듣고 선생님을 찾아다녔던 지기이다. 권정생 선생님은 '드림교회'가 뭔지도 몰랐지만, 이 목사의 청으로 엉겁결에 마을 정자나무 아래 앉았다. 선생님을 만나고자 전국에서 온 20여 명의 신도가 함께 예배에 참가했다.

침묵 기도가 끝나고 권정생 선생님은 사람들이 하느님 뜻에 따라 이곳에 오게 되었다고 말하는 것을 들었다.

"차를 타고 이곳에 온 게 하나님 뜻인가요?"

이현주 목사 옆에 다소곳이 앉아 있던 선생님이 말문을 열었다. 무슨 일을 하든 관성적으로 '하느님의 뜻'에 갖다 붙이는 그리스도인들의 '습관적인 말'에 대한 일갈이었다.

"이라크에서 전쟁을 일으키는 것도, 사람들에게 그 많은 고통을 주는 것도 하나님의 뜻인가요? 모두 인간이 한 것이지요."

그러고는 한참 동안 말을 하지 않았다. 마을 쪽을 바라보다가 여든여

덟 살 난 마을 할머니 얘기를 꺼냈다.

"할머니가 네 살 때 부모가 일본으로 끌려갔습니다. 그 뒤 아직까지 소식을 모릅니다. 할머니는 지금도 '아버지 어머니가 나를 버렸을까' 아니면 '어쩔 수 없이 못 오셨을까'만 생각하고 있습니다. 결혼해 자식 손자까지 다 있는데도 할머니는 아직까지 네 살짜리 아이로 살아가고 있는 것입니다. 그것도 하느님 뜻인가요, 하느님이 일제 36년과 6·25의 고통을 우리에게 준 건가요?"

선생님은 "아니다"라고 자답했다. 그 고통 역시 '인간 때문'이라는 것이다. 허공을 쳐다보고 산과 들과 마을을 바라보다가 다시 마을 얘기를 이어갔다.

"우리 마을엔 당집이 있지요. 거기에는 할머니 신을 포함해 세 분이 모셔져 있습니다. 한 분은 후삼국 시대에 백제에서 온 장군인데, 죽을 줄 알던 마을 사람들을 모두 살려줬습니다. 또 한 분은 비구니 스님인데, 이 마을에 전염병이 돌 때 와서 사람들을 살려줬고요. 당집에선 한 해 동안 싸움 안 하고 가장 깨끗하게 산 사람이 제주가 되어 정월 보름마다 마을 사람들이 제사를 지냅니다. 또는 당집 앞을 지날 때마다 스스로 착하게 살려고 자신을 다잡습니다. 그렇게 마을 사람들은 평안하게 살아가고 있습니다."

한번 입이 열리자 선생님은 할 말이 많았다.

"사람들이 교회에서 '착하게 살아가라'는 설교를 귀가 따갑게 들으면서도 한 가지도 행하지 못하고, 서로 싸우기 일쑤인데 왜 그럴까요, 세상에 교회가 없었더라면 어땠을까요?"

교회나 절이 없었더라도 더 나빠지지 않았을 것 같다는 말씀이었다. 세상에 교회와 절이 이렇게 많은데, 왜 전쟁을 막지 못하느냐고 의문을 품었다.

"유대인들은 아우슈비츠에서 600만 명이나 죽는 고통을 당하고도 지금 왜 그렇게 남을 죽이고 고통스럽게 하는 걸까요? 1940년대 유대인들이 처음 팔레스타인 땅에 돌아왔을 때 팔레스타인 사람들은 키부츠 등에 땅도 내주고 함께 살자고 했다지요. 지금은 '처음부터 막았어야 했는데'라며 후회한다고 들었습니다."

선생님은 강대국의 횡포에 대해 얘기를 시작하자 할 말이 많다는 듯 프랑스의 예를 들었다. 우리나라의 운명과도 겹치는 부분이 많아서 평소에 생각을 많이 하셨다는 것을 알 수 있었다.

"베트남전은 영화 〈쉘부르의 우산〉의 배경이 된 전쟁입니다. 프랑스는 당시 베트남인들을 노예처럼 끌어다가 칠레 남부의 섬에 가둬 비행장 건설 노역을 시켰습니다. 그러다 전쟁이 끝나자 베트남인들은 그대로 남겨둔 채 자기들만 고국으로 돌아가버렸고요. 그 섬엔 아직도 고향으로 돌아가지 못한 베트남 노인들이 살고 있습니다. 프랑스인들은 세계대전을 일으킨 독일의 악행만 얘기하지 자신들이 한 짓에 대해서는 한마디도 하지 않고 있습니다. 중국도 일본이 난징학살 때 30만 명이나 살육한 것을 지금까지 그토록 분개하면서도 티베트인들을 그렇게 많이 죽인 것에 대해선 한마디도 하지 않고 지금까지도 억압만 하고 있습니다. 미국은 자기는 핵무기를 만 개도 넘게 가지고 있으면서도 문제가 생기면 다른 나라들만 나쁘다고 합니다."

자기는 잘하고 옳은데, 상대방이 문제라는 생각이 불화와 고통의 원인이 되고 있다는 말씀이다. 선생님은 전쟁이든 사건이든 그 속에서 가장 고통받는 사람은 약하고 힘없는 사람이라는 점에 늘 분개하셨고 기회 있을 때마다 말씀하셨다.

"나는 죽어서 가는 천당 생각은 하고 싶지 않습니다. 사는 동안만이라도 서로 따뜻하게 사랑하며 살아가야 하지 않겠습니까. 그게 천당이지 달리 천당이 어디에 있겠습니까?"

인간사의 일들이 '하느님의 뜻'이 아니라 '인간의 짓'임을 분명히 한 선생님의 말에 자신의 행동도, 세상의 해악도 하느님에게만 돌리던 평계의 마음이 부끄러웠다. 우리의 책임을 회피하고 자기 역할을 다하지 못하고 사는 생활을 반성하지 않을 수 없었다. 마지막으로 선생님이 하신 말은 더욱 폐부를 찌른다.

"하느님은 언제나 '인간이 하는 행동'을 보고 계십니다. 그렇기에 홀로 있어도 나쁜 짓을 할 수 없고, 착한 일을 했어도 으스댈 수 없습니다."

왜 이렇게 병이 빨리 안 낫는다냐?

자신을 위해서는 따뜻한 밥과 좋은 옷을 마련하지 않고 살다가, 마지막 순간까지도 극심한 고통에 시달리다 떠난 권정생 선생님을 생각하니 아버지의 마지막 삶이 떠오른다. 가장 밑바닥에 떨어졌을 때조차 희망을 잃지 않았던 아버지는 암 투병 중에도 곧 나을 것을 확신했다. 암쯤이야 치료하면 낫겠지, 하는 생각으로 숨이 안 쉬어지게 고통스러운 통증조차 곧 지나갈 것으로 믿었다.

아버지가 입원한 병원을 가는 일이 처음에는 큰마음을 먹어야 할 정도로 힘이 들었다. 우선 하루가 다르게 몸이 쇠약해지는 모습을 지켜보는 것이 고통이었고, 나을 희망이 없이 인생의 남은 시간을 병원에서 보내고 있는 다른 환자를 보는 것은 너무도 절망적인 일이었다. 병원에서 돌아오면 나는 녹초가 되었다. 아무 한 일도 없는데 힘이 하나도 남아 있지 않았다. 내가 왜 이럴까? 고민하면서도 그걸 깊이 생각할 힘이 없었다. 그렇게 세월이 흘러갔다. 환자를 돌보는 일은 일상이 되었고, 환자를 곁에 둔 삶이 내 인생이 되었다.

일주일에 두세 번 병원에 갔다. 큰 병원에 입원해 있을 때는 자세히 몰랐던 것을 동네 요양병원에 계실 때는 심각하게 느낄 수 있었다. 요양병원은 일단 보호자가 옆에서 돌볼 수 있는 환경이 아니다. 보호자가 앉을 의자도 공간도 없다. 잠깐 얼굴만 보고 가게 되어 있다. 환자들 침대 사이의 간격이 몸을 편히 움직이기 힘들만큼 좁았다. 아무런 프라이버시도 인간적인 배려도 없다는 뜻이기도 하다. 입원하기 전에 몇 군데 가봤지만 사정은 비슷비슷했다.

요양병원 입원환자는 크게 노인과 말기 환자로 나눌 수 있다. 병실 안에 있으면 환자 개개인이 뿜어내는 냄새 때문에 코가 아프다. 인간의 육신이 노화와 질병을 겪으며 어떻게 쇠락해 가는지 적나라하게 보여준다. 하루 종일 병실에 누워 있으니 외롭고 심심한 것은 말할 것도 없지만 그 정도를 투정하는 것은 사치였다. 환자들은 누가 병실 문으로 들어서면 일제히 그 사람을 주시한다. 그 멍하고 횅한 눈동자는 지금까지도 생생히 기억한다.

노인들은 텔레비전을 보고 식사시간을 기다리고 옆 사람을 쳐다보며 대부분의 시간을 보낸다. 젊은 사람이 그렇게 산다면 요즘 유행하는 '잉여인' 취급을 받을 것이다. 남은 인생을 사는 것이 아니라 그저 때우는 것 그 이상도 이하도 아니었다. 젊을 때는 촌각을 다투어 바쁘게 살며 시간을 쪼개고 쪼개서 뭔가를 이루려고 했건만 늙어 몸을 마음대로 하지 못하니 남아도는 시간이 오히려 문제였다.

의사소통이 불가능한 사람도 있고 치매 환자도 있었다. 정신의 쇠락만큼, 어쩌면 그 이상 고통스러운 것이 육체의 파괴였다. 몸의 일부분이 하나씩 무너져가는 것이다. 아버지는 극심한 통증으로 아무것도 하지 못하고 누워서 보냈다. 설암은 입안에 암세포가 있고 그게 림프샘을 타고 목으로 내려가기 때문에 가장 큰 고통이 음식을 마음대로 먹을 수 없다는 것이었다. 음식을 못 먹는 상태는 환자도 보호자도 견디기 어렵다. 어떻게든 먹으려고 하고 아무래도 먹을 수가 없고 이 신경전은 정말이지 괴로운 일이다.

매일 병원에 가야 하는 노역보다 죽음에 한 발짝씩 다가가는 사람의 고통을 가까이서 지켜봐야 하는 것이 더 괴로웠다. 늙는다는 것, 병든다는 것이 무엇인지 온몸으로 올올이 느꼈다. 잠 안 오는 밤이면 나는 베란다를 서성이며 낮에 보았던 환자들을 떠올렸다. 일부러 떠올리는 게 아니라 그들이 내게로 찾아왔다. 인생의 비애를 너무 많이 알아버려 삶의 의욕을 잃을까 두렵기도 했다. 이렇게 덧없는 인생 열심히 살아 무엇 하나, 하는 생각이 찾아올까 봐 머리를 흔들었다.

옆 환자의 사물함을 열어 초코파이와 요구르트를 훔쳐 먹던 깡마른 치매 노인의 무구한 표정은 오히려 뻔뻔스러움으로 보였다. 기저귀 하나도 간수 못 해서 질질 흘리고 다니는 노인, 간병인과 매일 싸우는 것이 일과인 노인, 그 노인들은 과연 자신의 삶을 귀히 생각할까? 아니 생각조차 없을 거야. 이런 경우 아무 생각도 할 수 없다는 건 축복이지 않을까? 온갖 생각이 내 머릿속을 들락거렸다.

그렇다면 아버지는 어떤가. 평상시에 그랬던 것처럼 하루 종일 말씀이 없다. 오직 고갯짓으로 싫다, 좋다를 표현했다. 분명한 사실 하나는 아버지는 마지막 한 달 전까지만 해도 당신이 회복할 수 있다고 믿었다는 것이다.

"왜 이렇게 병이 빨리 안 낫는다냐?"

이 말에 우리가 무슨 대답을 할 수 있었겠는가.

"진지를 잘 드셔야 해요. 아무것도 안 드시니까 병이 안 낫는 거라고요."

말도 안 되는 말로 그 당황스러운 순간을 모면했다. 아버지는 허공을 올려다보고 눈을 몇 번 껌벅거리다가 도로 감았다. 기골이 장대하고 잔병치레도 없이 언제나 건강했기 때문에 병의 실체를 잘 몰랐던 거다. 병이 얼마나 집요하게 인간의 정신과 육체를 망가뜨리고 인격과 품위를 손상시키는지는 상상으로 알 수 있는 문제가 아니었다.

밥이 생명이다

더없이 추하고 끔찍하다고 생각했던 옆 침상의 노인환자는 의식도 놓아버린 채 냄새를 풍기면서 복도와 화장실, 병실을 누비고 다녔다. 나는 대놓고 인상을 찌푸릴 수는 없었지만 고개를 외로 틀었다. 그렇게 바닥까지 떨어진 사람도 식사 시간이 되면 수저를 들고 밥을 먹었다. 아버지는 그것을 할 수 없었다. 곡기를 끊고 두 달이 안 돼서 운명하셨으니 의사 말대로 밥을 먹지 못하게 되면 마음의 준비를 해야 하는 게 맞았다. 의사들이야 얼마나 많은 환자를 겪었으며 숱한 죽음을 지나왔겠는가.

밥 한 그릇의 소중함, 절박함, 절대적인 의미를 나는 매일 처절하게 배워갔다. 어떤 때고 거기에는 밥이 있었다. 감옥에 간 사람도, 사랑하는 사람의 죽음을 맞은 사람도, 큰 사고를 겪어 인생이 나락으로 떨어진 사람도 입에 밥이 들어가야 한다. 처음에 그들은 거부하는 듯하지만 어느 순간 손을 뻗어 밥을 찾는다. 삶은 밥을 먹는 일인 것이다.

밥이 생명이다. 밥을 먹을 수만 있다면, 밥을 벌 수만 있다면 아직 삶의 아름다움을 누릴 수 있다. 그것이 그토록 감사하고 눈물 나게 절실한 일임을 미처 알지 못했다. 따지고 보면 우리가 삶에 대해 대체 뭘 얼마나 알겠는가. 안다 해도 뭘 얼마나 삶 속에서 실천하겠는가. 그저 눈 감은 짐승처럼 앞만 보고 달리다 허방에 빠진 다음에야 아차, 하는 것이 인간이다.

매일 밥을 먹고 사람들을 만나 얘기를 나누고 마음을 주고받으면서 사는 것, 밤에 편안한 잠을 자면서 내일을 준비하는 것, 인생은 거의 대부분의 시간 그 일들을 축으로 진행된다. 대단한 무엇이 있다 해도 그것은 일시적으로 일어나는 사건이요, 밥과 잠과의 관계가 빠진다면 인생은 모래 위의 집에 불과하다. 일상은 삶의 기초공사인 것이다.

잃은 다음에야 겨우 알게 된다. 몸이 말을 안 듣고 밥도 맛이 없으며 잠이 잘 안 올 때 우리는 건강했던 지난 시간의 밥과 잠이 얼마나 감사하고 귀한 것이었나 깨닫는다. 그때도 늦지 않았다. 언제라도 알게 된 순간, 우리는 새로 맞이한 생각대로 살아가면 된다.

가난은 부끄러운 것이 아니에요

권정생 선생님이 사는 집이 누추한 오막살이라 보는 사람마다 안타까워하며 물었다.

"시골 마을에서도 이제 모두 새 집 지어 살아가는 데 왜 좋은 집들 놔두고 이렇게 사세요?"

선생님은 이 집이 어디가 어때서 그러냐며 1983년에 120만 원이나 들여서 지은 집이라고 자랑삼아 얘기했다. 그런데 면에서 나온 공시지가를 보니, 겨우 89만 원밖에 안 한다고 억울해했다.

"마을 할머니들이 나한테 죽기 전에 그 집이라도 팔아서 돈을 쓰라고 해요."

종지기 때와 다름없이 살아가는 모습을 본 할머니들이 안타까워서 하는 소리였다. 선생님은 무언가를 관찰해서 쓰는 작가가 아니었다. 자기 자신은 녹아 없어져 아름다운 민들레꽃으로 피어나는 『강아지똥』의 실제 주인공이었다. 내가 겪고 본 것, 살아있는 삶이 아니면 글로 쓰지 않았다.

선생님은 모든 상을 거부한 것으로도 유명하다. 윤석중 동화작가가 선생님의 의사를 묻지도 않고 새싹문학상에 선정했다. 오두막으로 직접 상금과 상패를 갖고 오자 우편으로 돌려보냈다는 일화가 전해진다. 생전에 100편의 작품을 남기고 두 권은 100만 부가 넘게 팔렸지만 실제의 삶은 달라진 게 없었다.

"분수를 지킬 줄 모르면 그 이상 불행한 일이 없을 것입니다. 누구나 자신의 처지에 알맞게 행동하고 욕심을 버린다면 타인에게 끼치는 해가 훨씬 줄어들 겁니다."

"나 죽을 때 300만 원만 있으면 된다"고 입버릇처럼 말했다고 한다. 그 돈으로 화장해 집 근처에 뿌리고 집도 부숴서 자연 상태로 돌리고 기념관도 짓지 말라고 했다. 하지만 그 집은 그대로 보존해서 사람들이 방문해서 볼 수 있도록 놔두었다. 다시는 어디서도 볼 수 없는 소중한 선생님의 흔적이요, 우리 역사의 산증인이다. 마을청년들이 논흙을 파다가 일직교회 마당에서 흙 볏짚을 물에 개서 진흙 덩이를 만들었다. 그걸로 벽돌을 찍고 햇볕에 말려 빌뱅이 언덕으로 옮겨와 두 달 넘게 지은 집이다.

권정생 선생이 돌아가시고 난 뒤 조탑동 사람들은 세 번 크게 놀랐다고 한다. 처음에는 혼자 사는 외로운 노인인 줄 알았는데 전국에서 수많은 조문객이 찾아와 눈물을 펑펑 쏟으며 우는 것을 보고 놀랐다. 다음에는 병으로 고생하며 겨우 하루하루 살아가는 불쌍한 노인으로 알았는데

일 년에 수천만 원의 인세 수입이 있었다는 사실에 놀랐다.

그리고 인세 수입을 자기를 위해서는 거의 쓰지 않고 모은 10억 원과 앞으로 생길 수입을 몽땅 굶주리는 남북한 어린이를 위하여 써 달라고 조목조목 유언장에 밝혀 놓은 걸 보고 충격을 받았다고 한다. 평생 오두막에 살며 새 옷은 입어 보지도 못하고, 언제나 검은 고무신과 낡은 셔츠 차림으로 살았으니 놀라는 것도 무리가 아니었을 것이다.

마지막 순간에도 빚을 갚고 싶어 한다

인간은 이기적이고 자기중심적인 본성을 가졌음을 인정해야 한다. 자기 아픔이 가장 아프고 자기 고통이 가장 큰 법이다. 모두 하루하루 자신의 생활을 이어가기 바빠서 남에게 신경을 쓰기 어렵다. 가족이나 친구라도 마찬가지다. 그래서 소통이 중요하다. 통즉불통(通卽不痛) 불통즉통(不通卽痛)이라는 말은 몸에만 해당하는 의학상식이 아니다. 잘 통하면 아프지 않고, 통하지 않으면 아픈 것은 마음도 마찬가지이다. 어떤 상황이든 참을 수 없으면 얘기하라. 마음에 담아두지 말라. 얘기해서 얻을 수 있는 것이면 다행이고 그럴 수 없다면 잊어라. 임종을 앞둔 아버지가 어느 날 여수에 가고 싶다고 했다.

"갑자기 여수는 왜요?"

"빚을 갚아야 해. 사십 년도 넘었는데 아직 그 자리에 있을라나 모르겠다."

예전에 거기 쌀가게 주인한테 돈을 빌렸다고 한다. 여수에서 미역이나 마른 생선을 떼다 팔 때의 얘기였다. 어쩌다가 올 차비가 모자라서 곤욕을 치르는데 어떤 말끔한 양복을 입은 아저씨가 빌려줘서 무사히 돌아올 수 있었다.

"그때는 당장 다음번 올 때 갚을 생각으로 어디 사는 누구시냐고 물어보고는 이렇게 늙을 때까지 가보지도 못했구나. 정수쌀상회라고 했는데 없어졌겠지. 혹시 자식이라도 그 근처 살지 않을까? 가서 돈도 갚고 고맙다는 말도 하고 싶은데 내가 이러고 누워 있으니 원."

그 사람은 벌써 잊었을 게 분명한 사소한 일을 아버지는 큰 죄를 지은 것처럼 잊지 않고 두어 번이나 더 그 얘기를 했다.

"언제 시간 나면 너라도 한번 가보거라."

그럴 수 있을까? 내가 길을 나설 수 있을지도 의문이고 그분이 거기 살아계실지도 의문이다. 하다못해 소식이라도 들을 가능성마저 거의 없다. 이제는 익명성의 도시가 되어 버린 현실은 서울이나 여수나 매한가지일 터이니.

영화 〈박하사탕〉을 보면 죽음을 코앞에 둔 여자주인공 문소리가 산소호흡기를 낀 채 첫사랑 설경구를 찾는다. 그리고 카메라를 건넨다. 그가 갖고 싶어 했던 물건이고 그녀가 선물하고 싶었던 물건이다. 천하의 패륜아, 쓰레기처럼 살고 있는 설경구 앞에 뒤늦게 나타난 죽어가는 첫사랑, 그 마지막 만남은 얼마나 기구한가. 설경구는 그 카메라를 가게에 팔아버린다. 그 심정이 오죽했을까는 짐작하고도 남는다. 자신의 현재 삶이 부끄러워 속이 문드러졌을 것이다.

우리가 죽기 전에 마지막으로 보고 싶은 사람, 그 사람을 가슴에서 내려놓아야만 편히 죽음의 길을 나설 수 있을 것 같은 사람이 있다면 살아서 만나야 한다. 우리는 망설인다. 바빠서, 부끄러워서, 두려워서. 차마 어찌 다시 만나겠다는 마음을 먹을까 망설이다 시간만 보낸다. 더 이상 미룰 수 없는 지경, 죽음 앞에서야 그 사람 이름을 부른다. 너무 늦은 건 아니라고 말할 수 있을까? 내일을 믿지 마라. 지금 생각난 일은 지금 해라. 믿을 수 있는 건 오직 이 순간뿐이다.

이런 생각을 한 적도 있고 실천해본 적도 있다. 연말에 송년회다 뭐다 해서 바쁠 때 리스트를 작성해본다. 올해를 넘기지 말고 꼭 만나서 할 말이 있는 사람, 한 번이라도 보고 빚을 갚아야 할 사람의 리스트를 만들어 그 사람에게 전화를 하거나 편지를 써서 만남을 청한다. 두렵고 망설였던 마음에 비해 막상 만나면 정말 마음이 가볍고 반갑고 기쁘다. 누구라도 타인의 부름을 기뻐한다. 어지간한 앙금은 그 한 번의 만남으로 씻겨나간다. 살다 보면 엄청나게 큰일은 별로 없다. 누가 계기를 만드느냐, 그게 문제다. 계기를 만들어서 만나면 자연스럽게 얘기를 하게 되고 엉켰던 실타래가 풀리듯 굳었던 감정도 풀린다.

우리는 해야 할 말을 제때 하지 못해서 너무 많은 고통을 받는다. 그게 바보 같은 일인 줄 알면서도 꼭 머뭇거린다. 우리에게 시간이 많지 않다는 걸 시간을 다 써버린 다음에야 안다. 그때그때 할 말은 하고 살

자. '사랑할 시간도 모자란다'는 말을 새겨듣자. 거짓말을 할 시간도 미워할 시간도 없다. 남을 사랑하는 일은 나를 사랑하는 일의 시작임을 기억하자.

유언

죽음에 이르러 부탁하여 남긴 말이 유언이다. 생전에 이룬 것이 많은 사람들이 법률적인 효력을 얻기 위해 자신의 의지를 표현한 글이라는 뜻도 있다. 죽은 뒤에 내 인생의 결과물인 재산이 내 뜻과 상관없이 쓰이는 것을 막고자 내 뜻을 명확히 문서로 밝히겠다는 의지를 담은 것이 유언이다. 삶을 정리해둔다는 의미가 가장 크다. 보통사람이 죽음에 대비하는 첫 번째 행동이기도 하다.

권정생 선생님도 평생 모은 재산과 집과 죽음을 처리하는 방식에 대해 원하는 바를 유서에 썼다. 오랫동안 병을 앓고 통증에 시달려온 삶을 살았던지라 미리 오랜 시간에 걸쳐 생각해왔던 것들을 써두었다.

내가 죽은 뒤에 다음 세 사람에게 부탁하노라.

1. 최완택 목사 민들레 교회

이 사람은 술을 마시고 돼지 죽통에 오줌을 눈 적은 있지만 심성이 착한 사람이다.

2. 정호경 신부 봉화군 명호면 비나리
이 사람은 잔소리가 심하지만 신부이고 정직하기 때문에 믿을 만하다.

3. 박연철 변호사
이 사람은 민주변호사로 알려졌지만 어려운 사람과 함께 살려고 애쓰는 보통사람이다. 우리 집에도 두세 번쯤 다녀갔다. 나는 대접 한 번 못했다.

위 세 사람은 내가 쓴 모든 저작물을 함께 잘 관리해 주기를 바란다. 내가 쓴 모든 책은 주로 어린이들이 사서 읽는 것이니 여기서 나오는 인세를 어린이에게 되돌려주는 것이 마땅할 것이다. 만약에 관리하기 귀찮으면 한겨레신문사에서 하고 있는 남북어린이 어깨동무에 맡기면 된다. 맡겨놓고 뒤에서 보살피면 될 것이다.

유언장이란 것은 아주 훌륭한 사람만 쓰는 줄 알았는데 나 같은 사람도 이렇게 유언을 한다는 게 쑥스럽다. 앞으로 언제 죽을지는 모르지만 좀 낭만적으로 죽었으면 좋겠다. 하지만 나도 전에 우리 집 개가 죽었을 때처럼 헐떡헐떡 거리다가 숨이 꼴깍 넘어가겠지. 눈은 감은 듯 뜬 듯하고 입은 멍청하게 반쯤 벌리고 바보같이 죽을 것이다. 요즘 와서 화를 잘 내는 걸 보니 천사처럼 죽는 것은 글렀다고 본다. 그러니 숨이 지는 대로 화장을 해서 여기저기 뿌려주기 바란다.

유언장치고는 형식도 제대로 못 갖추고 횡설수설했지만 이건 나 권정생이

쓴 것이 분명하다. 죽으면 아픈 것도 슬픈 것도 외로운 것도 끝이다. 웃는 것
도 화내는 것도. 그러니 용감하게 죽겠다. 만약에 죽은 뒤 다시 환생을 할 수
있다면 건강한 남자로 태어나고 싶다. 태어나서 25살 때 22살이나 23살쯤 되
는 아가씨와 연애를 하고 싶다. 벌벌 떨지 않고 잘할 것이다. 하지만 다시 환
생했을 때도 세상엔 얼간이 같은 폭군 지도자가 있을 테고 여전히 전쟁을 할
지 모른다. 그렇다면 환생은 생각해 봐서 그만둘 수도 있다.

2005년 5월 1일
쓴 사람 권정생

얼핏 아이가 어른 흉내를 내면서 쓴 글처럼 유치하기도 하고 어이없
기도 해서 읽고 나면 웃음이 나온다. 꾸며낸 말은 하나도 없이 다 우리
가 살아가면서 그냥 쓰는 말이고 표현이다. 초등학교만 나와도 이해하
고 뜻을 헤아릴 수 있는 문장이다. 구절구절 선생님 글의 진수가 묻어난
다. 이름을 떨친 사람들이 남긴 많은 유언들이 있지만 이만큼 사람의 마
음에 가 닿는 솔직하고 진지한 글을 만나기는 쉽지 않다. 선생님의 정신
이 오롯이 담겨 있어 소박한 문장이지만 한 줄 한 줄 빛이 난다.
돌아가시기 직전에 쓴 또 다른 유언장은 더 짧고 분명한 생각이 담겨
있다. 전에 써놓은 유언장이 삶을 돌아보고 정리하고 난 아쉬움에 대해
쓴 글이라면, 이것은 사람들에게 하고 싶은 간절한 말이 생생하게 담겨
있다.

정호경 신부님,

마지막 글입니다.

제가 숨이 지거든 각각 적어 놓은 대로 부탁드립니다. 제 시체는 아랫마을 이태희 군에게 맡겨 주십시오. 화장해서 해찬이와 함께 뒷산에 뿌려 달라고 해 주십시오.

지금 너무 고통스럽습니다. 3월 12일부터 갑자기 콩팥에서 피가 쏟아져 나왔습니다. 뭉툭한 송곳으로 찌르는 듯한 통증이 계속되었습니다. 지난날에도 가끔 피고름이 쏟아지고 늘 고통스러웠지만 이번에는 아주 다릅니다. 1초도 참기 힘들어 끝이 났으면 싶은데 그것도 마음대로 안 됩니다. 모두한테 미안하고 죄송합니다. 하느님께 기도해 주세요. 제발 이 세상 너무도 아름다운 세상에 사람이 사람을 죽이는 일은 없게 해달라고요.

재작년 어린이날 몇 자 적어놓은 글이 있으니 참고해주세요. 제 예금 통장 다 정리되면 나머지는 북쪽 굶주리는 아이들에게 보내 주세요. 제발 그만 싸우고, 그만 미워하고 따뜻하게 통일이 되어 함께 살도록 해주십시오.

중동, 아프리카 그리고 티베트 아이들은 앞으로 어떻게 하지요, 기도 많이 해 주세요. 안녕히 계십시오.

2007년 3월 31일 오후 6시 10분
권정생

마지막 순간에 겪는 육체적 고통과 남은 사람들을 향한 절절한 마음에 가슴이 뭉클하다. 몸속의 세포 하나, 핏줄 하나까지 고통에 먹혀들어가는 순간이 생생히 느껴진다. 조탑마을의 외딴곳 방한칸짜리 허름한 집에서 고통으로 몸부림치는 선생님의 모습이 눈에 보이는 듯 선하다. 동네 사람들도 초상 치르는 것을 보고 그렇게 유명한 사람인 줄 알았다고 했을 정도이니 누구를 불러 도움을 청했을 리도 없다. 환생 같은 것이 있다면 착하게만 살았으니 다시 태어나 25살 즈음에 예쁜 아가씨와 연애할 수 있기를 간절히 바란다.

유서 쓰기

유서는 죽어가는 사람이 살아남은 가족이나 친구, 자신에게 의미 있는 사람에게 남긴 글이다. 주로 편지 형식으로 쓴다. 재산 분배와 사후 시신 처리 등 실질적인 내용은 물론 생전에 다 하지 못한 말을 삶을 마무리하는 지점에서 솔직하게 털어놓는다. 이것은 타인과의 관계에 대해서 쓸 때 해당하는 이야기이다.

타인에게 할 말은 살아생전에 다 했다고 해도, 죽을 때는 자기 스스로 자신의 삶에 대해 일종의 자서전이랄까, 고백서를 쓰고 싶어 한다. 그것이 인간이다. 끝까지, 죽는 순간까지 자신을 알리고 싶어 하고 표현하고 싶어 한다. 말과 글로 충분히 표현했다고 생각할 때 마음을 놓는다. 그

중에서도 기록을 남기고자 하는 욕구는 명예욕 못지않게 강하다.

최근 유서 쓰기 운동이 벌어지고 있는 현상도 이러한 맥락에서 이해할 수 있다. 죽음은 갑작스레 찾아올 수도 있고 심신이 허약한 상태에서 제대로 할 말을 하지 못할 수 있기 때문에 맑은 정신에서 미리 써놓는 것이다. 또 하나의 이유는 미리 자신의 삶을 돌아보는 과정에서 나온다. 자신의 실수나 과오, 미흡함을 남은 시간 동안 조금이라도 만회해서 삶을 잘 마무리하려는 긍정적이고 건설적인 생각에서 쓰기도 한다.

나는 삶에서 어떤 이유든 '우선 멈춤' 시간을 갖는 건 중요하다고 생각한다. 여행을 가든, 명상을 하든, 안식년을 갖든 그렇게 자신만의 시간을 갖고 돌아보지 않으면 우리 인생의 나침반은 고장 나기 쉽다. 엉뚱한 방향인 줄도 모르고 계속 걸어가게 된다.

『멈추면 비로소 보이는 것들』이라는 제목의 책이 베스트셀러가 된 데는 그 말이 인생의 핵심을 담고 있기 때문이다. 즉, 멈춰야 한다는 얘기다. 멈추지 않으면 안 보인다.

멈춤을 불러오는 대표적인 것이 유서 쓰기이다. 유서를 쓰면 더는 앞으로 나아가지 않은 채 현재 시점에서 여태 걸어온 길을 더듬어보게 된다. 이때 비로소 자기가 처음에 살고자 했던 인생과 살아버린 인생의 차이를 발견한다. 회한과 비탄의 눈물을 흘릴 수도 있다. 아니면 애초에 예측했던 것보다 잘살아온 경우도 있을 것이다. 그렇게 노력해온 자신이 자랑스럽고 갸륵할 수도 있다. 어느 지점에서 자신을 발견하든지 대차대조표를 그려보고 나면 새로운 생각을 만나게 된다.

일 년에 한 번씩 유서를 업데이트한다는 사람도 있고 십 년 단위로 유서를 쓴다는 사람도 있다. 학생 캠프나 직원 연수 때 임사체험을 하는 곳이 있다. 죽음을 미리 경험해보고 삶에 대한 태도와 질을 높이려는 목적에서다. 영정사진을 찍고 관에 들어가 보기도 하고 유서도 쓴다. 멀리 있다고 생각한 죽음을 줌인해서 가까이 보기 위한 과정이다. 그때 우리가 자세히 볼 수 있는 것은 죽음이 아니라 삶의 모습임을 누가 부정할까.

대체 유서라는 형식에 어떤 내용을 담을까? 무슨 말로 어떻게 시작할지 막막하다. 처음에는 머릿속이 텅 비며 백지처럼 아무것도 생각나지 않는다. 아무 문장이든 한 줄을 쓰기 시작하면 하고 싶었던 말이 봇물 터지듯 흘러나온다. 주로 쓰는 내용은 과거에 대한 후회와 미래에 대한 각오로 이루어진다. 잘못한 건 왜 그렇게 많은지. 하고 싶었는데 하지 못한 것 역시 너무나 많다. 그런 얘기를 주저리주저리 쓰다 보니 눈물이 흐르고 한숨이 나오는 건 당연하다.

아름다운 유서 쓰기 운동을 벌이는 분도 있다. 이 분의 유서에는 장기 기증에 대한 언급이 나온다. 그러니까 확실히 유서에는 죽음의 마무리와 잘 살고 싶은 욕구가 담겨 있는 것이다. 글을 쓴다는 것은 그 글에 자신의 다짐과 결심, 소망을 담고자 하는 마음이 깔려 있다는 뜻이다. 말은 흘러가면 그만이지만 글은 종이 위에 적힌 채로 뚜렷하게 당시의 생각을 증명해 보인다. 물 위에 쓴 글이 아니라 돌에 새긴 글이 된다. 언제든 꺼내 볼 수 있다.

인간이 가진 삶에 대한 애착과 죽음에 대한 공포는 상상을 초월한다.

알려진 사실과 달리 위대한 업적을 남긴 사람조차 죽음이 닥쳐올 때 마음의 평정을 잃은 경우가 많다. 짐승처럼 몸을 뒤틀고 울부짖으며 죽음을 피하려 하고 물건을 집어 던지며 저항한다. 그 모습이 얼마나 처참한지 한번 본 사람은 죽음에 대해 트라우마가 생기기까지 한다.

안간힘을 쓰면서 다가오는 죽음에 저항한다면 삶이 그만큼 아쉽다는 얘기다. 그조차 짠하고 안타까운 인간의 모습이다. 혹여 누가 결코 보여주고 싶지 않은 추하고 불쌍한 모습으로 죽음을 맞는다 해도 그 굽이굽이 애달픈 마음을 굽어살펴주고 싶다. 아주 적은 숫자의 사람만이 죽음이 다가올 때 그 기미를 알아차리고 마음의 준비를 하고, 기꺼이 맞이할 채비를 한다. 곡기를 끊거나 움직임을 줄이고 사람들에게 이별의 말을 남긴다. 무슨 차이일까?

행복한 삶을 살면 미련이 없어서 조용히 떠날 수 있을까?

불행한 삶을 살면 한이 맺혀 죽음의 도래를 받아들이지 못하는 걸까?

『아름다운 마무리』에서 법정 스님은 삶을 평온하게 마무리하고 싶으면 짐을 가볍게 하라고 했다. 짐이 무거우면 떠나는 발길도 무겁다. 마음의 짐, 주머니의 짐, 회한과 집착을 버리고 강을 건너라고 충고한다. 어깨가 주저앉을 만큼 무거운 짐을 지고 어찌 가벼이 이 세상을 떠나 죽음으로 향할 것인가.

누군가에게 큰 상처를 받아서 평생 용서하지 못했다면 이제 그 기억을 떠나보내야 한다. 늙는다는 건 건강과 아름다움과 힘을 잃는 자연현상이면서 자신의 기억에서 구멍 난 주머니처럼 슬금슬금 내용물을 흘려

버리는 일이기도 한다. 늙고 약한 인간은 그토록 많은 기억을 지탱할 수 없다. 나를 괴롭히는 부정적인 기억을 멀리 떠나보내는 것은 즐거운 경험만큼 노년의 삶에 필요한 일이다.

기억도 덜어내고 감당하기 어려운 감정도 덜어내야 한다. 혹시 미안한 일을 해놓고 그냥 지나쳤다면 그것도 해결하고 마음에서 지워야 한다. 밖에서 무언가를 가져다 내 안에 쌓아놓는 것은 늙어서 해야 할 일은 아니다. 밖에서 무슨 일이 일어나든 나는 내 삶 안에서 안식을 찾을 수 있어야 한다. 섭섭한 게 많은 사람은 평온한 노년과 거리가 멀다. 몸의 건강도 지킬 수 없다.

가벼운 떠남, 빈손으로 이 세상 떠나는 모습을 가장 잘 보여준 분이 권정생 선생님이시다. 우리는 죽음의 또 다른 모습을 그분에게서 배웠다. 내가 남긴 말과 행동만 남는다. 재산은 다 흩어지고 스러진다. 그것이 자식에게 가든 사회로 가든 남기는 순간까지가 나의 것이고 그 뒤로는 남의 일이다. 하지만 내가 했던 말, 내가 했던 행동은 두고두고 남는다. 자식과 이웃이 얘기하고 멀리는 남이 얘기한다. 내 생각과 감정이 남과 더불어 공명하게 하는 것은 인간이 할 수 있는 가장 아름다운 일 중의 하나다. 나에게서 너에게로 우리에게로 전해지는 따사로운 빛이 인간으로 살아가는 가치이며 의미임을 기억하자.

죽음의 단계

미국의 정신과의사인 엘리자베스 큐블러-로스는 죽음을 앞둔 사람들과 인터뷰를 했다. 1970년대에 그 결과물을 출판해서 이 주제를 널리 알렸다. 그녀는 미국 호스피스운동의 공동설립자였고 가장 주목받는 죽음 연구자에 속한다. 그녀는 죽음을 뜻하는 호흡 정지를 다섯 단계로 나누었다. 거부, 분노, 협상, 우울, 인정이라는 다섯 단계는 눈앞에 닥친 죽음을 극복하는 전략이다. 어떤 의미에서는 극복이라기보다 수용의 단계이다.

거부와 분노의 단계를 넘어서면 협상을 한다. 이때의 협상은 당연히 나에게 불리한 결과를 염두에 둔 유예의 시간일 뿐이다. 그러니까 그다음에 우울의 시간이 찾아오고, 슬픔과 우울을 얼마간 겪고 난 다음에 더는 어쩔 수 없음을 인정하는 것이다. 마음이 죽음에 적응할 시간이 필요하다. 모르는 상대를 받아들일 준비. 이 과정이 얼마나 힘들고 무서우면 자다가 다시는 깨어나지 않는 죽음을 바라겠는가.

의학적인 관점에서 말기 환자의 정확한 사망 시점을 예견하는 것은 거의 불가능하다. 2007년 유명한 의학 잡지인 〈뉴잉글랜드 의학 저널〉에 주목할 만한 기사가 실렸다. 이 기사는 말기 알츠하이머 환자와 파킨슨 환자를 위한 시설인 로드아일랜드 주의 호스피스에 있는 치료사 고양이 오스카에 대한 보고이다.

호스피스의 의사나 간호사와 달리 오스카는 머지않아 죽음을 맞을 환자를 알아챌 수 있다고 한다. 오스카는 병동을 돌다가 두세 시간 후면

숨이 멈추게 될 사람 곁을 떠나지 않는다. 그러면 병원에서는 이별의 시간을 가질 수 있도록 가족들에게 알린다. 오스카는 지금까지 한 번도 틀린 적이 없다. 어떤 환자의 침대 곁에 오스카가 오래 버티고 있으면 호스피스에서는 죽음이 가까워왔음을 알리는 확실한 지표로 판단했다. 오스카의 뛰어난 후각 덕분일 거라고 추측하지만 정확한 학문적 설명은 지금까지 밝혀지지 않았다.

철학자 몽테뉴는 아무도 죽음에서 벗어날 수 없으니 죽음과 친밀해지라고 조언한다.

> "죽음에서 섬뜩함을 느끼지 않도록 하자. 죽음과 잘 지내도록 하자. 죽음에 익숙해지자. 그 무엇보다도 자주 죽음을 생각하자."

죽음이 삶의 목적지라는 사실은 달라지지 않기 때문에 죽음은 삶 안에서 성찰과 대화의 대상이 될 수밖에 없다.

몽테뉴에게 죽음 학습이란 일정 부분 죽음에 대해 생각하는 훈련을 하고 죽음에 대해 따져 얘기함으로써 죽음에 익숙해지는 것이다. 그에 따르면 자연도 우리에게 죽음을 학습할 기회를 마련해준다. 바로 노화 현상이다. 청춘에서 노년으로 그리고 죽음으로 이어지는 과정이 지속적으로 진행된다. 노화는 우리에게 서서히 죽음을 준비하도록 한다.

그렇게 생각하면 노화가 무조건 피해야 할 불청객만은 아니다. 우리는 곱게 늙는 것을 누구나 바라고 축복으로 생각한다. 오드리 헵번의 주름진 얼굴과 깡마른 손목은 결코 추한 노년의 모습으로 간단히 말할 수 없는 아름다움이 깃들어 있다. 삶이 묻어난다는 흔한 말이 있지만 그 이상으로 자신이 잘살아온 삶을 몸 구석구석이 보여준다. 피부보다 표정이 삶을 말해준다. 우리가 그토록 꿈꾸는 평화로운 삶, 아름다운 마무리가 눈에 보인다.

그렇다면 죽음의 마지막 단계는 우리의 삶이 다했고 이제 나는 떠나야 한다는 것을 순순히 받아들이는 시간이라는 것을 부정하지 말자. 살아서 사랑하는 사람의 손을 잡듯이 죽음의 손을 잡고 삶을 향해 다정하게 손을 흔들며 평화롭게 떠나자. 그 장면을 상상하고 그렇게 되도록 노력하는 과정이 삶을 아름답게 마무리하는 일이다.

스티브 잡스

내가 곧 죽는다는 사실을 기억하는 것,

그것은 인생의 중대한 선택들을 도운

그 모든 도구들 가운데

가장 중요한 것이었습니다.

실패보다 실패에 대처하는 태도가 그 사람의 참모습

21세기가 낳은 인물 중 스티브 잡스만큼 많은 사람의 입에 오르내리고 뉴스를 생산한 사람도 드물다. 무엇보다 우리가 쓰는 컴퓨터와 휴대전화 덕분에 그는 죽어서도 우리 가까이에 머무는 인물이 되었다. 스티브 잡스에 대한 이야기를 꺼내면 또 무슨 식상한 이야기를 시작하려고 그러냐며 고개를 내저을 만큼 우리는 그에 대해 많은 뉴스와 정보를 접해왔다.

스티브 잡스 또는 그의 회사인 애플사에 대한 보도는 거의 매일이라고 해도 과장이 아닐 정도로 자주 뉴스 면을 장식했다. 스티브 잡스는 우리나라 정치인이나 연예인만큼 친숙한 이름이고 사생활부터 연혁, 활동, 철학까지 모르는 게 없다. 그러나 과연 그럴까? 자신 있게 그에 대해서라면 모르는 게 없다고 말할 수 있을까? 우리가 그에 대해 알고 있는 것은 우리 사회가 필요로 하는 사회적 성취 부분만이 아닐까, 혹은 성공한 사람들의 전략과 성취과정에 대한 멘토로서만 받아들이는 것은 아닐까?

아무리 캐도 나올 게 있는 광산처럼 스티브 잡스가 가진 세계 또한 무궁무진하다. 실질적인 측면뿐만 아니라 정신적인 측면에서 더욱 그렇다. 그는 컴퓨터라는 기계에 인문학을 결합한 철학자이며 명상가였다. 여기에서는 우리가 알지 못하는, 관심을 기울이지 못했던 그의 내면세계와 인생관, 철학에 대해 살펴보자. 그러면 그가 암 선고를 받고 시한부 인생을 살면서 어떻게 남은 인생을 살아냈고 어떻게 다가오는 죽음을 맞이했는지 유추할 수 있을 것이다.

그는 일생 동안 자신이 가진 능력과 에너지의 거의 전부를 사용했던 사람으로 알려져 있다. 어떻게 그럴 수 있었을까에 대해서는 900페이지가 넘는 전기에 자세히 나와 있다. 그가 세계적인 유명인이 되자 여러 출판사에서 앞다투어 그를 분석하는 책과 전기를 냈다. 잡스는 그 모든 것이 자신의 진면목을 보여주기에 부족한 점이 많다고 판단했다. 뛰어나면서도 복잡한 내면을 가진 그를 제대로 알아본 사람이 드물었다.

죽기 전에 자신의 인생에 대해 스스로 직접 나서서 밝혀야겠다고 생각했다. 한 가지 특기할 만한 점은 그는 죽음을 엄청난 것으로 받아들이지 않았다는 사실이다. 실제로는 그도 죽음 앞에서 놀라고 허둥댔을지도 모른다. 하지만 보통사람이 죽음 앞에서 흔들리는 모습에 비하면 그는 놀라울 만치 끝까지 평상심을 유지했다. 죽음이 다가온 현실에서도 그의 생활은 크게 달라지지 않은 것을 보면 그의 내공을 짐작할 수 있다.

우리가 무슨 말을 하든 백 퍼센트 그를 표현했다고 할 수 없다. 우리의 눈과 각도로 그의 한 면을 볼 수 있을 뿐이다. 그러니 이것은 아무리 애써도 그의 전부가 아닌 부분에 불과한 이야기다. 그의 삶이 옳다 그르다, 평가하려는 것이 아니다. 그가 죽음 앞에서 삶을 대했던 태도와 생각, 죽음을 맞이하는 자세에서 무엇을 배우고 느껴야 하는지를 찾아보고자 한다. 스티브 잡스 역시 사람이다. 그에게는 많은 공과 과가 있다. 그것조차 한 인간의 삶이라는 맥락에서 볼 필요가 있다.

잘못은 중요하지 않다. 누구나 잘못을 저지른다. 그러나 그 잘못 앞에서 우리가 어떤 행동을 취하는지는 한 인간을 판단하는 데 중요한 요소이다. 실패 역시 마찬가지다. 실패보다 실패에 대처하는 태도가 그 사람을 보여준다. 위대한 사람과 보통사람의 차이는 거기에서 나타난다. 실패를 많이 했다는 것은 그만큼 시도를 많이 했다는 뜻이니 오히려 칭찬받을 일이라는 말이 담고 있는 뜻도 실패 없이 이루어진 인생은 없다는 것이다.

잡스는 흔히 우리가 갖고 있는, 큰 업적을 남긴 사람은 성인군자이거나 적어도 조금은 훌륭한 인격을 가졌으리라고 생각하는 편견을 여지없이 깬 괴팍한 인물이었다. 그는 타인이 자신 때문에 받는 상처에 둔감했으며, 거칠고 사납게 타인을 몰아붙이고 때로는 짓밟기도 했다. 극심한 변덕과 자기중심적인 일 처리 방식은 잘 알려져 있다. 함께 일했던 직원이나 동업자가 분노와 울분을 참지 못해 떠난 일도 부지기수였다.

죽은 사람에 대해 대체로 관대한 평가를 하고 싶은 것이 우리들의 일반적인 정서이다. 고인에 대한 예의라는 명분으로 어지간한 일은 눈 질끈 감고 넘어가 준다. 죽어가면서 숱한 사람을 욕하고 광적인 태도를 보인 사람조차 그가 죽었다는 이유로 그 얘기를 덮어주고 싶어 한다. 그것이 죽음을 맞은 사람에 대한 존중이라고 믿는다.

잘했다, 못했다 판단하고자 스티브 잡스의 죽음을 얘기하는 것은 아니다. 우리는 어디에서도 누구에게서도 어려운 인생을 사는 데 도움이 될 힌트를 찾고 싶어 한다. 난관에 부딪혔을 때 그것을 넘어설 조언이 절실하다. 인생이라는 이름으로 인간이라는 이름으로 무슨 얘기든 열린 마음으로 하고 열린 마음으로 듣기 위함이다. 도덕적인 기준으로 범위를 좁혀 놓으면 진실에 가닿기 어렵기 때문이다. 대문을 활짝 열듯이 마음의 문을 열고 그의 삶과 죽음을 들여다보자.

우리가 알고 있는 죽음이 진짜 죽음의 모습일까?

나는 스티브 잡스라는 인물 앞에서 맨 처음 자리로 돌아가지 않을 수 없었다. 왜, 어쩌다가 죽음에 대한 이야기를 시작하게 되었을까? 막연한 죽음, 추상적인 죽음이 아니라 몸으로 겪는 당장 눈앞에 닥친 죽음의 실체를 알고자 했다. 그래야 내가 오늘을 살 수 있고 다가오는 죽음을 의연히, 적어도 호들갑스럽지 않게 맞을 수 있을 것 같았다. 죽음을 목전에 둔 아버지를 매일 눈앞에서 보면서 나는 죽음에 대해 내가 잘못 알 거나 오해하고 있는 점이 많다는 사실을 깨달았다. 누구인들 죽음에 대해 확신을 갖고 얘기할 수 있겠는가.

지금 살아서 거리를 활보하고 입으로 밥숟갈을 떠 넣는 사람은 단언컨대 죽음의 실체를 모른다. 죽음이 살아 있는 우리가 언젠가는 맞이할 삶의 정거장 중의 하나라면 조금이라도 제대로 알아야 한다는 생각이 들었다. 이 또한 노력에 그치고 죽음의 진면목에 다다르는 데 실패할 수도 있다. 그러나 나는 과정을 눈여겨볼 것이다. 알고자 하는 과정, 발견하려는 노력이 내게 뭔가 의미 있는 죽음의 모습 한 조각이라도 알려줄 것이라 믿는다.

이 문제의식은 우리가 익히 알고 있는 것처럼 죽음이 공포스럽기만 한 것은 아닐 것이라는 생각에서 출발한다. 죽음에 대한 또 하나의 오해나 편견을 보태는 일일 수도 있지만 그것도 나쁘지 않다고 생각한다. 편견은 달리 말하면 관점이다. 또 하나의 관점을 세상에 보탠다는 마음으로 이 글을 쓰기 시작했다.

한쪽으로만 치우친 오해가 넘친다면 반대쪽 오해도 필요하다. 어쨌거나 우리가 아는 사람들 중에 평온하거나 조용히 숨을 거둔 사람, 혹은 죽음을 기꺼이 맞은 사람에 대한 얘기를 해보고 싶다는 것이 이 책을 처음 시작할 때의 내 마음가짐이었다. 그 마음은 일이 상당히 진행된 지금 시점에서도 변함이 없다. 궁금한 것을 알고자 하고 조금이라도 더 알아보고 그것을 누군가와 나누고자 하는 마음이 이 작업의 핵심이다. 설령 부족한 점이 있더라도 그 대전제를 이해하고 고개를 끄덕여주기를 바라는 마음이 크다.

글을 써나가다 이 지점에 이르니 문득 그런 나의 초심을 돌아보게 되었다. 과연 그 사람들 모두 우리가 짐작하는 대로 평화롭게 눈을 감았을까? 훌륭하게 산 사람의 평화로운 죽음에 대해 얘기하려던 나의 첫 생각에 금이 가기 시작했다. 훌륭하게 잘 산 사람은 과연 누구인가, 그것은 누가 평가하며, 그 평가는 신실과 얼마나 부합하는가?

우리는 엄청난 편견과 고정관념으로 인생을 대해왔고 남의 인생을 판단해왔다. 정신적인 지도자, 훌륭한 예술적 업적을 남겼거나 이타적인 삶을 산 사람, 우리는 자신도 모르게 그런 사람들을 숭앙하고 경외한다. 우리의 대부분은 그런 사람이 아님에도 불구하고 내가 가지지 못한 것을 가진 사람에 대한 무조건적인 숭배와 질시가 우리의 행복을 좀먹는다는 걸 알면서도 어쩌지 못한다. 큰 사람 앞에서 주눅 들고 기죽는 것을 피할 수는 없지만 그것이 우리를 길게 상처 주는 일은 피해야 한다.

우리는 누구든 어떤 카테고리에 넣어서 규정짓고 싶어 한다. 스티브 잡스는 간단히 말할 수 있는 인물이 아니다. 우리가 흔히 말하는 범주 어디에도 속하지 않았다. 그는 컴퓨터 업계에 지각변동을 일으킨 사업가요, 인류번영에 이바지했지만 존경받을 만한 훌륭한 인격을 가진 사람이라는 데는 이견이 많다. 그는 인간적인 약점과 결함이 많았고, 사는 동안 많은 사람에게 상처를 주었다. 그가 죽었으니 가타부타 보태지 말고 덮어주어야 할까? 그러나 나는 그의 죽음에 대해 얘기하는 것을 포기하고 싶지는 않았다.

그렇다면 어떤 측면에서 우리는 그의 삶과 죽음을 돌아봐야 할까? 성공이라는 측면에서 그는 놀라운 인물이었지만 자신의 약점과 싸우며 평생 좌충우돌했다는 점에서는 우리와 똑같은 '보통사람'이었다. 다만 그는 어쩔 수 없이 그렇게 살았던 것이 아니라 그것을 의지적으로 유지했던 사람이었다. 타협이 없는 뚝심과 집중력으로 어떤 상황에서도 그가 목표로 했던 일을 이루어냈다. 삶과 떼어놓고 죽음을 마주한 그의 태도와 정신 역시 돌아볼 만한 점이 있다.

"필요한 것이라곤 한 잔의 차와 조명, 그리고 음악뿐이었습니다."

모든 것을 가졌다고 생각한 스티브 잡스가 한 말치고는 뜻밖이다. 진심을 의심하는 사람도 있을 것이다. 어떤 속내를 품고 이런 말을 했는지야 알 수 없지만 그 말을 하는 순간은 진심이었을 거라고 믿는다. 아무리 바쁘게 살고 성공을 위해 열정을 바치는 삶을 살아도 일을 떠나 있는 동안 그에게 필요한 것은 많지 않았다. 편안한 조명이 켜진 방에 음악이 흐르는 가운데 마시는 차 한 잔의 기쁨만큼 절실한 것은 없었다. 수천 수백 명의 사람에 둘러싸인 삶을 살았기에 더욱 혼자 있는 시간이 주는 평화와 명상이 고귀하게 다가갔으리라.

이별 연습

옛사람들은 자기 몸이 담길 관을 옻칠해서 깨끗하게 만들어 며느리에게 곡식 담는 그릇으로 쓰게 했다. 가묘를 해놓고 스스로 벌초도 하면서 죽음과 친숙해지기 위한 연습을 했다고 한다. 물리적인 것이 심리적인 것이라는 말이 있다. 실제로 관을 가까이 두고 관과 친해지면 죽음과도 친해지고 나중에는 마음으로도 죽음을 편하게 받아들일 것 같다.

죽으면 사랑하는 사람과 헤어지고, 내가 아끼고 좋아하는 집과 물건들을 다 놔두고 떠나야 한다. 얼마나 아깝고 안타깝고 속이 상할까. 그래서 최대한 그 기간을 늦추고 싶어 한다. 꼭 붙들고 싶고 마지막 순간까지 눈을 떼기가 어렵다. 늦출 수 있다면 늦추어도 좋겠지만 어쩔 수 없을 때 깨끗이 단념하는 것도 지혜로운 태도다.

이별에 관한 한 식물만큼 선수도 없다. 해마다 이별한다. 과감히 사라졌다가 말짱한 얼굴로 나타난다. 이별의 태도는 식물에게서 배워야 한다. 일 년을 주기로 자신을 완전히 꽃피웠다가 열매 맺고 그 모든 것을 완전히 버리고 맨몸이 된다. 추운 겨울을 견디고 봄이면 새로 시작한다. 마치 과거가 없는 듯 처음부터 다시 시작해서 꽃피고 열매 맺는다. 이얼마나 엄청난 삶에 대한 상징인가.

우리가 느끼지 못해서 그렇지 우리 인생도 가만히 들여다보면 식물의 주기를 닮아 있다. 식물처럼 눈에 확연히 보이지 않을 뿐 우리가 하는 일도 싹이 피듯 잘 되다가 어느덧 겨울을 만나 다 잃기도 한다. 인간이 전생 후생을 만들어 다음 생을 기약하는 것도 식물한테 힌트를 얻은 게 아닌가 싶다.

어떤 사람들은 늙음을 죽음보다 더 비참하게 여기고 두려워한다. 여배우가 자신이 늙은 모습을 보여주지 않기 위해 일찍 은퇴하는 경우도 있다. 늙음은 병듦과 마찬가지로 나쁜 것, 피해야 할 것, 무시당하고 외로운 것이다. 늙음은 병보다 더 피할 수 없는, 누구에게나 찾아오는 자연현상인데도 말이다. 죽음은 정체를 알 수 없지만 노화는 너무도 확연히 그 모습을 우리에게 보여주기 때문에 공포를 생생히 실감한다.

젊음과 아름다움과 이별하는 것도 연습해야 한다. 그것이 한때의 일이라는 것을 알아야 한다. 아무리 성형을 하고 보톡스를 맞아도 스무 살로 돌아갈 수는 없다. 성형외과 의사는 신이 아니다. 실제로 성형한 사람을 보니 정말 주름도 없고 처지지도 않고 얼굴이 팽팽했다. 그런데 생각보다 별로 젊어 보이지 않았다. 얼굴표정과 목소리 때문이었다.

어린이들, 젊은 사람들을 보라. 표정이 얼마나 풍부한가. 모든 것이 즐겁고 신이 나고 새롭다는 표정이다. 나이가 들면 많은 일을 겪은 만큼 내 인생을 벌여놓은 만큼 골 아픈 일, 신경 쓸 일이 많다. 그러니 줄곧 인상을 쓰게 된다. 하루에 몇 번이나 웃는지 꼽아보아야 할 정도다. 애들을 지켜보면 오 분이 멀다 하고 웃음소리가 터진다. 그 웃음이 표정에 생기를 만들고 생명력을 활성화시켜준다.

목소리도 중요하다. 화를 내거나 누구에게 지시하거나 이익을 따지는 데만 썼던 목소리에는 뼈가 생긴다. 딱딱하고 공격적이다. 도무지 부드럽고 다정한 목소리가 나오지 않는다. 목소리에 인생이 배어 있다. 그래도 어쩌겠는가. 그것이 내 인생이었으니 받아들일 수밖에 없다. 가능하면 과거의 황금기와는 과감히 이별하고 구리처럼 보이지만 쓸모가 많은 현재를 사랑하고 지금의 나를 사랑하려고 노력해야 한다.

따지고 보면 어제의 나와 오늘의 나는 완전히 다른 사람이다. 몸도 마음도 생각도 전혀 다른 사람이 된다. 수많은 세포가 죽고 마음도 달라져 있다. 생각도 같은 과정을 겪는다. 매 순간 방금 전의 생각과 결별을 고하고 또 다른 생각을 맞이한다. 변화는 인간의 본질이다. 그것을 받아들이지 못하면 인생은 고해가 된다.

부정적인 변화, 늙음이나 추함을 내 것으로 자연스럽게 받아들이려면 내 마음이 편안해야 한다. 내가 초라하고 비참하다고 생각하면 할수록 내 형편이 조금이라도 나빠지면 견뎌낼 힘이 없다. 행복한 사람, 넉넉한 사람이 되어야 할 이유이다. 내 마음의 곳간이 채워져야 남과 나눌 것이 생긴다.

좋은 것들을 하나하나 모아 마음이 환해지도록 하는 연습은 결국 나 자신의 행복과 연결된다. 내가 행복하고 내 인생이 잘 풀려야 그 행복이 타인에게도 전해진다. 둘은 동전의 양면처럼 서로 붙어 있어서 따로 존재하지 않는다. 한 몸이라고 생각하면 이해하기 쉽다. 한쪽에서 느끼는 고통도 기쁨도 바로 옆으로 전달된다. 그러니 타인에게 좋은 사람이고 싶으면 나 자신부터 좋은 사람, 행복한 사람이 되자.

스티브 잡스는 누구인가?

아름답게 죽음을 맞이한 사람이 누굴까, 처음 생각했을 때 맨 처음 떠올랐던 얼굴이 성직자들이었고, 그다음이 예술가들이었다. 아무래도 세속적인 기준의 성공에 목매지 않고 자유롭게 사는 사람이 죽음의 모습도 평안했다. 사업가인 스티브 잡스를 떠올린 건 아주 예외적인 일이었다. 삶에 대해 집착이 많은 사람, 즉 잃을 것이 많은 사람은 삶을 놓고 죽음을 받아들이는 데 어려움이 있을 거라고 어림짐작했기 때문이다.

내가 놓친 것이 있었다. 성공한, 자기의 뜻을 이룬 사업가의 삶에는 예술가의 영혼이 깃들기도 한다는 점이었다. 인생의 여백, 자신에게 주어진 시간과 공간에 대한 애정은 사업 이외의 일에 대해서도 관심을 갖게 했다. 그 사람이 돈을 많이 벌었기 때문이 아니라 삶을 꾸려가는 방식에 놀라운 점이 있기 때문에 사랑하고 존경하는 것이다.

또한 큰 업적을 이룬 예술가의 삶에는 사업가 못지않은 철저한 자기관리가 있었다. 그래서 허무주의적이고 덧없는 태도가 아닌, 얻을 것은 얻고 잃을 것은 잃어도 좋다는 과감한 베팅이 있었다. 그것은 삶의 종착지인 죽음에 대해서도 마찬가지였다.

스티브 잡스야말로 사업가의 몸에 예술가의 영혼이 깃든 사람이라고 말해도 좋을 것이다. 실상은 그에 대해 어떤 평가를 내려도 상투적이고 투박할 수밖에 없다는 걱정도 있지만 내 느낌이 이끄는 대로 그에 대해 생각해보려 한다. 또 하나의 편견에 대해 너무 가혹한 평가를 하지 않고 자연스럽게 눈에 보이는 것, 귀에 들리는 것을 따라갈 작정이다.

암 선고를 받고 여러 치료를 하다가 결국 죽음을 맞이해야 한다는 것을 알았을 때도 그는 일을 했고 강연을 했고 전기를 완성했다. 그때 그가 한 말들은 이전의 건강할 때 한 말과는 다른 점이 있을 것이다. 그 차이의 의미는 어마어마하다. 거기에 우리가 찾는 메시지가 숨어 있을 거라 생각한다. 제한된 시간을 갖는다는 것은 정해진 시간에 경기를 마쳐야 하는 농구나 축구처럼 전력을 다해 그 순간을 보내려 한다는 의지를 갖는다는 뜻이기도 하다.

스티브 잡스가 남기고 떠난 메시지에 그가 살아온 삶과 생각이 다 담겨 있다. 그의 육성이 담긴 한 마디 한 마디를 귀 기울여 들어보자.

"여러분의 시간은 한정되어 있습니다. 그러니 남의 인생을 사느라 삶을 낭비하지 마십시오. 다른 사람들의 생각대로 살아야 한다는 도그마에 얽매이지 마세요. 타인이 내는 의견 때문에 여러분 내면의 목소리를 낮추지 마세요. 무엇보다 중요한 일은 당신의 가슴과 직관을 따를 수 있는 용기를 가지는 것입니다. 가슴과 직관은 이미 당신이 진정으로 원하는 것을 알고 있습니다. 다른 것들은 부차적일 뿐입니다."

그리고 이어서 그 유명한 말을 남겼다.

"끊임없이 갈망하고 우직하게 정진하십시오(Stay hungry, Stay foolish)."

그다음에 이어지는 말은 간단하면서도 잘 지키기 어렵다. 그러나 그가 그토록 안타깝게 살고자 했던 인생을 우리는 지금 살고 있다는 것을 생각하면 기꺼이 가슴에 새겨야 한다.

"하루하루를 인생의 마지막 날처럼 살아가자."

"진정으로 일에 만족하는 길은 위대한 일을 하고 있다고 믿는 것이다. 아직 그런 일을 찾지 못했다면 계속 찾아라. 포기하지 마라."

민감한 감수성에 천재성을 타고 난 스티브 잡스는 오만하고 극단적이며 강렬했다. 일에서든 대인관계에서든 말할 수 없이 까다로운 데다가 완벽주의자였지만 한편으로는 미성숙하고 연약한 사람이었다. 예민하고 상처도 쉽게 받았다. 그는 상처를 상처로 놔두지 않았다. 곧 일어서서 삶에 역동적으로 대처했으며 큰 판단을 할 때는 예지력과 카리스마가 있었다. 게다가 그는 고집이 세고 모두 동의하는 것도 혼자 반대했다. 누구도 생각하지 못한 것을 내세워 밀고 나갔다. 그가 성공했기 때문에 그런 점들이 강점으로 존경받지만 만약 실패했다면 실패의 원인으로 지적받았을 것이다. 이렇게 인생에는 실과 바늘처럼 성공과 실패가 가까이 있다. 성공하려 했기 때문에 실패하고 실패했기 때문에 다음 성공을 노릴 수 있다.

내가 곧 죽을 수도 있다는 사실을 기억하는 건 인생에서 중요한 결정을 내릴 때 큰 힘이 된다. 외부로부터 기대와 자부심, 수치스러움, 실패에 대한 두려움 등은 결국 죽음을 목도하게 되면 모두 희미해지고 진실로 중요한 것만 남기 때문이다.

죽게 된다는 사실을 기억하는 것은 무언가를 잃을 수 있다는 두려움으로부터 벗어나는 최고의 방법이기도 하다. 메멘토 모리, 죽음을 기억하라는 말이 유행했던 이유도 삶에 브레이크를 걸 필요가 있기 때문이다. 그렇게 빨리 달려봤자 궁극적으로 도달하는 곳은 죽음이라는 사실을 기억하라는 말이다. 브레이크 없는 질주는 생각만 해도 아찔하다.

화(火)-스트레스도 자산이다

자기중심적이고 까다로우면서 자주 불같이 화를 내는 스티브 잡스의 성격은 세상이 다 안다. 성격과 관련해서 소개된 일화도 넘쳐난다. 잡스의 증세가 안정적인 상태일 때 폐 전문의가 그의 얼굴에 마스크를 씌우려 한 적이 있다. 잡스는 그 마스크를 벗겨내고 디자인이 마음에 안 들어서 쓰기 싫다고 투덜거렸다. 말도 제대로 못 하는 상태였는데도 마스크를 다섯 가지쯤 가져오라고, 그러면 자신이 마음에 드는 디자인을 고르겠다고 지시했다.

그는 또 손가락에 끼운 산소 모니터도 못마땅해 했다. 모양은 너무 볼품없고 기능은 복잡하다는 이유를 들었다. 그러고는 좀 더 단순하게 디자인하는 방법을 제안했다. 그에게는 마음에 안 드는 것에 대한 불만과 분노가 자산이었다. 만사 오케이라는 식의 원만한 성격이었다면 그가 이루어낸 업적이 이 세상에 존재하지 않았을지도 모른다. 하지만 보통 사람의 경우에는 화가 만병의 근원이요, 모든 불화의 발단이다.

왜 나이가 들면 자꾸 화를 내게 될까? 화를 내는 것은 내가 가진 게 별로 없음을 스스로 폭로하는 짓이다. 내가 회사 일도 잘되고 연애도 잘 되면 집이 지저분해도 신경이 안 쓰인다. 나 자신에게 집중하기에도 시간과 감정이 빠듯하다. 하는 일도 안 돼서 집에 들어왔는데 거실은 어질러져 있고 부엌에 밥도 없다. 화가 나는 게 당연하다. 기분이 좋았다면 내가 준비해서 먹을 수도 있고 배달을 시킬 수도 있다. 아니면 외식을 해도 된다. 극도로 피곤하고 기분이 나쁠 때는 그도 저도 다 귀찮고 화가 치솟는다. 화를 풀 대상이 필요했을 때 그 일이 눈앞에 보였던 것이다.

화는 그렇다. 꼭 화를 내는 대상에게서 100% 비롯되었다고 볼 수 없다. 내가 그동안 다 녹여내지 못한 스트레스와 울분, 불만이 차곡차곡 쌓여 어느 순간 내압을 견디지 못해 밖으로 나오는 것이다. 그러니 화를 낼 때는 내가 왜 이런 감정상태가 되었나 생각해봐야 한다.

또 하나는 스트레스에 관한 문젠데, 나는 스트레스를 푼다는 말에 동의할 수 없다. 그 말이 허무맹랑하다고까지 생각했다. 스트레스 당사자가 자신의 잘못을 엉뚱한 곳에 떠넘기는 수작이라고까지 얘기한다. 스트레스를 받았다면 거기에는 반드시 원인이 있다.

한번 쌓인 스트레스는 스트레스의 원인을 제거하는 것 말고는 달리 해결 방법이 없다. 우리가 푼다고 선택하는 음주와 가무, 여행, 수다, 모두 대증요법일 뿐이다. 스트레스는 잠시 물러갔다 곧 다시 제자리로 돌아온다. 때로는 몇 배로 몸을 키워 돌아와 있다. 스트레스를 받고 그것을 풀려고 할 때 잠깐이라도 혹시 내가 어려운 일을 그냥 회피하려는 것은 아닐까 한번 돌아볼 필요가 있다. 자기 점검과정이 끝난 다음 마음의 짐을 내려놓아도 늦지 않다.

좀 힘들더라도 스트레스는 정면돌파하는 것이 영리한 전략이다. 그것이 우리의 맷집을 키워주고 어떤 위기에도 유연하게 대처할 수 있는 정신력을 키워준다. 나는 과감하게 스트레스도 자산이라고 표현하고 싶다. 나한테 찾아온 자극을 긍정적으로 사용하면 유익할 수도 있다는 뜻이다. 스트레스를 겪고 문제를 해결하는 동안 정신의 키가 자라고 마음의 공간이 넓어진다.

나이가 들수록 어떻게 하면 바깥의 공격에 내가 의연하게, 하다못해 태연하게라도 대처할 수 있나 점점 더 궁리하게 된다. 젊었을 때와 달리 힘이 남아도는 게 아니라서 가진 힘을 효율적으로 쓰기 위해 쓸데없는 일에 힘을 소모하지 않으려는 전략적인 생각이다. 옥석을 가리려고 노력한다. 스트레스든 조언이든 제안이든 내게 도움이 될 귀한 옥인지 그냥 어디든 굴러다니는 돌인지 구분한 뒤 받아들이거나 버리거나 한다.

저 사람은 그냥 자신의 나쁜 감정을 나한테 쏟아 부었을 뿐인데 내가 스트레스를 받는다면 그것 처럼 어리석은 일도 없다. 진짜 내가 돌아봐야 할 내 문제점에 대한 지적이었다면 기꺼이 받아들이고 고맙게 여긴다. 옥을 돌로 받아들여 괜한 싸움을 할 것도, 돌을 옥으로 믿고 공연히 마음이 상할 필요도 없다. 외부에서 나를 향해 들어오는 모든 것을 일단 한번 필터링해서 받아들이는 과정을 습관으로 만들면 부정적인 스트레스는 줄어들 것이다.

인간은 약한 존재이기도 하지만 아주 강하고, 때로는 엄청난 존재이기도 하다. 작은 상처를 평생의 트라우마로 기억하는 약함도 인간의 본성이다. 온 가족을 쓸어간 태풍 앞에서도 살고, 평생 모든 재산이 불타는 화재현장을 목격하고도 잊고 살 수 있다. 우주선도 만들고 비행기도 만들고 젊어지는 약까지 만들지만 발톱 아래 가시 하나도 안 보여서 못 뺀다. 그러니 잘난 척할 것도 기죽을 것도 없다. 잘하지 못하더라도 중간만 가면 된다는 생각을 부끄러워하지 말자.

앞날은 누구도 알 수 없다. 지금 잘난 사람이 재앙으로 잘못될 수도 있고, 지금 힘들지만 예기치 않은 행운이 닥쳐 내 인생에 봄날이 올 수도 있다. 호언할 수도 없고 장담할 수도 없다. 그저 자신의 분수와 형편에 따라 감사하고, 화를 냈다가도 풀고 잘못한 일은 용서를 구하면서 하루를 살아야 한다. 장점만으로 이루어진 사람도 없고 단점뿐인 사람도 없다. 몇 가지 안 되는 장점을 가지고 숱한 단점을 커버해가면서 목숨을 부지하고, 때로는 남을 기쁘게 하는 일도 하고 못할 짓도 하면서 산다. 잘못은 반성하고 잘한 일에서는 힘을 얻자. 성현들이 모두 입을 모아 겸손하라고 한 것도 그런 이유에서다. '잘 나갈 때 조심하라'는 말은 그것이 영원히 계속되지 않기 때문에 생겼을 것이다. 인생 앞에서는 잘난 척할 건덕지가 없다. 내가 지금 잘 나가도 그건 잠깐뿐이다.

가족의 의미

한 개인에 대해 스티브 잡스처럼 많은 저작이 있는 사람이 또 있을까? 그의 능력과 성격, 삶과 죽음을 맞는 태도에 대해 각각 전문가별로 정리

해놓은 책이 서가 한 칸을 차지할 정도로 많다. 나 또한 그의 유명세와 별개로 그의 진실에 대해 나름대로 고민해본 적이 있는 사람 중 하나다. 시한부 인생을 선고받은 이후 그의 행적은 나 같은 평범한 사람으로선 예측할 수 없는 것이었다.

스티브 잡스는 그 많은 정보와 책이 있음에도 불구하고 이 사람은 이런 사람이야, 하고 간단히 답을 말할 수 없는 신비로운 사람이었다. 이런가 하면 저렇고 저런가 하면 이런 사람. 어쩌면 나는 끝내 이 사람의 실체를 알지 못하고 고개를 갸웃하다 말지도 모른다. 그건 나만의 문제는 아니다. 어떤 사람의 스티브 잡스에 대한 의견도 내 뇌관을 자극해서 아, 그렇구나, 할 만한 말을 들어본 적이 없었다. 그러나 나는 지금 그의 삶과 죽음에 대해 깊이 생각을 해야만 한다. 참고삼아 그의 말을 여기에 적어본다.

"인생의 중요한 순간마다 곧 죽을지도 모른다는 사실을 명심하는 것이 내게 가장 중요했다. 죽음을 생각하면 무언가 잃을지도 모른다는 두려움에서 벗어날 수 있다. 열일곱 살 때 '하루하루가 인생의 마지막 날인 것처럼 산다면 언젠가는 바른길에 서 있게 될 것'이라는 글을 읽었다. 죽음은 삶이 만든 최고의 발명품이다. 죽음은 삶을 변화시킨다. 여러분의 삶에도 죽음이 찾아온다. 인생을 낭비하지 말기 바란다."

상당히 명쾌한 말이다. 하지만 여전히 이게 전부라는 생각은 들지 않았다. 뭔가 더 있다는 끈질긴 의혹과 호기심이 사그라들지 않았다. 죽음을 눈앞에 둔 그라면, 누구보다 삶에 열정적이었던 그라면 이런 흔해빠진 말 말고 그만의 통찰이 있을 것이다. 발 한쪽을 죽음에 들여놓은 사람만이 알게 되는 그 무엇, 나는 그것이 몹시도 궁금했다.

스티브 잡스와 로린 파월 잡스가 결혼 20주년을 맞을 때 그가 아내에게 쓴 편지는 그의 또 다른 일면을 보여준다. 파월 이전에 다른 여인을 만나 사랑을 하고 결혼과 이혼을 한 잡스이지만 파월과는 소울메이트로서 오래도록 좋은 관계를 유지해왔다.

"20년 전에 우리는 서로를 잘 알지 못했지요. 우린 그저 직감에 끌렸고, 당신은 나를 황홀하게 대했어요. 아와니에서 결혼식을 올릴 때 눈이 내렸지요. 수년이 지나 아이들이 태어났고, 행복한 적도 있었고 힘들었던 적도 있었지만 나빴던 적은 없었어요. 우리의 사랑과 존경은 점점 더 커졌지요. 많은 것들을 함께 하고 이렇게 20년 전에 시작한 그곳으로 돌아왔네요. 좀 더 늙고 좀 더 현명해지고 얼굴과 가슴에 주름도 늘었지요. 이제 우리는 인생의 기쁨과 고통, 비밀, 경이로움을 많이 알게 되었고, 그리고 여전히 이렇게 서로를 마주하고 있어요. 나는 황홀하지 않은 적이 한 번도 없었답니다."

너무나 오만한 독불장군으로 마음에 안 드는 말을 하는 직원을 그 자리에서 모욕하고 서류를 던져버리는 그였지만 동반자였던 아내에게는 가장 진실한 말로 감사의 말을 전한다. 그것은 사랑의 고백이고 존경의 표현이었다. 이 편지의 어디 한군데 가식적이거나 형식적인 말은 없다. 그는 그가 지나온 경험과 삶 앞에서 비로소 겸손해진 것이다.

그동안 찍었던 사진을 액자에 넣어 벽 이곳저곳에 걸어두었다.

"나도 한때는 젊었다는 걸 알면 애들이 좋아할 것 같아서요."

이 말과 함께 아이들에게 나눠줄 예전에 찍은 사진도 준비했다. 아이들에게 암에 걸리고 살이 빠진 모습으로만 기억되지 싫지 않다는 소망이다. 젊고 환하고 멋진 모습의 자신을 추억으로 남겨주고 싶어 했다.

건강했을 때의 가족은 즐거움을 나누고 서로에게 자랑스러운 존재였지만 아플 때의 가족은 남아 있는 순간순간이 안타까워 시간 앞에 쩔쩔매는 존재다.

천하의 스티브 잡스도 마지막 순간에는 자신에게 가장 가까이 있는 가족과 가장 많은 시간을 보냈고 그들에게 진심을 전하고자 했다. 물에 빠졌을 때 잡는 지푸라기 역할을 한 것이다. 그런 면에서 그는 행복한 사람이었다. 마지막에 그를 따뜻하게 보내주고 손잡아 줄 수 있는 가족을 가졌으니까. 그런 의미에서 그는 인생에 성공한 사람이다. 아무리 유명인사라 해도 자신을 진정으로 사랑하고 그의 죽음을 슬퍼할 사람이 없다면 얼마나 쓸쓸한 인생인가.

죽음에 대한 생각

스티브 잡스는 사업을 하는 방식이나 자신을 관리하는 방식이 남과 달랐다. 그를 연구하는 사람들은 여러 가지에서 원인을 찾았다. 특이한 이력을 가진 그의 부모님을 원인으로 꼽은 사람도 있다. 그가 했던 것과 똑같이 그의 아버지도 그를 임신한 어머니를 떠나 그는 미혼모의 아들로 태어났다. 그 역시 아버지와 똑같은 전철을 밟았지만 자신의 딸을 끝까지 책임지려고 노력했다. 자유로운 가족관계 속에서 성장해 자신의 감정에 충실한 삶을 살았다.

또 하나 그에게 지대한 영향을 끼친 과거 행적은 선(禪)이었다. 그가 인도에서 경험하고 공부했던 불교와 환생, 영적 초월에 대해 그는 남다른 생각을 가지고 있었다. 미국으로 돌아와서도 명상을 하고 참선을 하면서 정신을 가다듬었다. 그의 집도 장식을 최소한으로 줄이고 선의 정신을 구현한 공간으로 꾸몄다. 그의 전기는 이런 대화로 끝맺는다.

"신의 존재를 믿느냐에 대한 문제에 대해서는 사실 50 대 50입니다. 어쨌든 나는 내 인생 대부분에 걸쳐 눈에 보이는 것 이상의 무엇이 우리 존재에 영향을 미친다고 느껴왔습니다."

죽음에 직면하니 내세를 믿고 싶은 욕망 때문에 그 가능성을 과대평가하는 것일 수도 있다고 그는 솔직하게 시인했다.

"죽은 후에도 나의 무언가는 살아남는다고 생각하고 싶군요. 그렇게 많은 경험을 쌓았는데, 어쩌면 약간의 지혜까지 쌓았는데 그 모든 게 그냥 없어진 다고 생각하면 기분이 묘해집니다. 그래서 뭔가는 살아남는다고, 어쩌면 나의 의식은 영속할 거라고 믿고 싶은 겁니다."

그는 오랫동안 말이 없었다. 그러다가 마침내 다시 입을 열었다.

"하지만 한편으로는 그냥 전원 스위치 같은 것일지도 모릅니다. '딸깍!' 누르면 그냥 꺼져버리는 거지요."

그는 또 한 번 멈췄다가 희미하게 미소를 지으며 말했다.

"그래서 내가 애플 기기에 스위치 넣는 걸 그렇게 싫어했나 봅니다."

죽음 앞에서 자신을 잘 갈무리하고 담담히 받아들이려고 애쓰는 모습이 보인다. 그것은 삶에 대한 애착으로 나타나기도 하고 죽음에 대한 막연한 기대로 보이기도 한다. 누구나 죽음 앞에서 주눅 들지 않고 당당하고 싶을 것이다. 노년에 접어든 한 사람이 '쿨하게' 죽고 싶다고 하는 말은 젊은 사람이 쓰는 '쿨'이라는 단어와 울림부터가 달랐다. 젊은 사람에게 쿨은 멋지게, 정도의 뜻이다. 나이 든 사람에게 쿨은 절박하고 간절하고 뜨거운 욕망이었다. 내가 여태 살아온 내 삶을 망가뜨리지 않고 고스란히 놔두고 떠나고 싶은 마음은 죽음에 대한 바람이 아니라, 삶에 대한 열망이다.

죽은 뒤에 다른 세계가 이어진다고 생각하면 아무래도 삶에 대한 집착이 덜 할 것이다. 사후세계에 대해 연구하는 수많은 학자가 있다. 그런 책을 찾아 읽으며 깊은 관심을 보이는 열광자들도 많다. 그러나 그들이 궁극적으로 알고 싶고 밝히고 싶은 것은 죽음의 실체 그 자체보다 죽음의 내용을 연구하는 과정일지도 모른다. 믿음에 관한 이야기가 될 것이다. 인간이 더 존중받고 더 귀한 존재라는 믿음이 그들로 하여금 사후세계로 눈을 돌리게 만들었다. 사후세계가 있다고 생각하면 죽음이 덜 두려운 것은 물론이고 살아 있는 동안도 함부로 살지 못할 것이다. 언젠가 대가를 치러야 한다는 것은 얼마나 무서운 얘기인가. 상을 받든 벌을 받든 내 행동의 결과가 먼발치서 기다리고 있다면 생각이 달라진다.

죽음을 준비하다

스티브 잡스는 1997년 애플과 픽사를 함께 경영하면서 갖은 역경을 견디고 넘어서야 했다. 그는 그때 너무 피곤하게 살았기 때문에 암이 생긴 거라고 믿었다. 정신과 육체를 쉬지 못하는 것은 물론 극도의 스트레스 상태에서 오랜 시간을 보냈다. 신장결석 등 여러 병을 키웠고 면역력도 약해진 상태였다.

대부분의 환자가 그렇듯이 암 환자도 암에 걸렸다는 진단을 받는 순간 제일 먼저 무엇이 나를 암 환자로 만들었나 생각한다. 삶의 회한이든 억울함이든 암이라는 엄청난 질병에 걸리게 한 결정적인 이유가 따로 있을 거라고 믿는다. 원인 없는 결과가 없듯이 병에도 이유가 있겠지만 그것이 전부일 수는 없다. 암은 환자 스스로 병중의 원인을 찾아 그것을 제거하고자 하는 의지가 강한 병 중 하나다. 술, 담배, 스트레스, 잘못된 식습관, 인생을 지나쳐간 충격적인 사건 등등 그동안 자신이 괴로워했던 일에서 암과의 상관관계를 찾는다.

그것은 양면성이 있는 생각이다. 인생의 나쁜 요소를 발견해서 없애면 더 나은 인생이 된다는 긍정적인 측면도 있지만, 만약 그 이유가 자신의 의지대로 할 수 없는 것이라면 더 낙담하게 되는 요소로 작용한다. 스티브 잡스의 경우 일에 대한 과도한 집착을 원인으로 꼽았기 때문에 비교적 수정하기 쉬웠다. 누구에게나 과로와 스트레스가 항상 문제다.

2003년 10월 그는 신장 CT 촬영을 하다가 췌장 부근의 암세포를 발견했다. 췌장도세포종양이라는 진행 속도가 느려 완치율이 높은 희귀성 종양이었다. 그에게 암 치료 과정은 남과 다른 심각한 문제가 있었다. 십대 시절부터 실천해온 극단적인 채식주의와 이상한 장 청소 및 금식 습관 때문에 영양 공급에 문제가 생겼다.

췌장에서 소화효소를 내보내지 않으면 단백질을 확보하기 어려웠지만 그는 병중에도 채식을 고집했다. 수술하지 않고 치료하는 대체치료법을 찾다가 9개월이나 흘려보냈다. 그사이 암은 간까지 전이되었다.

이 문제에 대해서는 갑론을박이 있을 수 있겠지만 자기 인생에 대한 신념만큼은 남이 가볍게 왈가왈부할 수 없는 일이다. 그때 우리는 운명이라는 말을 하게 된다. 그가 선택한 길이 그를 삶으로 이끌든 죽음을 앞당기든 그의 운명이다.

그는 건강할 때와 똑같이 생활했다. 문제점을 발견했음에도 불구하고 생활을 크게 바꾸지 않았다. 그는 여전히 열심히 일했고 매일 새로운 생각을 실행에 옮겼으며 조금도 기가 죽지 않은 모습이었다고 그를 곁에서 지켜본 사람들은 하나같이 증언한다. 그는 대체 무슨 생각으로 그렇게 살았던 것일까?

서양 사람들은 우리나라 사람들이 암 선고를 받으면 제일 먼저 하는 일이 직장을 그만두는 것이라는 사실에 놀라워한다고 했다. 그들은 대개 똑같이 출근하고 똑같이 일하고 크게 달라지지 않은 생활을 그대로 유지한다. 무엇이 두 문화의 차이를 만들었는지 생각해봤다. 지금은 워낙 암에 걸린 사람도 많고 암의 치료법에 대한 정보도 널리 퍼져 있어 대처하는 법도 개인마다 다르지만 대부분 큰 충격에 휩싸여 극단적인 결정을 하는 경우가 많다는 점은 달라지지 않았다.

의사에 대한 신뢰의 문제도 나라마다 다를 것이다. 의사한테 맡기고 알아서 잘 치료해주겠지, 믿는 나라도 있고, 의학이 할 수 있는 일에 한계가 있으니 내가 적극적으로 나서야겠다는 의견이 많은 나라도 있다. 우리가 후자에 속할 텐데 한의학과 대체의학이 발달한 점도 한몫을 할 것이다. 치료법이 하나일 때가 더 쉽다. 여러 선택이 놓여 있을 때는 그

것처럼 난감한 일도 없다. 이것저것 찾아다니다 낭패를 보는 경우도 적지 않다.

　사람들은 그 예를 들 때 스티브 잡스를 거론하기도 한다. 그냥 의사 말을 들었으면 아무 탈이 없었을 텐데 자기 고집으로 이상한 치료를 받으려다 오히려 명을 단축했다는 것이다. 인명은 재천이고 우리가 가지 않은 길에 대해서 멋대로 가정할 수는 없는 일이지만 어떤 선택을 했어도 아쉬움은 남는다. 그래서 우리도 큰소리로 주장하지 못하고 작은 목소리로 안타까움을 표현한다.

　죽음을 대하는 그의 태도만은 배울 점이 많다. 삶의 빈 구석을 하나하나 찾아 메우며 남은 사람들에게 사랑을 기억하도록 한 배려는 놀라운 힘이 아닐 수 없다. 죽음에 앞서 그를 통과한 여러 사유도 귀담아들을 만한 것들이 많다. 어떤 사람이 무슨 말로 토를 달든지 한 가지 변하지 않는 사실은 그는 최선을 다했다는 점이다. 삶에 있어서도 죽음을 맞이함에 있어서도. 우리는 그에게서 그 태도를 배워야 한다. 그는 마지막 순간까지 허투루 쓰지 않고 삶을 포기하지 않았다.

Stay hungry, Stay foolish!

　2005년 6월 스탠퍼드대학교 졸업식 연설은 역사에 오래 기억될 아름다운 연설이었다. 암 진단을 받고 과거를 돌아보며 쉰 살의 그가 많은 생각을 했다는 것을 그 자리에서 연설을 들은 사람은 가슴으로 느꼈다. 그렇다고 우리가 쉽게 짐작하듯 그가 과거를 반성하고 착한 사람이 되었다거나, 열정을 줄이고 삶을 관조하게 되었다거나 한 것은 아니었다.

그는 여전히 불같았으며 상대에게 상처가 되는 말도 거침없이 했고 한 치도 물러서지 않는 독단적인 사람이었다. 다만 자신이 살아온 인생을 있는 그대로 인정하고 잘한 일과 잘못한 일을 고스란히 떠안았다. 그가 연설에서 한 말을 곰곰이 생각하고 행간을 읽는다면 그의 진의에 조금 가까이 다가갈 수 있을 것이다.

그의 연설은 이렇게 서두를 시작한다.

"오늘 저는 여러분께 제 인생의 이야기를 세 편 들려 드리려고 합니다. 그뿐입니다. 대단한 건 없습니다. 그냥 세 가지 이야기만 들려드리겠습니다."

프레젠테이션의 고수답게 거창한 말로 시작하지 않고 그냥 간단히 '이야기'를 들려주겠다는 말로 청중의 주의를 집중시킨다. 그는 이렇게 직관에 의존해 모든 것을 풀어간 사람이었다. 그가 언급한 세 개의 이야기, 자기 삶의 중요한 동기를 부여한 사건은 아래와 같다.

첫째 이야기는 그가 리드중학교를 중퇴한 일이었다. 그는 재미없는 필수과목을 들으며 시간을 낭비하는 것을 참을 수 없었다. 참을성도 없었지만 참을 필요도 없었다. 그는 자신에게 필요한 것을 정확히 아는 천재였다. 학교를 그만두었으나 그의 천재성을 알아본 학교에서는 그에게

원하는 과목을 청강할 수 있도록 배려해주었다. 그는 자신한테 필요한, 훨씬 더 흥미로워 보이는 수업을 들었다.

둘째는 애플에서 해고당할 때의 이야기다. 결과적으로 그 일은 그에게 득이 되었다. 이십 대 청년 사업가로서 매번 새로운 기기를 선보이면서 세간의 관심을 모았던 그에게는 잠깐이라도 그 자리에서 멈출 필요가 있었다. 그는 그 사건을 한마디로 정리했다.

"성공한 사람이라는 무거움을 다시 모든 것에 대해 확신이 없는 초보자라는 가벼움으로 대체하는 계기가 되었다."

성공을 버리고 아무것도 가진 게 없는 상태로 돌아가니까 맨땅에 헤딩하는 마음으로 모든 것에 최선을 다할 수 있었다는 얘기다. 그는 역시 일을 사랑하고 새로운 힘을 얻어 늘 한결같은 에너지로 자신의 계획을 감당하고 싶어 하는 사람이었다.

셋째 이야기는 암 선고와 그것이 가져다준 깨달음이었다.

"내가 곧 죽는다는 사실을 기억하는 것, 그것은 인생의 중대한 선택들을 도운 그 모든 도구들 가운데 가장 중요한 것이었습니다. 외부의 기대와 자부심, 망신 또는 실패에 대한 두려움 등 거의 모든 것이 죽음 앞에서는 퇴색하고 진정으로 중요한 것만 남더군요. 자신이 죽는다는 사실을 상기하는 것은 아까운 게 많다고 생각하는 덫을 피하는 가장 좋은 방법입니다. 우리는 이미 알몸입니다, 가슴이 시키는 것을 따르지 않을 이유가 없지요."

죽음을 눈앞에서 바라본 사람만이 할 수 있는 말이다. 삶에서 모든 기름기와 군더더기가 빠져나가고 핵심만 볼 수 있는 맑은 눈을 갖게 되었기 때문에 가능한 일이었다. 스티브 잡스가 남긴 세 번째 이야기는 많은 사람에게 화두가 되었다.

"죽음을 생각하며 내 삶에서 불필요한 부분을 제거하라."

'메멘토 모리', 죽음의 순간을 기억하라는 잠언과 통하는 말이다. 천하의 스티브 잡스도 피하지 못했던 죽음이라는 삶의 마지막 단계 앞에서 우리는 무엇을 살펴보아야 할까? 그는 조용한 목소리로 가슴의 소리를 듣고 따르라고 말한다.

죽음은 생명의 가장 위대한 발명품

스티브 잡스는 죽음이 생명의 가장 위대한 발명품이라고 했다. 죽음이 없었다면 진보도 이루어지지 않았을 거라는 뜻이다. 내가 죽어야 다른 사람과 후대가 내가 먼저 이룬 것을 뛰어넘을 기회를 얻는다. 거기서 새로움이 싹튼다. 인간이 안 죽고 계속 살면 앞으로의 세상은 어찌 되겠는가. 끔찍한 일이다. 빈곤과 무지와 욕심이 중단 없이 한없이 지속될 것 아닌가. 죽음과 새 생명의 탄생 없이는 진보도 없다. 새 생명은 오래된 죽음을 먹고 세상에 나온다. 그러니까 죽음은 진보의 조건이다.

그는 히피일까, 마니아일까, 아니면 그냥 단순히 괴팍하고 남다른 성격의 사업가일까?

그는 스스로를 히피라고 생각했었다. 곰곰 생각해보니 기계와 기술에 넋이 빠진 마니아도 아니고 사랑과 자유와 공동체에 미친 히피도 아니었다. 그는 그 모든 것이기도 했지만 결국은 사업가였다. 히피란 '저 너머'를 생각하면서, '그 너머'를 사는 사람이다. 우리 삶에는 직업, 가족, 자동차, 경력 너머에 다른 무엇인가가 있다. 그래서 회사원과 시인의 삶이 다른 것이다. 그는 히피의 혼을 제품에 담았고 소비자가 제품을 사용할 때 그 혼을 공유하기를 원했다. 극단적으로 단순한 면으로 구성된 그림을 그린 화가 마크 로스코를 좋아하고 존경했다. 마크 로스코는 "오직 죽음만이 우리 인간으로 하여금 거품과 허물을 벗어던지고 자신만을 바라볼 수 있게 만드는 수단"이라고 했다.

"당신의 인생 전반기 30년은 스스로 습관을 만들고, 후반기 30년은 습관이 당신을 만든다"는 힌두 격언을 생각한다. 스티브 잡스는 한때 참선을 통해 욕망을 비우는 데 관심이 있었지만 1982년 이후는 삶에서 욕망을 버리는 게 아니라 그것을 실현하는 방식을 선택했다. 이때의 욕망은 탐욕과는 거리가 먼 자신의 꿈을 이루어내는 동력에 해당한다.

습관은 의지와 욕망이 현실의 삶에 축적된 결과이다. 내가 선 자리나

처한 상황은 단숨에 바뀌지 않는다. 조금씩 내가 다른 곳으로 이동하거나 주변이 바뀔 뿐이다. 처음 그것이 쌓일 때의 이유가 없어져야 습관도 바뀐다. 서른 살이 넘으면 담배 하나도 끊기가 어렵다. 단숨에 상황을 변화시키거나 다른 삶의 자리에 서려면 자신이 가진 것을 모두 버리거나 아니면 죽어버리는 길밖에 없다.

그렇다면 어떻게 해야 하는가. 습관이 나를 이끌고 가도록 내버려두어야 하나? 습관은 혁명만큼 중요하다. 내가 하는 행동의 태반은 의지가 아니라 습관에 따라 이루어진다. 좋은 습관으로 하루를 시작하고 끝을 잘 맺으면 결국 인생을 잘 마무리할 수 있다는 말이다. 물론 쉽지 않다.

"오늘이 내 인생 마지막 날이라도 지금 하려는 이 일을 할 것인가?"

이 물음에 충실히 답하며 살다 보면 당신은 어느 순간 달라져 있을 것이다. 습관으로 물든 자신을 바꾸려면 매일매일 다른 곳을 바라보고 그곳을 향해 다가가고 있어야 한다. 움직여라. 하루 한 치라도. 조금씩 달팽이처럼.

"네 이빨로 세상을 물어라(Put a dent in the universe). 세상에 네 흔적을 남겨라."

스티브 잡스는 이 말을 좋아했다. 살아 있는 한 세상을 이빨로 꽉 물기 전의 그 떨리는 긴장선 위에 홀로 서야 한다. 그러면서 우리는 앞으로 나갈 수밖에 없다. 평생 물고 있던 것을 내려놓을 때도 떨리기는 매한가지일 것이다.

그에게 진보는 새로움을 향한 갈구이자 욕구였다. 새로움을 향한 욕구도 살아남으려는 의지의 발로였다. 살아가는 동안 하루하루가 긴장의 연속이었고 숨 가쁜 삶의 전쟁터였음은 말할 나위도 없다. 따지고 보면 우리 모두의 삶도 거기서 멀지 않다. 생명을 가진 인간으로 태어난 이상 생존을 위해 몸부림 친다. 여러 색깔을 덧입히고 우아한 문화의 무늬를 더해서 피와 땀을 가렸을 뿐 삶은 누구에게나 분투의 과정이다.

"업계에서 살아남으려면 이겨야 했고, 경쟁에서 살아남는 최선의 길은 우리의 방식을 혁신하는 길밖에 없었다."

망할지 흥할지 생각할 틈도 없이 지금 이 일이 나를 이끄는 대로 앞으로 나아간다. 새 제품과 새 아이디어를 위해 나의 전부를 끌어모아 집중한다. 잃을 것을 걱정할 때부터 삶은 고이고 썩는다. 그럴 때면 죽음을 생각하라. 죽음이 엄청난 상실처럼 느껴지는 것은 그만큼 삶을 치열하게 살았다는 뜻이다. 마라톤 선수가 마지막 지점을 남겨두고 느끼는 감정과 백 미터 달리기 선수가 느끼는 감정이 같을 수는 없다.

"무엇을 잃을지도 모른다는 두려움에서 벗어나는 최고의 길은 죽음을 생각하는 것이다."

매킨토시, 아이팟, 아이폰 모든 게 하루아침에 성공한 신화 같지만 사실은 오랜 시간의 결실이었다. 그에게 인생의 성공은 시장에서의 성공을 의미했다. 기술혁신도 시장에서의 성공으로 연결되지 않으면 의미가 없다. 그가 성공하지 못한 애플의 잡스였다면 이렇게 많은 관심을 주고 열광했겠나. 그는 어쨌거나 사업가였고 사업가로서의 삶을 사랑했다.

그에게도 자신이 만든 회사에서 쫓겨나는 쓰디쓴 비운의 시기가 있었다. 돌이켜보면 성공과 실패는 항상 함께했지만 서로가 서로를 배신하는 것처럼 보일 뿐이다. 실패와 성공은 죽음 앞에서 만나 하나가 된다. 죽음이 그의 성공과 실패를 화해시켰다. 모든 것이 무(無)로 돌아간 것이다. 죽음 앞에서는 성공도 실패도 그냥 그의 삶일 뿐이다. 살기 위해 노력한 과정이었다.

고집불통이고 이기적이며 가차 없는 스티브 잡스. 자기 맘대로 행동하며 멋대로 살았다. 그럼에도 불구하고 스스로는 자유로운 사람, 그는 그가 그토록 좋아하는 밥 딜런과 많이 닮았다. 그가 죽음 앞에서 보여준 의연함과 담담함은 선사상의 영향이기도 하겠지만 밥 딜런의 자유로운 영혼, 록 정신과도 통한다.

그는 죽음을 통해 고단한 학기를 끝내고 자유로운 방학을 맞이하는 것인데 피할 이유가 없다고 생각했다. 어느 신비가는 이렇게 말한다.

"저승사자의 입맞춤보다 더 달콤한 키스를 인간은 맛본 적이 없으리라."

이런 시각에서 보면 죽음이란 삶의 끝이 아니라 수많은 생이 진행되는 가운데 하나의 과정이라는 것이 확실해진다. 삶과 죽음의 문제를 이렇게 봐야 내가 사는 동안 편안하고 주어진 삶을 알뜰하게 쓸 수 있다. 삶과 죽음을 이분법적으로 나누어서 보려 하지 말라. 더 나아가 적대적으로 봐서도 안 된다. 생명은 귀히 여기면서 죽음은 기피대상으로 삼지 말자. 단지 인생이 변화하는 단계로 보도록 노력하자. 죽음의 공포를 벗어나 이생에서 해야 할 일에 집중하자.

"우리는 죽음이 인생의 일부라는 것을 잊곤 한다. 이 삶은 끝나지 않고 죽은 뒤에도 계속된다는 것을 알아야 한다. 이를 알고 받아들인다면 현세에서 끊임없이 수행하고 선업을 많이 쌓아야 한다."

"죽음으로 모든 것이 끝나는 것이 아니고 업에 따라 다시 돌아오기에 현세에 수행을 멈추지 말고 선행을 많이 베풀어야 한다."

죽음은 단편적인 사건이 아닌 8단계에 걸친 변화의 과정임을 강조한 달라이 라마의 주치의 배리 키진 스님의 말씀이다. 죽음이 하늘에서 툭 떨어지는 것이 아니라 삶의 연장이라고 생각하면 별스러울 것도 대단할 것도 없다. 그냥 오늘을 잘 살면 된다. 죽음이 다가오든지 말든지 나는 내 길을 간다는 배짱이 필요하다. 내 인생에 일어난 일은 모두가 필연이고 귀한 일이다. 나에게서 빚어진 일, 오직 나만의 일이다. 이 한 생 잘 살았다, 콧노래를 부르며 떠나는 상상을 한다. 고요히 눈감고 내게 다가올 일을 반기는 마음으로 맞이하자.

호스피스 이야기

아름다운 이별을 도와주는 사람들

아무리 돈이 많고 똑똑해도, 잘생기고 예뻐도 누구도 피할 수 없는 것이 죽음이다. 무조건, 무순서, 무소유의 상태에서 죽음을 만난다. 누구나, 순서 없이, 아무것도 갖지 못하고 맞는 것이 죽음이다. 어떤 의미에서는 누구에게나 공평하다는 뜻이다.

우리는 매일매일 마치 죽음이 없는 것처럼 하루를 살아간다. 이러한 죽음을 매일 마주하는 이들이 있다. 삶과 죽음의 경계에 서 있는 사람들에게 숭고한 인사를 하는 호스피스다. 어떤 사람은 죽음을 삶의 마지막이 아니라 새로운 세계의 시작으로 보기도 한다. 죽음을 앞둔 환자조차 삶을 효율적이고 목적 있게 살 수 있도록 삶의 질을 가르쳐주는 곳이 호스피스 병동이다.

호스피스는 '불우한 사람, 방랑자, 나그네가 쉬어 묵고 가는 집'을 뜻한다. 중세기 호스피스가 가톨릭 수녀들이 순례자를 위한 자선기관으로 발족한 데서 유래했다. 손님이라는 뜻의 라틴어 'hospes'가 상징하듯이 성지순례자들이 하룻밤을 쉬어가는 곳이었다.

예루살렘 성지 탈환을 위한 십자군전쟁 당시 수녀들이 많은 부상자를 호스피스에 수용해 치료했다. 부상자들이 임종을 맞는 일이 많아지면서 호스피스는 임종을 앞둔 사람들의 안식처라는 의미로 사용하게 되었다. 현재 호스피스는 임종 환자가 편안하게 죽음을 맞을 수 있도록 하며 환자의 가족까지 돌보는 사람이라는 의미로 쓰인다. 환자가 죽고 난 뒤 가족구성원들이 느끼는 충격이 예상한 것보다 훨씬 심각할 수 있기 때문에 사망한 뒤에도 일 년까지 유가족을 지속적으로 보살펴준다.

우리는 어떻게 삶과 이별할 것인가.

고통에 몸부림치며 공포에 짓눌려 죽는 것이 아니라 웃으며 죽음을 맞을 수 있도록 돕는 곳이다. 삶의 마지막 여정을 동행해주는 사람들이 있기 때문이다. 호스피스 병동으로 가면 생명을 포기하는 거라는 편견도 있다. 호스피스는 죽음의 치료가 아니라 한 인간이 웃으며 이별을 준비해서 자기 인생을 멋있게 완성할 수 있도록 도와주는 삶의 작업이다. 떠나는 순간까지 사람답게 살 수 있기를 바라는 사람들이 이곳에 온다. 그들은 말한다.

"조용히 삶을 마감하고 싶어요. 자식들에게 짐이 되고 싶지 않습니다."

말기암 환자의 상태는 시시각각으로 변한다. 통증 관리가 관건이다. 임종을 기다리는 곳이 아니라 전문적이고 의학적인 시스템을 갖춰 고통을 덜어주는 처치를 하는 곳이다. 호스피스는 다섯 가지가 필수요건이다. 경험 많은 의사와 환자의 상태를 이해하는 간호사, 사회복지사와 성직자, 자원봉사자들이다. 이들이 팀을 이루어 환자별로 프로그램을 짜서 개별적인 방식으로 관리한다.

한국에서는 강릉의 갈바니병원에서 1978년 6월에 호스피스 활동을 시작한 것이 최초의 호스피스 병원이다. 1982년 4월 강남성모병원을 중심으로 본격화되어, 대부분 가톨릭계 병원에서 실시하고 있다. 1995년에는 국내 최초로 가톨릭대학교 간호대학이 세계보건기구(WHO) 호스피스 협력센터로 지정되었다.

호스피스는 죽음이 삶의 자연스러운 과정임을 깨닫고 정신적·육체적 고통이 완화되도록 도와준다. 말기암 환자의 통증 조절, 영양 관리, 의사소통, 신체적 돌봄, 심리 조절, 사별 가족에 대한 지지 등으로 구성돼 있다. 말로는 쉽게 하지만 누구나 이 상황에 빠지면 지혜롭게 대처하기가 어렵다. 감정적으로 흔들리고 현실에서 선택을 하는 일도 난감한 경우가 많다. 이때 누가 판관처럼 이것이다 싶은 결정을 내려주기를 바랄 때가 한두 번이 아니다. 그래서 생겨난 것이 호스피스 제도다. 완치 가능성이 없는 환자와 그 가족의 고통을 덜어주고 삶의 질을 향상시키기 위한 치료과정이다.

연명을 위한 무익한 의료행위에 대해서는 많은 이야기들이 오가지만 아직 뚜렷한 해법 없이 환자와 가족이 어찌할 바를 모르고 돈과 마음과 시간을 쓰며 헤맨다. 사회적 압력과 가치관의 개입이 가장 큰 장애물이다. 환자도 원하고 가족도 그러고 싶지만 우리 사회가 아직은 환자의 인권이나 자기결정권보다 어찌 됐건 생명 연장을 지지하는 분위기다. 이러지도 저러지도 못하고 눈치 보면서 연명치료를 하느라 돈은 돈대로 쓰고 고통은 고통대로 받는다.

죽음을 코앞에 둔 사람들의 고통이야 어찌 말로 다 하겠는가. 자기편이 절실하게 필요한 때다. 피할 수 없는 일을 잘 받아들이도록 경험 많고 훈련받은 전문가인 의료진과 성직자들이 곁에서 도와준다. 삶과 죽음에 대해 많은 생각과 성찰을 할 수 있게 한다. 환자의 몸이지만 존엄성이 있는 삶의 마지막을 보내도록 함께하는 곳이다. 죽음을 도와주는 것이 아니라 남은 삶을 잘 살도록 도와준다는 생각의 전환이 필요하다.

옛날 같으면 한동네 사람이 탄생에서부터 죽음까지 함께 한다. 태어나는 일은 물론이고 질병과 죽음에 대해서도 나이 많은 사람의 도움을 받는다. 그때는 경험이 정보였고 기술이었다. 삶의 체험에서 얻은 각종 민간요법과 지혜로 아픈 사람, 죽어가는 사람을 치료했다. 그런 치료법의 장점은 몸을 치료하면서 마음까지 위안하며 치료한다는 점이다. 육체의 고통을 덜 뿐만 아니라 정서적으로도 안정을 얻는다.

지금은 주거환경이 도시화가 되면서 집으로 돌아가는 길에 옆집을 지나치며 담장 너머의 일을 엿볼 기회가 없다. 골목이나 대문 앞에 나와 앉아 지나가는 사람과 대화를 나눌 일도 줄어들었다. 사람을 만나려면 어딘가를 찾아가야 한다. 경로당이나 근린 체육시설, 문화센터 등에서 프로그램을 갖고 만난다. 아파서 거동이 불편한 사람, 성격이 내성적인 사람은 불리할 수밖에 없다. 자연스러운 만남이 아니라 인위적이고 의도적인 만남이 마음에 부담을 주어서 피하다 보면 저절로 고립된다. 환자가 갈 곳은 병원밖에 없다. 더 심각하게 아프면 호스피스 병동을 찾아 마음과 몸의 고통을 치유해야 한다.

1978년 처음 실시된 이후, 삶의 질을 중시하는 사회로 변화해가면서 호스피스의 중요성은 시간이 갈수록 공감을 얻고 있다. 호스피스를 널리 실시하기 위해 새로 시작된 것이 바로 '호스피스 완화의료 과정'이다. 삶과 죽음에 대한 이해가 있어야 하며 신체적 돌봄뿐 아니라 정신적, 사회적, 영적 돌봄도 따라와야 한다. 임종 돌봄은 물론 사별 가족에 대한 돌봄까지도 포함한다. 누구나 죽음 앞에서 초보자요, 문외한이기 때문이다.

보완점도 몇 가지 지적되고 있다. 우선은 호스피스에 대한 인식 부족으로 호스피스 완화치료의 의뢰율이 높지 않다. 의료기관 간의 연계 부족, 전문 인력 부족, 표준화된 진료 지침 적용의 어려움 등도 극복해야 할 과제로 남아 있다. 정부는 호스피스 완화 치료 활성화 대책 방안으로 2020년까지 완화 의뢰율을 현재 11.9%에서 20%로 늘릴 예정이다. 더 많은 환자가 호스피스 완화치료를 이용해서 평화로운 죽음을 맞게 하려면 여러 조치들이 필요하다. 국가 차원에서 의료 기반시설의 확대와 적절한 의료수가, 대국민 홍보와 전문적인 교육을 시행해야 한다는 것이 전문가들의 주장이다.

문득 생각해본다. 큰 병을 오래 앓은 사람에게 가장 필요한 것이 무엇일까? 보통사람들이 살아가는 일상과 멀어져 환자로서 산 시간이 길어지면서 상자 속에 갇힌 듯 모든 감각과 감정이 무뎌지고 점점 매사에 무기력한 사람으로 바뀐다. 움직임도 겉모습도 생각도 자연스럽게 흘러가지 않는다. 마치 마음과 몸이 꽁꽁 묶인 것처럼 무얼 해볼 엄두를 못 낸다. 환자는 죄수와 닮은 점이 많다. 어딘가에 수용되어 관리를 받는다는 점이 그렇고 자유를 잃어버린다는 점에서도 그렇다. 몸은 병실에 갇혀 침대 위에 누워 있지만 마음만은 훨훨 날고 싶다.

얼마나 간절하게 살아있음을 실감하고 싶을까. 가슴속에서 맹렬히 꿈틀거리는 생명력을 느끼고 싶을 것이다. 사랑하고 사랑받고 싶은 갈망도 숨죽이고 있으며 따뜻한 온기와 절절한 감흥도 그리울 것이다. 자신이 누군가의 보살핌으로 간신히 연명하고 있다는 사실을 잊고 싶을 것이다. 살아 있음을 확인할 수 있는 뜨거운 심장이 여전함을 누군가 알아봐 주길 간절히 바란다.

기쁘게 활짝 웃으며 사랑을 표현할 수 있음은 의료행위만큼 절실하다. 삶의 마지막을 지켜주는 호스피스 병동이 그 일을 해줄 수 있을까? 남은 삶을 평온하고 고요하게 보내는 것 못지않게 중요한 게 조금이나마 활력을 느끼며 살 수 있는 시간이다. 말기 환자라고 해도 자기 목숨을 군더더기처럼 느낀다면 당장 육체가 느끼는 안온함이 무슨 소용인가.

실제로 생사의 기로에 선 사람에게 이런 활력이 가능한지 어떤지 알수 없다. 하지만 나는 꿈꾼다. 단 한 순간이라도 깃털처럼 가볍게, 꽃잎처럼 어여쁘게 숨 쉬고 웃고 사랑할 수 있기를. 삶과 죽음에 대한 무겁고 딱딱한 생각은 잠시 접어둔 채, 여린 순이 돋아나고 잎이 무성해지고 다시 단풍이 드는 창밖 풍경에 슬며시 미소 지을 수 있는 삶의 여유를 마지막 순간까지 잃지 않기를.

'죽이는' 의사 호스피스 김여환이 전하는 말

'먼저 떠난 이들에게 받은 인생 수업'이라는 부제가 붙은 『죽기 전에, 더 늦기 전에』라는 책을 낸 호스피스 의사 김여환은 이렇게 말한다.

"5년 동안 800여 명의 환자에게 임종선언을 해오면서도 여전히 죽음에 담담해질 수 없습니다. 그러나 불편하더라도 삶을 완성하는 마지막 순간을 잃지 않기 위해, 그리고 지금 이 순간을 제대로 살아 내기 위해 죽음을 공부해야 합니다."

"안 돼!"

죽음 앞에 선 모든 사람들이 공통적으로 외치는 소리일 것이다. 죽음에 대한 본능적인 공포를 정확히 꿰뚫은 독일의 격언이 있다.

"죽음의 신이 온다는 사실보다 확실한 것은 없고, 죽음의 신이 언제 오는가 보다 불확실한 것은 없다."

어차피 피할 수 없는 죽음이라면 잘 맞이하자는 것이 호스피스의 목적이다. 그래서 죽음이 대체 뭔지 알아보는 공부를 하자는 것이다. 김여환 의사는 이 말도 덧붙였다.

"죽음은 자신이 찾아가는 사람에 대해 궁금해하지 않는다. 그 사람이 인생에서 얼마나 기막힌 일을 겪었는지, 앞으로 해야 할 일이 얼마나 많은지 아무것도 묻지 않는다. 자비도 연민도 베풀지 않는다."

죽음은 잔인하고 가차 없다. 또한 공평하다. 차별 없이 누구한테나 똑같은 모습으로 나타난다. 피할 수도 도망갈 수도 없다는 점에서 그렇다.

한번은 반드시 가야 할 길이다. 그 길을 아름답게 편안하게 가기 위해서는 현재의 삶을 어떻게 풍요롭게 사느냐가 중요하다. 오늘 이 순간, 순간을 행복하게 의미 있게 지내는 것이야말로 평화로운 얼굴로 마지막 길을 가는 첫걸음이다. 행복하게 마지막 길을 가기 위해서 죽음을 배워야 하고 호스피스의 도움이 필요하다면 기꺼이 받아야 한다. 조금이라도 기운이 남아 있고 패기 있을 때 결정하자.

"죽음을 배우면 죽음이 달라지는 것이 아니라 삶이 달라진다. 자신의 마지막을 정면으로 바라보면 들쑥날쑥하던 삶에 일관성이 생기고 시련을 극복할 수 있는 용기가 생긴다. 나는 이곳에서 사람들이 어떻게 마지막을 즐기는지 알게 되었다. 축제도 마지막에 하이라이트가 있는 것처럼 인생도 마지막 장소인 호스피스 병동에 인생의 하이라이트가 있다고 믿는다."

죽음을 많이 지켜본 호스피스 의사답게 우리가 미처 생각하지 못한 부분까지 꿰뚫고 있다. 죽음을 멀리 밀쳐둘 것이 아니라 적극적인 마음으로 기꺼이 끌어안으라는 말이다.

"죽음 직전까지 행복해야 한다. 우리가 소중하게 간직해야 할 기억은, 죽음이라는 끝맺음이 아니라 죽기 전까지 행복하게 살았던 시간이다."

암 환자에게는 통증이 죽음보다 무섭다고 한다. 호스피스 병동을 지키는 김여환은 '모르핀은 신이 내린 진통제'라고 단언한다.

"신은 모르핀이라는 선물에 희망을 잔뜩 넣어주었다. 대부분의 약은 쓸수록 부작용이 늘어나기 때문에 용량을 제한하는데, 모르핀은 아무리

써도 통증에 대한 내성이 줄어들지 않는다. 전문적으로 표현하자면 '모르핀은 통증에 대한 내성이 없다'는 것이다."

모르핀은 마약이고, 중독된다고 잘못 이해한 사람들 때문에 극심한 통증을 참으며 삶이 피폐해지는데도 불구하고 통증 완화를 거부하는 환자와 보호자가 있어 안타까울 때가 많다.

죽음이 해피엔딩이기를 바라는 사람에게 이 말을 전한다.

"나쁜 소식을 불행으로 연결시키지 않기 위해서는 떠나는 자에게나 남는 자에게나 슬픔을 견딜 용기가 필요하다. 머릿속이 하얗게 변하는 것 같은 슬픔이 지나가면 평온이 찾아온다. 그때가 되면 떠날 사람과 함께 죽음의 문턱에 서서, 못다 한 이야기를 나누고 응어리를 풀고 화해하며 서로의 슬픔을 애도하고 위로해야 할 것이다. 그것이 진짜 해피엔딩이다."

죽음을 기억하는 자에게 삶은 복된 시간으로 다가온다. 메멘토 모리라는 말은 죽음을 강조하는 말이 아니라 삶을 북돋우는 인사말이다.

"자기만의 상자를 차곡차곡 쌓아가는 작업이 인생이라면 가장 꼭대기에 모리(죽음)라는 상자가 자리한다. 이 상자를 잘 올려놓으면 인생이 안정적으로 완성되지만, 잘못 올려놓으면 기껏 쌓은 상자가 와르르 무너진다. 사람이 혼자 죽을 수 없다는 것은 그 마지막 상자를 혼자 쌓을 수 없다는 뜻과 같다. 남은 사람이 떠나는 사람의 인생을 함께 돌아봐 줄 때, 떠나는 사람을 위해 아낌없이 자신의 시간을 내어줄 때, 비로소 웰다잉, 마지막 상자 쌓기가 끝난다."

옛날에는 오히려 죽음을 담담하게 일상으로 받아들였다. 먹고 마시고 오랜만에 친지들이 만나 시끌벅적하게 치르던 장례의 과정을 봐도 거기에 어두움이나 무거움은 없다.

"옛날 사람들은 누군가 죽으면 별이 된다고 믿었다. 나는 밤하늘을 올려다볼 때마다 세상을 떠난 누군가의 영혼이 저 멀리 깜빡이고 있다고 생각한다. 그렇게 삶과 죽음 사이에 희미한 별빛이라도 남아 있다고 생각하면 위로가 되기 때문이다. 때로는 환상이 사실의 빈자리를 메우기도 하는 게 아닐까?"

김여환 의사가 전하는 웰다잉 10계명을 잠깐 소개하겠다.

1. 내일을 위해 오늘의 행복을 양보하지 마십시오.
2. 건강할 때 호스피스 병동에서 봉사하세요.
3. 나쁜 소식도 정확하게 알아야 합니다.
4. 마지막에 할 말을 지금 하세요.
5. 죽음을 불행한 일처럼 대하지 마세요.
6. 통증 조절을 잘하는 주치의를 알아두세요.
7. 건강할 때 자신의 마지막을 상상해 보세요.
8. 마지막 순간까지 즐길 수 있는 취미를 만드세요.
9. 당신은 가도 당신의 재산은 남습니다.
10. 마지막을 같이 하는 웰다잉 보호자를 만드세요.

품위 있는 죽음, 아름다운 이별

65년이 넘도록 함께 살아온 미국의 한 노부부가 같은 날 숨을 거두면서 마지막 순간까지 뜨거운 부부애를 보여주었다는 인터넷 뉴스를 읽었다. 미국 오하이오주, 91세인 해럴드와 89세의 루시 크냅키 부부가 결혼 66주년 기념일을 9일 앞두고 요양원에서 생을 마쳤다. 해럴드 씨가 먼저 숨을 거두자 11시간 후 부인도 남편의 뒤를 따랐다.

딸이 모친의 죽음이 임박했음을 부친에게 알리자 부친은 하루 이틀 동요한 뒤 진정을 되찾았으며 그때 부친이 모친을 혼자 먼저 떠나보내지 않겠다는 결심을 했다는 느낌을 받았다. 모친도 부친 없이 살고 싶지 않다는 얘기를 여러 차례 할 정도로 두 분은 금실이 좋았다고 밝혔다.

해럴드 씨는 2차 대전 당시 군복무기간에 펜팔로 루시 씨를 만나 결혼했으며 교사와 교장직을 역임했다. 노부부는 6명의 자녀와 14명의 손자, 8명의 증손자를 뒀다. 합동 장례식 후 운구 행렬이 노부부가 예전에 살았던 집 앞을 지나갈 때 집 주인은 조기를 내걸어 경의를 표했다고 한다. 우리 식으로 생각해도 호상이고 축복받은 임종의 모습이다. 결코 외롭지 않은 죽음의 길.

큰 사고를 당해 횡사하지 않는 한 죽음은 대개 두 가지 모습으로 찾아온다. 오래 치매를 앓다 식구들조차 인식하지 못하고 죽는 상황이거나, 지병으로 고생하다가 죽는 경우다. 삶 못지않게 죽음도 아름답고 품위 있게 인생을 마무리하고 싶다는 생각이 사회적으로 확산되고 있다.

윤영호 서울대 의과대학 교수팀이 '웰다잉에 대한 국민 인식 조사'(2012.12.3)를 한 결과, 응답자의 36.7%가 삶의 아름다운 마무리를 위해 가장 중요한 요소로 '다른 사람에게 부담 주지 않음'이었고, '가족이나 의미 있는 사람과 함께 있는 것(30%)'이 그다음이었다. 또 삶을 아름답게 마무리하기 위해선 말기 환자 간병을 도와주는 여러 서비스와 시설을 마련해야 하는 것과 삶의 아름다운 마무리를 위한 문화 캠페인 전개가 절실하다고 응답했다.

이별은 아프다. 생이별이든 사별이든 자기 인생에 큰 부분을 차지했던 사람과 헤어지는 일은 아프다 못해 가혹한 일이다. 불교의 열반경에 생자필멸(生者必滅), 회자정리(會者定離), 라는 말이 나오듯이 살아있는 것은 반드시 죽고, 만남이 이별을 동반한다는 사실을 부정할 사람이 누가 있겠는가? 그 말이 너무 아픈 나머지 우리를 위로하기 위해 거자필반(去者必返), 떠난 사람은 반드시 돌아온다는 말을 덧붙였다. 하지만 죽은 사람은 돌아올 수 없다. 여기에 비극이 있다. 이때 우리가 할 수 있는 일은 이별을 받아들이는 것밖에 없다.

한 사람과의 이별을 마음 깊은 곳에서 현실로 수긍해야 다른 사람은 만나 새로운 관계를 건강하게 맺을 수 있다. 떠난 사람이 내게 남긴 사랑과 고통과 추억을 가슴에 아로새기며 몸의 이별이 영영 이별만은 아님을 느껴야 한다. 비록 손을 잡고 따뜻한 체온을 느낄 수는 없지만 함께 했던 시간에서 그 사람의 영혼을 느끼고, 내 삶에 남긴 자취에서 감사함을 새록새록 발견할 때 이별의 그늘에서 벗어날 수 있다.

"아름다운 지구에서 산 것만으로도 큰 특혜였다."

신경과 의사이면서 뉴욕대 신경학과 교수였던 올리버 색스가 한 말이다. 자신의 경험을 바탕으로 신경질환을 앓는 환자들에 대한 이야기를 모은 책 『아내를 모자로 착각한 남자』로 더 유명한 베스트셀러 작가이기도 하다.

말기암 판정을 받았지만 마지막까지 삶을 사랑하면서 모든 순간을 누리다가 떠났다. 색스 박사는 인생을 한발 떨어져 바라본 자신의 생각을 담아 뉴욕타임즈에 〈나의 인생 My Own Life〉이라는 제목으로 기고문을 썼다.

"이것이 삶의 끝은 아니다. 반대로 살아 있음을 강렬하게 느낀다. 그 시간에 우정을 깊게 하고, 사랑하는 이들과 작별하고, 더 많이 쓰고, 힘이 닿는다면 여행도 하고, 이해와 통찰력을 한 단계 높이게 되기를 희망한다.…… 나에게 남은 몇 개월을 어떻게 살지는 나한테 달렸다. 최대한 풍요롭고 깊이 있게 생산적으로 살아야 한다."

"꽃잎이 떨어져도 꽃은 지지 않는다"는 말을 남기고 떠난 최인호 작가의 생각과 서로 통하는 면이 있다. 100세 시대를 맞아 노후설계는 금전적인 측면은 기본이고 웰다잉에 대한 나름의 의식도 중요한 노후대비책이다. 여태까지 살아온 삶에 화룡점정의 손길에 해당하는 죽음의 모습은 이 사회 구성원으로서 부모와 친구로서 남은 사람들에게 줄 수 있는 마지막 선물이 될 것이다. 죽음이 원치 않는 손님처럼 끝까지 내치고 싶은 대상이 아니라 내 삶의 마지막 여정임을 기억하는 것이 가장 중요하다.

에

필

로

그

이 책을 쓰는 내내 죽음을 생각했다. 죽음이라는 단어가 나오지 않는 페이지가 없고 죽음과 연관된 거의 모든 것들이 내 머릿속을 스쳐 지나 갔다. 열 번 스무 번 죽음을 경험했다. 사실을 고백하자면 그래도 무뎌 지지 않았다. 내 몸이 심각하게 아플 때, 그 통증을 누구와도 나눌 수 없 다는 사실을 확인했을 때, 병은 오로지 나만의 문제이고 남의 도움을 받 기 어려운 개별적인 고통일 뿐이라는 것을 확인했을 때 나는 죽음의 존 재를 온몸으로 느꼈다.

나의 작은 바람은 이 책이 죽음을 다루었고 죽은 사람에 대해 얘기하 고 있지만 어둡고 무겁게 읽지 않았으면 하는 것이다. 이 세상에서 벌어 지는 다른 모든 일과 마찬가지로 죽음도 '그냥 하나의 사건'으로 받아들 이며 편안하게 읽어나가기를. 책을 덮었을 때는 고요히 나의 마지막 모습을 한 번쯤 떠올려보며 내 앞의 생에 감사하는 마음이 일어나기를 바란다.

안타깝게도, 그러나 당연하게도 이 책을 쓰는 동안 많은 뜻하지 않은 일들이 있었다. 그 중의 으뜸은 나의 투병이었고 그 과정에서 만난 나의 또 다른 모습이었다. 사실 나는 투병을 하지 않았다. 병과 싸우다니 아니 될 말이다. 나는 병을 손님으로 생각했다. 내 삶이 병을 초대할 수밖에 없게 진행되었기 때문에 당연히 맞이해야 할 손님이었다. 길게 얘기하지 않더라도 누구나 짐작할 수 있는 평범한, 그러나 혹독한 시간이었다. 그리하여 나는 이 책을 쓸 만한 자격을 얻었다고까지 생각했다. 태어나 늙고 병들고 죽는 과정 중에 절반 이상은 알게 되었으니 감히 죽음에 대해 몇 마디쯤은 해도 욕먹지 않을 것 같다.

그렇다. 죽음은 누구나 반기지 않는다. 죽음에 가까이 다가간 사람에게 위로를 건넨다. 애도의 예고편이라고 할 수 있는 위안 그러나 어떤 말도 행동도 진정한 위안을 불러오지 못한다. 죽음은 사람의 힘으로 돌이킬 수 없는 것이기 때문이다. 각자 독자적으로 자신 앞에 닥친 죽음을 경험해야만 한다. 누구의 것도 나의 것과 같지 않을 것이고, 같을 거라고 믿지도 않는다. 그것이 아마도 죽음에게 보내는 우리의 존엄이고 외경일 것이다. 죽음에 대한 두려움이 깃털 하나만큼 가벼워졌다고 말할 수 있게 되었다.

무엇을 알게 되었다는 건 누군가 내게 가르쳐주어서 새로이 배웠다는 것만을 말하지는 않는다. 내가 몸으로 겪어서 그 누구와도 다른 나만의 앎을 갖게 되었다는 뜻이다. 병이나 늙음이나 죽음이 그것에 해당한다.

죽음을 입에 담는 것이 과연 금기인가, 죽음을 금기로 삼는 것이 올바른 일인가? 많은 논란이 있다는 것은 그만큼 죽음이 우리에게 뜨거운 감자라는 뜻이다. 죽음은 육체의 소멸을 뜻한다. 그러기에 논란은 더욱 뜨거워진다. 육체가 아닌 정신에 대해서는 어떻게 얘기해야 할 것이며, 소멸은 어디까지 소멸로 볼 것인가? 죽음에 대한 글을 쓰다 보니 죽음에 대한 사람들의 생각은 공포와 억울함에 고착되어 있다는 것을 알게 되었다. 구십을 넘긴 사람도 죽는다는 사실 앞에서 두려움을 느끼고 삶에 미련을 갖는다.

왜 더 살고 싶은가, 왜 죽음을 멀리하는가?

외롭기 때문이다. 죽음은 혼자 치러야 한다. 사랑하는 사람도 아끼는 재산도 평생 써먹은 내 몸도 남겨두고 떠나야 한다. 누구도 함께해줄 수 없는 것이 죽음이다. 간혹 사랑이 넘치는 사람들이 동반자살을 시도하지만 이 또한 시차가 적을 뿐이지 혼자 가는 건 마찬가지다. 앞서거니 뒤서거니 각자의 고통에 몸부림치며 홀로 죽어간다.

백세시대라고 새로운 보험 상품도 나오고 장수시대를 대비해 새로운 인생 패러다임을 짜야 한다는 신중론도 나온다. 누구도 백세시대를 백 퍼센트 환영할 경사라고 느끼지 않는 듯하다. 그 말끝에 다들 한숨을 쉬고 가난과 고독을 걱정한다. 우리가 이미 알고 있듯이 나의 가족, 특히 자식이 내 노년을 책임져 주리라 기대할 수 없는 시대다. 젊은 세대들은 더 고달픈 삶의 노역 속에서 살고 있다. 잘 죽기 위해 잘 살아야 한다는 구호가 범람한다. 과연 어떻게 살아야 잘 사는 것이고 어떻게 죽어야 잘 죽는 것일까?

우리가 익히 알고 있는 여섯 사람의 삶과 죽음의 모습을 따라가 보면서 죽음과 만나는 모습이 어때야 하는가, 옷깃을 여미고 살펴보고자 했다. 이름만 들어도 마음에 평화가 깃들고 두 손을 모으게 되고 얼굴에 빙그레 미소가 지어지는 그분들, 지금은 어디쯤에서 우리들을 굽어보며 지켜주고 계실까? 높은 곳에서 우리를 내려다보는 것이 아니라 우리의 어깨 위, 우리의 손등 위에 앉아 우리의 숨소리를 듣고 있는 건 아닐까? 따사로운 생전의 모습을 기억하며 삼가 합장하는 마음으로 선생님들의 이름을 불러본다.

아버지는 내가 이 책을 마칠 때까지 기다려주지 않으셨다. 손발이 꽁꽁 얼어붙는 12월 3일 눈을 감으셨다. 피가 점점 식어가는 아버지의 얼굴은 그 어느 때보다 맑고 평온했다. 아버지가 이 세상에 아무런 미련도 원망도 없다는 것을 알 수 있었다. 우리 가족 모두는 아버지가 삶의 요령에 서툴지만 최선을 다했다는 사실을 안다.

이상한 일이다. 아버지의 마지막 모습 앞에서 나는 한때 나를 괴롭혔던 마음이 봄볕에 녹는 눈처럼 아무 소리도 내지 않고 조용히 스러지는 것을 지켜보았다. 나는 자유로워진 것이다. 이제 진정 아버지의 딸에서 벗어나 나라는 독립된 인간으로 거듭났음을 나는 온몸과 마음으로 느낄 수 있었다. 이건 기적과도 같은 일이다. 내가 평생 이루고자 한 일이 한 순간, 아버지의 손이 아직도 내 손에 온기를 전하는 그 마지막 순간에 이루어졌다. 가슴속에서 뜨거운 물이 용솟음쳤다.

　나는 슬프지 않았다. 아버지는 나를 살리고 떠난 것이다. 나는 비로소 아버지를 평안히 보낼 수 있었다. 이생에서 아버지의 삶이 어떠했든지 아버지는 생명을 다해 남김없이 훌륭한 삶을 살아냈다고 간곡한 이별 인사를 했다. 나는 그 마음으로 이 책을 써내려갔고 이제야 손을 놓는다. 모든 사라진 사람들의 이름을 행복하게 불러보는 것을 마지막으로 내 소임을 다했다고 내 어깨를 두드려준다.

참고자료

『아름다운 마무리』, 법정, 문학의 숲, 2008

『말과 침묵』, 법정, 샘터, 2010

『꽃잎이 떨어져도 꽃은 지지 않네』, 법정, 최인호, 여백, 2015

『나, 김점선』, 김점선, 깊은숲, 2004

『점선뎐』, 김점선, 시작, 2009

『김점선 스타일』, 김점선, 마음산책, 2013

『바보가 바보들에게』, 김수환, 산호와 진주, 2009

『그래도 사랑하라:김수환 추기경의 영원한 메시지』, 전대식, 공감, 2012

『나는 밥이 되고 싶습니다: 바보 천사 김수환 추기경이 남긴 선물』김원석, 그린비, 2010

『노르웨이의 숲』, 하루키, 민음사, 2013

『바보들은 이렇게 묻는다』, 김점선, 여백미디어, 2005

『아름다운 삶, 사랑 그리고 마무리』 헬렌 니어링, 보리, 1997

『그리움을 위하여』, 박완서, 문학동네, 2013

『옳고도 아름다운 당신』, 박완서, 열림원, 2008

『나의 만년필』, 박완서, 문학동네, 2015

『마지막 선물』, 오진탁, 세종서적, 2007

『강아지똥』, 권정생 글/정승각 그림, 길벗어린이, 1996

『몽실 언니』, 권정생 글/이철수 그림, 창비, 2012

『하느님이 우리 옆집에 살고 있네요』, 권정생, 산하, 2000

『우리들의 하느님 : 권정생 산문집』, 권정생, 녹색평론사, 2008

『스티브잡스』, 월터 아이작슨, 민음사, 2011

『치매노인은 무엇을 보고 있는가』, 오이 겐, 윤출판, 2013

『죽음의 순간』, 엘리자베스 퀴블러 로스, 자유문학사, 2000

『인생수업』, 엘리자베스 퀴블러 로스, 이레, 2006

『상실수업』, 엘리자베스 퀴블러 로스, 이레, 2007

『죽음의 얼굴』, 최문규, 21세기북스, 2014

『사후생 : 죽음 이후의 삶의 이야기』, 엘리자베스 퀴블러 로스, 대화문화아카데미, 1996

『죽는게 뭐라고』, 사노 요코, 마음 산책, 2015

작가 권정생 "교회나 절이 없다고 세상이 더 나빠질까", 한겨레신문, 조연현 2006. 10. 31

"노부부의 아름다운 죽음…65년 해로 뒤 같은 날 숨져" mbn 뉴스, 2013. 8. 27

"웰빙·웰다잉으로 가는 길 품위 있게 평온하게 떠나기"-"준비된 죽음은 두렵지 않다"

일요신문 [제1145호] 2014. 4. 23